KB209896

고딕

×

호러

x

제주

고딕 X 호러 X 제주

지음 빗물 · WATERS · 이작 · 박소해 · 홍정기 · 사마란 · 전건우　**기획** 박소해
초판 1쇄 발행일 2024년 11월 25일
펴낸이 이숙진　**펴낸곳** (주)크레용하우스　**출판등록** 제1998-000024호
주소 서울 광진구 천호대로 709-9　**전화** (02)3436-1711　**팩스** (02)3436-1410
인스타그램 @bizn_books　**이메일** crayon@crayonhouse.co.kr

＊빗은책들은 재미와 가치가 공존하는 ㈜크레용하우스의 도서 브랜드입니다.
＊KC마크는 이 제품이 공통안전기준에 적합하였음을 의미합니다.

ISBN 979-11-7121-133-3 04810

빗물 WATERS 이작 박소해 홍정기 사마란 전건우

고딕 × 호러 x 제주

빗은
책들

차 례

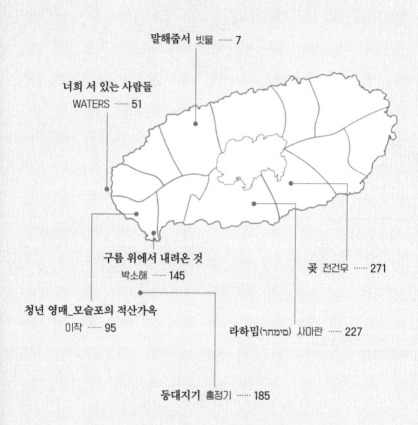

말해줘서 빗물 ······ 7

너희 서 있는 사람들
WATERS ······ 51

구름 위에서 내려온 것
박소해 ······ 145

곶 전건우 ······ 271

청년 영매_모슬포의 적산가옥
이작 ······ 95

라하밈(סימחר) 사마란 ······ 227

등대지기 홈정기 ······ 185

말해줘서

빗물

말해줘서

아무리 그래도 고향이었다. 고민 끝에, 수연은 엄마의 번호를 눌렀다.

"뭇 스름 다 됨이니, 이제사 옴이니?"

묻사람, 엄마는 수연을 그렇게 불렀다. 엄마의 말은 맞을지도 몰랐다. 외조모상이 끝나고 육지로 떠난 후 수연은 섬을 찾은 적이 없다. 섬이 수연을 찾은 적도 없지만.

맞다, 수연씨가 제주 출신이라 하지 않았어? 제주 방언 어렵던데 수연씨 있으니 든든하겠네! 손가락 사이로 볼펜을 흔들어대던 담당 피디의 말이 출렁, 흔들리는 선체를 따라 흩어졌다.

"…숙소는 따로 잡았어. 잠깐만 들렀다 갈게요."

저녁이라도 먹고 자고 가, 엄마는 그렇게 말하지 않았다.

"어머님 화끈하시네. 수연씨가 엄마를 닮았나 봐."

수화기 바깥으로 비집고 나오는 크고 굵은 제주 말이 뚝, 끊기고 나자 윤 피디가 실실 웃으며 말했다. 수연은 답을 하지 않았다. 방송이 담아낼 제주 풍경은 수없이 많은 카메라가 이미 훑고 지나간 것들이었다. 감귤밭, 바위, 해안가…. 제주도에 살면, 어릴 때 인터넷도 못 했겠네? 하고 묻던 대학 동기가 있었다. 진심인 것 같았다. 수연은 그 질문이 기분 나쁘지 않았다. 어릴 때 말을 타고 학교에 갔건, 인터넷을 했건, 아이폰을 썼건, 그런 건 이제 아무 상관이 없었다. 수연은 섬이 싫어서 떠났고, 엄마는 뭍이 싫어 섬에 남았다. 수연이 섬에 대해 할 말은 이제 그뿐이었다.

맥주와 소주가 어우러진 술자리는 평소보다 일찍 끝났다. 자고 일어나면 바로 일을 할 섬에 내려야 하기 때문이리라. 어쩌면 그냥, 바다 위였기 때문일지도 몰랐다. 하여간, 밤 열시를 겨우 넘긴 시간이었다. 제작비 그거 얼마 아끼겠다고 비행기 놔두고 배를 탔대. 수연은 속으로 중얼대며 팔을 베고 모로 누웠다. 베개가 있었지만 그렇게 했다. 응응응, 귀에서 파도 소리가 났다. 옆으로 누우면 언제나 그랬다. 그러다 천천히 일어나 앉았다. 술기운인지 몸이 후끈했다. 바닷바람이 쐬고 싶었다. 겉옷을 주섬주섬 주워 입고 수연은 계단을 올랐다. 갑판 위에 오르니 까만 밤하늘이 쏟아질 듯했다. 하얀 별들이 희미하게 흐르고 있었다. 난간 앞에서 수연은 고개를 젖히고 입을 아, 벌렸다. 하나로 묶은 머리채를 철썩철썩 흔드는 바닷바람이 입안 가득 들어왔다. 수연은 바다를 향해 속에 든 것을 게워냈다.

배가 제주항 선착장에 닿았다. 스태프들은 잠에서 덜 깬 눈으로 부지런히 자기 짐을 챙겼다. 수연도 캐리어를 끌고 하선했다. 섬의 강한 바람이 수연을 맞았다. 서늘한 바람이었다.

"야, 공기부터 다르네. 같은 한국인데도 외국 같다."

촬영 감독이 말했다.

"우리한텐 네이티브가 있잖아."

윤 피디가 웃으며 대꾸한다.

"여기 사람들 타지 사람 경계한다던데, 우리는 수연씨 있으니까 타지인 아닌 거다?"

이제 막 막내를 벗어난 작가 수연은, 입을 끌어당겨 어색하게 웃으려다 멈췄다. 또다시 속이 울렁거렸다. 욕지기를 꾹꾹 참으며 걷는데 하늘이 물결처럼 일렁이고 주변의 목소리가 아득히 들려오는 것 같았다.

"야, 바다 봐라. 우리 여기서 한 장 찍지?"

"여기서요? 감귤밭부터 가는 거 아니에요?"

"아이참, 단체로 사진 한 장 찍자고!"

윤 피디가 아이폰을 가로로 들고 실쭉 웃으며 말하자, 팀원들은 투덜대며 대형을 잡기 시작했다. 수연은 그 틈에 방파제 쪽으로 달려가 엎드렸다. 바다를 향해 허리를 숙이자마자 토사물이 쏟아졌다.

"우욱…!"

눈이 뜨거워지고 가슴이 걸리도록 구토는 멈출 줄을 몰랐다. 수연씨는 간이 두 개인가 봐? 하는 농담을 들을 정도로 술에 진 적이 드문 수연이었다. 파도라면 더욱 지지 않았다. 오늘 진 이유를 찾자면, 뱃멀미인 듯하다. 마지막으로 배를 탄 일이 까마득하니 말이다. 뭍사람이 다 됐구나, 귀에 웅웅대는 엄마의 말을 소금물처럼 털어내며 수연은 비틀, 몸을 일으켜 세웠다. 그리고 뒤를 돌아 달려가려다 말고 우뚝 멈춰 섰다. 다들, 어디로 간 거지? 중얼대며 두리번거려도 일행 중 누구도 보이지 않았다. 수연은 바닷바람 탓에 뺨에 달라붙는 머리칼을 떼어내며 인상을 찌푸렸다. 걸음이 점차 급해졌다.

"젠장, 네이티브니 어쩌니 하더니 그 짧은 새…."

한숨이 푹 나왔다. 혼자 버려진 기분이 당혹스럽긴 했지만 가야 할 곳은 뻔했기에 그저 뒤따라가면 될 터였다. 아무리 제주 출신이라도 이 넓은 섬에 윤길자 할망이 농사를 짓는 감귤밭이 어딘지 제 동네처럼 찾아갈 수는 없었지만, 그래도 살던 섬인지라 낯선 상황에도 두려움은 덜했다. 수연은 윤 피디에게 전화를 하기 위해 주머니를 뒤졌다.

"어…?"

스마트폰이 만져져야 할 바지춤은 아무것도 잡히지 않고 헐렁하게 벌어졌다. 식은땀이 죽 흘렀다. 그럴 리가 없다는 걸 알면서도 거기 주머니라도 있는 양 목덜미며 어깨를 더듬거리던 수연은 문득 깨달았다. 잠시 세워둔 자기 캐리어마저 사라졌다는 것을.

"씨발…!"

수연은 욕지거리를 내뱉었다.

"이 귓것들. 사람은 버리고 감서 물건은 갖고 가?"

망연히 바라본 바다 저 멀리, 뭍사람들을 내려놓은 배가 조그맣게 멀어지고 있었다. 그때 무언가 수연의 등을 쿡, 찔렀다.

"언니."

화들짝 놀라 돌아본 수연의 눈밑에는, 자그만 여자아이 하나가 있었다.

"언니랑 같이 온 사람들 찾아요?"

"…응?"

"아까, 언니랑 배에서 내린 아저씨, 언니들이요."

"아…. 응."

"그 사람들, 조오기로 가던데요."

아이는 짤막한 팔을 뻗어 항구 반대편을 가리켰다.

"그래? …고마워."

수연은 터덜터덜 몸을 돌려 걷기 시작했다. 어차피 가야 할 곳은 빤했다. 항구 근처인 데다가 여긴 애월이니 사람이 있는 가게든 무엇이든 나올 것이고, 그럼 들어가서 전화를 빌리곤 핀잔을 들으며 일행의 렌트카가 있는 곳으로 가면 되는 것이다.

"그런데 여기 어른들은 어디 계셔? 어떻게 애월읍에 사람이 하나도 안 보이니."

수연은 조금 뒤처져 쫄래쫄래 걸어오고 있는 여자아이에게 물었다.

"아."

그때, 아이가 수연의 팔뚝을 잡더니 한편을 손가락으로 가리켰다.

"조오기 가면 어른들 있어요. 울 엄마도 저깄고, 언니랑 같이 온 어른들도 저리로 갔어요."

"…정말?"

아이가 가리킨 곳은 빌레못 동굴 방향. 큰길이 아닌 오솔길이었다. 아주 조금 의아했으나 달리 방법도 없었기에 수연은 잠시 멈추어 서서 길을 들여다보았다. 그새 아이는 성큼성큼, 나직한 바위 틈새에 난 길로 앞장서 들어갔다. 뒷목을 벅벅 긁다가 수연도 뒤를 따랐다.

"애."

"응?"

"어른한테 '응'이 뭐야."

"피, 언니도 반말했으면서."

"근데 어른들은 어디로 가고… 너 혼자 여기서 뭐 하고 있었어?"

그때 눈앞에 오름이 나타났다. 아이는 오름 위로 냅다 뛰어오르며 소리쳤다.

"빨리 와요, 다들 저기서 아침 먹고 있단 말이야!"

수연은 고개를 갸우뚱했다. 무슨 식당을 오름 위에 짓는단 말인가? 하긴, 배부터 채우려는 사람들한테 장사하기엔 딱이려나.

"빨리 와아."

"어…?"

쪼르르 달려온 아이가 팔을 잡아끄는 통에 머릿속 생각들이 파스스 깨지고 수연은 뒤뚱거리며 저도 모르게 오름을 올랐다. 그러다 풀이 수북하니 덮인 자리에 턱, 발이 걸렸다.

"악…!"

한순간이었다. 흙이 있어야 할 곳에, 서늘한 허공이 느껴졌다. 발밑이 훌렁 꺼지고 순식간에 온몸이 무너지며 수연은 끝 모를 밑으로 떨어져 내렸다.

캄캄했다. 떨어지는 동안 수연이 본 것은 빛 한 올 없는 어둠이었다. 쿵, 어딘가 등이 부딪히며 정신을 잃었다가 다시 눈을 떴을 때, 수연 앞에는 희미한 불빛이 있었다.

"정신이 좀 듭디까?"

수연은 손등으로 눈을 반쯤 가리며 부스스 고개를 돌렸다.

"뭍에 갔다 왔다면서요?"

등잔을 든 주름진 얼굴이, 수연에게 속삭였다.

"네…? 누구세….

"쉬이."

윗몸을 일으켜 세우며 묻는 수연의 입술에 노인이 검지를 갖다 댔다.

"목소리 낮춰요."

"깨어났나 봐?"

노인의 뒤에서 또 한 사람이 다가와 속닥이며 곁에 쭈그려 앉았다. 수연은 너무 놀라 소리를 지를 뻔했다. 한 손으로 코를 훔치며 쪼그려 앉은 그 남자의 한 팔에 장총이 단단히 감겨 있었기 때문이다.

"들키지 않으려면 조용히 있으라구."

남자는 여전히 목소리를 낮춰 소곤거렸다.

"들키다뇨? 여기 어디예요? 저는… 읍!"

노인이 무서운 얼굴로 수연의 입을 틀어막았다.

"조용히 하래두!"

"뭍에 갔다 왔다잖아. 상황을 다 모르겠지."

마흔쯤 되어 보이는 여자 하나가 저쪽에서 엉금엉금 기어오며 말했다.

"뭍에를 갔다 왔으면 소식이 빤해야지, 어째 우리보다 아는 게 없어?"

"우리도 뭘 알아서 숨었나! 그것들이 올까 봐 숨은 거지."

퉁명스레 말을 주고받는 사람들을 수연은 하얗게 질려서 번갈아 보았다.

"이봐요 아가씨, 그 귓것들이 뭐라고 하더오?"

"무슨 말씀을 하시는 거예요…!"

수연은 벌벌 떨며 사방을 둘러보았다. 이내 자신이 있는 곳이 어딘지 깨달았다. 그리 넓지 않고, 빛이라곤 사람 손에 들린 것과 저 위의 아주 희미한 흔적뿐이며, 봄날에도 군데 군데 눈이 녹지 않은 흙구덩이었다. 수연은 빠르게 그간의 기억을 더듬었다. 내가 왜 여기에 있더라. 일을 하다가, 제주 촬영이 잡혔고, 배를 타고… 그제야 짚 더미처럼 뭉쳐 있던 풀을 밟고 어딘가로 떨어졌던 일이 기억났다. 산속에 이런 구덩이가 있는 까닭이 무엇인지 짐작할 수 없었다.

 탕, 탕, 탕, 탕탕탕탕.

 그때, 총소리가 들려왔다. 난생처음 듣는 연발음에 수연은 본능적으로 귀를 막고 몸을 옹송그렸다.
 탕, 탕, 탕.
 총소리는 끊이지 않고 들려왔다. 그 사이사이, 끊이질 듯한 비명도 들려왔다. 사람의 생이 끊어질 때 나는 소리였다. 그때 수연의 옆구리에 뜨거운 무언가가 닿았다. 떨리는 고개를 간신히 돌리자, 아까 수연의 팔을 잡아끌던 아이가 수연의 옷자락을 잡고 허리춤에 매달려 있었다.
 "온다. 온다. 그놈들이 온다."
 겨우 정신을 붙들고 보니, 아까 본 노인과 몇 사람들도 수연처럼 몸을 웅크리고서 덜덜 떨며 그렇게 되뇌는 모습이 보였다.

"온다, 온다, 귓것들이 온다."

조금 전 수연의 역성을 들던 여자가 텅 빈 소쿠리를 끌어안고 중얼거렸다. 분명 총소리를 피해 반사적으로 들어 올린 손바닥이 귀를 단단히 막고 있었는데, 나뭇잎이 사그락사그락하듯 자그맣게 속삭이는 그들의 목소리는 믿기지 않을 만큼 또렷이 수연의 고막을 파고들었다.

쿵.

그때, 엄청난 굉음을 내며 구덩이의 흙벽이 흔들렸다. 처음엔 설핏 나무뿌리 같아 보였다. 흙과 눈과 돌로 이루어진 단단한 벽을 뚫을 듯 솟아난 형상이 말이다.

쿵. 쿵.

그러나 연신 쿵쿵대며 허물 기세로 벽에 자국을 남기고, 팽팽하게 늘어진 흙벽 너머에서 꿈틀대는 그것은 손바닥이었다. 사방으로 갈라져 다섯 손가락이 뻗어 나온 사람의 손 모양. 저를 통째로 삼킨 뱀의 뱃가죽 안에서 살아 꿈틀대는 쥐새끼처럼, 제 모양 그대로 꺼풀 너머에서 요동치는 그 모든 동물처럼, 저 벽 너머에서 손들이, 무수히 많은 손들이 꿈틀대며 이곳을 향해 타격을 하고 있었다.

"저기 사람이 있는 것 같아요…!"

눈물을 흘리고 이를 딱딱 부딪치며 수연은 말했다. 아니, 낮게 중얼댔다. 꼭 제 귀에만 들릴 만큼 작게 속삭여도 어쩐지 이 사람들은 들을 것만 같았다.

"쉬잇!"

이번에는 아까 그 여자아이가 수연의 입에 손가락을 갖다 댄다.

"사람이 아니야."

"사람이 아니야, 저건 사람이 아니야."

모여 앉은 사람들이 등허리를 수그리고 돌림노래처럼 웅성댄다.

"그치만 손가락이, 저 손가락이…!"

사람처럼 생겼잖아요, 수연이 차마 뒷말을 내뱉기 전에 손 하나가 픽, 소리를 내며 흙을 뚫고 들이왔다. 수연은 비명 대신 혀를 깨물었다. 바로 그 순간, 한 여자가 손에 든 호미를 휘둘렀다. 퍽. 가벼운 손짓 한 번에, 겨우 호미질 한 번에 하얀 손목이 흙먼지를 일으키며 구덩이 안으로 떨어진다. 손등에 호미가 꽂힌, 놀랍도록 새하얀 살덩이가 바닥에 나뒹군다. 맥없이 흙 위를 뒹굴던 손바닥은 이내 잠잠히 멈추더니 천천히 움찔거렸다.

"온다, 온다, 저 귓것이 온다!"

사람들이 다시 숨 막히게 조용한 고함을 친다. 어둑한 촛불 아래, 모든 이의 까만 눈동자가 저 손을 향하고 있음을 수연은 알아차렸다. 꿈틀, 잘려진 손의 마디마디가 솟아오르더니 손등을 둥글게 말아 올린 손가락들이 벌레처럼 살아 움직이기 시작했다. 피 한 방울 없이 잘려진 손에 붙은 손가락들은 부산스레 흙바닥을 훑으며 사방팔방 기어다녔다. 마치 무언가를 찾는 모양새였다. 바닥을 발발대며 누비던 손가락은, 구덩이 안 사람 하나하나의 앞을 지날 때마다 우뚝 멈춰서 토도독, 신난 듯 땅을 두드렸다. 그러곤 고민하듯 갸우뚱거리다가는, 다시 키들키들 몸을 흔들며 옆으로 기어갔다. 마침내 자신 앞에 그것이 당도했을 때, 이번엔 수연 스스로 제 손으로 입을 틀어막았다. 작은 신음이라도 새어나갈까 겁이 났다. 왜 겁이 나는지 설명할 수 없으면서도, 발밑에서 신나게 꿈틀거리는 저것에게 들킬까 봐 두려웠다. 무엇을 들킬까 겁이 나는지 설명할 수 없으면서도, 숨소리 내는 일조차 두려웠다. 손은 수연 앞에 한참을 머물렀다. 이번엔 들뜬 기색 없이 차분히 수연의 곁에서 토도독, 땅을 조용히 굴렸다. 어디서 키득키득 소리가 났다. 숨 막히게 적막한 이곳에서 기분 나쁠 만치 두드러지는 소음이었다. 소리의 근원을 찾았을 때 수연의 두 눈은 물결처럼 흔들렸다. 그 다섯 손가락이 서로서로 얽히고 비비적거릴 때마다 거기서 웃음소리가 났다.

그렇게 들썩이던 손은 곧 수연에게 타다다 달려오기 시작했다.

"아악!"

탕.

수연이 끝내 소리를 질렀을 때, 총소리와 함께 그것이 움직임을 멈췄다. 수연에게 달려들던 자세 그대로, 몸체의 반은 허공에 띄운 채 관절이 사방으로 비틀리고 우그러지면서. 탄흔에서 연기가 피어올랐다. 내내 장총을 품고 있던 사내가 그것을 향해 겨누었던 총구를 거두며 손을 가늘게 떨었다.

"…내가, 사람이 아니라고 했잖어."

툭, 총을 내리는 남자의 손날을 타고 식은땀이 떨어졌다. 총에 맞아 뒤틀린 그것이 뒤늦게 비명을 냈다. 이어 손가락 마디 끝마다 덮고 있던 피부가, 감귤 껍질 벗겨지듯 스르르 녹아내렸다. 흙을 묻히고도 끔찍하게 하얗던 겉껍질이 사라진 자리에 사람의 뼈는 없었다. 다만 잿가루처럼 연기를 날리며 그것이 사그라드는 순간에 끝없는 비명이 들려왔다. 수연의 목을 타고 소름이 돋아났다. 그 비명은 한 사람의 것이 아니었다.

"타겠네, 타겠어."

"아 뜨뜨뜨!"

타닥, 타다닥. 낯선 이들이 동굴 바닥에 피워놓은 모닥불에서 감자가 까맣게 익어갔다.

"자."

수연은 아까 자신을 깨운 남자가 턱 밑에 들이대는 감자를 스윽, 치우곤 고개를 돌렸다.

"쯧쯧, 뭍에 다녀왔다더니 정신이 아주 나가버렸어."

"아, 어디 그런 것들이 한둘이야?"

"안됐네, 안됐어….."

입가에 시커먼 재를 묻혀가며 감자를 먹던 이들이 수연을 곁눈질하며 수군거렸다.

"그래도 안 죽고 왔으니 망정이지."

"해안선 따라 총 든 놈들이 쭉 지키고 서 있는데, 용케도 여기까지 왔어."

"아직도 그러고 있을까?"

"덕이네랑 삼촌들이 살펴보러 갔잖어."

"그게 언제 적인데….."

"기다려보자구 이 사람아."

기다려보자는 말이 수연의 고막을 치고 들어왔다. 수연은 무릎에 파묻었던 고개를 부스스 들고 낯선 얼굴들을 쳐다보며 물었다.

"기다려요…? 누구를요?"

감자를 나눠 먹던 사람들이 반색하며 수연에게 답했다.

"아이구, 이제 정신이 드나 보네."

"누구를 기다리냐구요. 그 사람 오면 나갈 수 있어요? 저, 여기서 내보내 주세요. 제발요….."

"아 글쎄, 우린들 좋아서 이러고 있나. 아처럼 굴지 말고 정신 꽉 붙들라구. 지금 해안이건 산중이건 다들 죽어 나가고 난리가 났어."

"산에 서면 산에 섰다고 쏘고, 바달 가면 거기 섰다 쏘고. 귓것들이 우릴 싹 쓸어버릴려구 눈이 온통 벌개져서는…."

"옷을 보니 틀림없이 군복이던데 어찌 그럴까?"

"무장대 잡으려고 그 난리래잖어."

"그 말을 믿쫭? 지집아건 소나이건 가리질 않구 쏘아대고는, 중산간이 아주 쑥대밭이 됐는데…."

해안선, 군복, 무장대, 중산간… 그리고 사람들의 죽음. 익숙한 낱말이었다. 아니야, 그럴 리 없어. 수연은 애써 고개를 탈탈 털어냈다. 그게 언제 적 일인데 이 봄날, 굴에 모여 그 얘기를 한다고?

"겨울 날 준비도 못 해놓고 왔는데…."

"봄 오기 전엔 소식이 오겠지. 뭍에서 소식이 늦어지니 귓것들이 설치고 다니는 거야. 빨갱이니 뭐니, 여기 그 석 자쓸 줄도 모르는 삼춘들이 태반인데 설마하니 나랏님이 우릴 다 죽이게 놔두겠어."

수연은 다시 한번 세차게 고개를 가로저었다. 봄이 와도 한참 온 4월에 겨울 준비 이야기를 하는 이들의 머리에 둘둘 감긴 보온 내의와 그들의 입에서 뿜어져 나오는 하얀 입김을 멍하니 바라보며. 그러다 문득 연신 덜덜 떨리고 있던 제 팔뚝이 손에 잡혔다. 그제야 수연은 자신을 떨게 하는 게 두려움뿐이 아니라는 사실을 깨달았다. 추웠다. 이가 맞부딪치고 눈이 시릴 만큼 추웠다. 누가 덮어줬는지 모를 이불이 봄옷 입은 몸을 싸고 있는데도.

"성, 춥꽝?"

그때 아이가 불쑥 수연에게 머리를 들이밀며 물었다.

"…."

수연은 눈물 고인 눈으로 아이를 노려보다 입을 열었다.

"너, 왜 갑자기 제주 말을 써?"

그러자 모여 앉아 감자를 먹던 사람들이 일순 고개를 돌려 수연을 뚫어지게 쳐다보며 말했다.

"섬사람이 섬 말씨를 쓰는 게 뭐가 문제요?"

잠시 움찔하던 수연은 아이만 바라보며 다시 물었다.

"아까는 서울말 잘 썼잖아. 그러고 보니까, 너… 사람들 있는 데로 데려다준다며. 여기 어디야? 뭔 구덩이에 빠졌는데 다들 감자나 먹고 있어?"

"여가 사람들 있는 데가 아니면 어디란 말이요."

총을 든 남자가 수연을 빤히 보며 응수했다.

"저 바깥은 귓것들 천지라구. 해방되고 이제 겨우 허리 펴고 사나 했더니, 어디서 남로당 빨갱이가 들어왔니, 어느 집이 그것들을 먹여 살렸니 하면서 이번엔 총을 들고 떼거리로 몰려와서는. 저들이 나랏님이 보낸 군인이람서…."

이 사람, 지금 무슨 얘기를 하는 거야. 수연의 머릿속이 하얘졌다. 어떤 일은 경험하지 않아도 뼈에 새겨진다. 수연에겐 '4·3'이 그랬다. 섬 태생이라면 누구라도 그럴지 모른다. 수연의 엄마도 그랬으니까.

'뭐해, 어서 오잖구!'

투두두두두, 헬기나 비행기가 지나가거나 차 소리가 나거나. 바깥에서 큰 소리가 나면 할머니는 하얗게 질려 장롱 안에 들어가곤 했다. 빼꼼 눈만 보이는 틈새로 그는 어린 수연과 자신의 딸을 소곤소곤 불렀다. 분명 속삭이는 소리인데, 그것은 비명과 다름없었다.

'온다, 온다, 뭍에서 귓것들이 몰려와….'

수연은 차마 울지도 못하고 덜덜 떨며 할머니를 보았다.

그런 날 저녁에 엄마는 수연을 앉혀두고 멍하니 이야기를 시작했다. 그리 멀지 않은 옛날, 공산당 토벌이라는 명분으로 정부에서 보낸 군인들이 섬에 들이닥쳤다고. 빨갱이가 한번 발을 디딘 섬은 온통 붉게 물들기라도 한 것처럼, 그렇다면 사정없이 죽이고 짓밟아도 되는 것처럼, 총검으로 찌르고 쏘고 아이들과 처녀와 노인들을 사살했다고. 넋이 빠진 얼굴로 엄마는 매번 같은 이야기를 반복해 들려줬다. 할머니가 엄마보다 어릴 적에, 섬이 온통 불타고 피를 흘렸다고…. 해안선 안쪽에 있는 사람은 모두 적으로 간주해 사살한다는 선언을 하고, 마을 하나를 통째로 몰살하고, 종국에는 계엄령까지 내리더니 전쟁이 끝나고서까지 일은 완전히 끝나지 않았노라고. 그때 이웃 어른들을 개머리판으로 때리고 군홧발로 짓밟고 총으로 쏘아 죽이던 군인들이, 적군이 아니라 도민을 죽이던 그 젊은 뭍총각이 하얀 이를 드러내며 이죽이죽 웃는 낯을, 농 안에 숨어 벌벌 떨던 할머니가 모두 보았다고 말이다.

그 말을 하는 엄마의 얼굴엔 표정이 하나도 없었는데, 그럴 때 엄마는 이곳이 아니라 꼭 다른 곳에 있는 것 같아서, 수연은커녕 엄마가 태어나기 전에 있었던 끔찍한 그날로 수연을 혼자 두고 떠나간 것 같아서 수연도 그 시간이 괴로웠다. 밤이 와 잠이 들어도 엄마의 이야기는 영원히 끝나지 않을 것만 같았다. 그래서, 아빠를 따라 뭍으로 왔다.

'당신도, 당신 가족들도 이젠 지긋지긋하다고.'

날 선 말을 남기고 부부가 갈라설 때, 그들은 수연에게 물었다. 누구와 함께 살겠느냐고. 엄마와 친척들은 수연이 당연히 엄마와 함께 섬에 머물리라 생각한 듯 보였지만, 수연은 고향인 육지로 돌아가는 아빠를 따르겠다고 말했다. 그 순간 흔들리던 엄마의 눈빛을 수연은 기억한다. 배를 타고 어린 평생 살아온 섬을 처음 떠나오던 날, 멀어지는 푸른 섬을 보며 수연은 생각했다. 더는, 더는 저 구렁텅이 같은 집에 갇혀 있지 않으리. 4월만 되면 비통에 빠지던 마을, 4월 한 달로는 끝나지 않았던 비극이 내내 짓누르던 엄마의 얼굴, 외지 사람은 조심해야 한다며 당부하고 또 당부하던 어른들. 모든 것을 벗어나 다른 세상으로 가고 싶었다.

'육지에 왔으니, 너는 이제 육지 사람이다.'

그러나 아빠가 그렇게 말했을 때 수연은 엄마처럼 멍한 표정으로 아빠를 바라봤다. 아빠는 타지 사람들이 제주도인에게 어떤 딱지를 붙이는지 알려주었다. 단지 섬 출신이라는 이유로 사상을 의심하고 편견 어린 눈으로 보기도 한다는 것이었다. 그러니 제주 말을 고치고, 표준어나 이사 온 경상도 말을 쓰고, 기왕이면 제주 티를 내지 말라고 했다. 그렇게 네가 이젠 육지 사람이라는 사실을 증명해야 한다고.

내가 왜 그래야 하지.

저도 모르게, 당연하게도, 익숙하게 제주어가 튀어나올 때마다 매를 드는 아빠 앞에서 수연은 속으로 묻고 또 물었다. 엄마라면 어쩐지 답을 말해줄 것 같았지만, 고향으로 돌아온 아빠는 수연이 외가와 연락하는 것을 달가워하지 않았다.
'번호를 바꿨다더라.'
바뀐 엄마 번호를 묻는 수연에게 아빠는 짜증스러운 듯 한숨을 쉬었다. 새살림이라도 차렸나 보지. 눈치 없이 굴지 말고 새 인생을 살자. 아빠는 그렇게 말했다.

그런데 어째서 저 사람들은 그때와 꼭 닮은 이야기를 한단 말인가. 48년에 시작돼 54년에 끝났다고 세상이 말하는, 하지만 섬에서는 영원히 끝나지 않은, 그토록 벗어나고 싶어 수연이 등지고 걸어온 오랜 비극을.

"그런데 애당초 뭣 땜에 우리가 이렇게 숨어 있어야 되나?"
"왜놈들 물러가고 미군이 왔으니 이제 당신들은 자유요, 그러더니 그때 순사 해먹던 놈들이 그대로니, 뭐."
"뭍은 사정이 좀 다른가?"

"알 길이 있나. 뭍에서 온 것들이 뭔 일인지 설명도 없이 총 들고 저리 설치는데."

사람들 사이에 오가는 대화가 생각에 잠겼던 수연의 고막을 뚫고 들어왔다.

"아니야, 아니야, 그럴 리 없어…."

수연은 중얼대며 귀를 막고 혼자 고개를 저었다.

"옛날이야기를 하는 거야. 그런 거야…."

"처자, 자꾸 혼자 뭐라 중얼거리오?"

총을 든 남자가 눈을 크게 뜨고 수연을 향해 말했다. 수연은 흔들리는 눈으로 그를 바라봤다. 걸친 옷이 다소 낡고 예스러웠으나 지금 섬사람들의 외양과 다를 것도 없는 모습이었다.

"좀만 버티자구. 더 추워지기 전엔 나갈 수 있겠지."

"지끔 뭘 기다리고 버텨요!"

수연은 저도 모르게 소리를 질렀다. 남자가 얼른 손으로 수연의 입을 틀어막았다. 까만 얼굴에 박힌 하얀 눈들이 수연을 돌아본다. 수연은 남자의 손을 거칠게 치우고 말을 쏟아냈다.

"나갈 수 있는 거죠? 여기서 나갈 방법이 있는데 안 나가는 거죠? 오긴 뭐가 온다고 그래요. 사람 놀리는 것도 아니고 캄캄한 데 모여서 옛날얘기를…. 이게 뭐 하는 짓이에요!"

"…옛날얘기?"

머리에 내의를 두른 여성이 무릎으로 기어오며 나직이 내뱉었다.

"그것들이 농에 숨은 순이네 이 가슴팍에다가."

여자는 수연의 손목을 그러쥐어 제 가슴에 대며 말을 이어나갔다.

"멀건 죽만 끓여 먹어 말라비틀어진 고 몸뚱이에다가, 총을 쏘곤 피범벅을 만들어 던진 게 얼마 전인데. 뭐가 옛날얘기란 거요?"

"…왜 이러세요, 저한테? 다들… 여기서 얼마나 계셨던 거예요?!"

그 말에 얼굴들이 서로를 쳐다봤다.

"얼마나…?"

"그래, 우리가 여기 온 지 얼마지?"

"온 섬이 피바다가 된 건 엊그젠데, 여 이렇게 웅크리고 숨죽인 건 또 한참이오."

"그러네, 그러해. 바람이 서늘할 때 도망쳐 이리로 왔는데, 날은 자꾸 추워져도 저 위에선 소식이 없네."

"귓것들이 물러가야 나갈 텐데, 잠잠하다 싶음 벽을 뚫고 파고드니."

"대체 그 귓것들이 누군데요?"

수연이 하얗게 질린 얼굴로 외쳤다. 그들이 수연을 봤다.

"…아가씨."

처음 수연을 깨웠던 노인이 수연에게 다시 다가온다.

"뭍에 다녀왔다며? 경성 말도 잘 쓰는 아가씨가, 알려주오."

"그래, 알려주오."

총을 들고 낫을 들고 몸에 수건을 두른 사람들이 수연을 향해 입을 벌린다.

"왜, 왜, 저한테…."

"우리는 다 몰라도 아가씨는 알 것 같아."

"섬 사정은 못 봤어도 육지 물정은 보고 왔지? 알려줘요. 누구요, 대체 저 귓것들이?"

"누구는 죄 서북청년단 짓이라 하고, 누구는 저 서양 군인들이 뒤에 있다 하고, 누구는 왜에 붙던 순사 짓이 여전하다 하고, 누구는 반쪽 정부 세울 욕심에 시작됐다 하고. 알려주오, 처자. 당최 이 모든 일이 왜 시작됐소?"

"…!"

수연은 동굴 벽에 몸을 붙이고 부들부들 떨었다. 저들은 분명 4·3을 얘기하고 있었다.

왜냐고?

수연의 입술이 바르르 떨렸다. 그걸 왜 내게 물어. 할머니도 엄마도 다 몰라 끙끙 앓던 그 일이, 부산에 가고 서울에 가니 전혀 다른 말이 되어 떠돌았는데. 네 엄마를 닮아 제주 티를 못 버리노, 경멸하던 아빠의 눈초리. 훌쩍 자라 엄마를 다시 찾았을 때, 뭍에서 온 남편을 닮은 나를 보던 그의 낯선 눈빛. 어느 날 학교에서 나눠준 반공 책자에 쓰인 4·3이라는 글자 아래 빼곡히 적혀 있던 모욕들. 너, 제주 출신 아니야? 이거 정말이야? 제주도는 아직도 그래? 킬킬대며 하나도 궁금하지 않은 얼굴로 팔을 툭툭 치던 친구들. 밀어내도 밀어내도 떨어지지 않고 나를 짓누른 그날을, 가장 묻고 싶은 건 바로 나인데.

"말해주오, 말해주오."

"아가씨, 우리가 여기서 왜 이렇고 있어야 하지?"

"요 총구로 쏘고 또 쏴도 기어 나오는 저 허연 귓것은 어디서 왔소?"

"말해주오, 처자."

귀를 막고, 눈을 질끈 감고 수연은 몸서리를 쳤다. 두려움과 분노와 오랜 서글픔, 온갖 알 수 없는 감정이 몸을 뒤흔들었다.

"알려주오, 알려줘."

"말해주오, 영문을⋯."

그들의 손이 옷깃을 스칠 때마다 수연은 팔뚝에 돋는 소름을 느꼈다. 제주 말을 쓰지 않아도, 처음 보는 이들이어도, 지금이 몇십 년 전 그날인 것처럼 기이한 말을 늘어놓아도 본능적으로 느껴졌다. 이들은 섬사람이고, 육지, 다시 말해 엄마가 말하는 뭍에 가 아무리 오래 세월을 보냈어도 나 역시 그러하다. 그 질긴 동질감이 반갑지만 못한 것은, 그것이 곧 슬픔과 동의어였기 때문이다.

"저리 가요, 저리 가⋯."

수연은 손으로 얼굴을 가리고 주저앉았다. 그래도 웅성이는 질문은 계속되었다.

"말해주오, 말해줘⋯."

쿵.

그 순간, 동굴이 다시 뒤흔들렸다.

쿵, 쿵.

군데군데 눈이 묻은 구덩이 벽이 무수한 손자국으로 요동친다. 분명 아까 총 한 발에 사그라든 것을 보았는데도, 이번엔 더 큰 두려움이 수연을 덮쳤다. 일시에 소리도 움직임도 그대로 멈춘 다른 이들처럼, 수연도 제 손으로 입을 틀어막고 떨며 숨을 죽였다.

쿵!

또다시 벽에 금이 가고, 손이 튀어나온다. 피 한 방울 묻혀 본 적 없을 듯한 하얀 손. 하얗고 가는 손 하나가 툭, 떨어져 선 고개를 들고 정복지를 바라보듯 손목을 곧추세워 동굴 안을 둘러본다. 움찔움찔, 킁킁대며 냄새라도 맡는 양 검지를 꿈틀대던 그것은 금세 손가락 다섯 마디를 뒤로 꺾어 휘영청 흔든다. 그러자, 손들이 쏟아지기 시작했다. 저 벽 너머에서 요동치던 모양 그대로, 수많은 손이 군대처럼 밀려온다. 키들키들. 바닥을 벌레처럼 기어다니던 끔찍하게 희고 고운 살들이 서로에게 올라타 얽히며 애무하듯 서로를 어루만진다. 토독, 토도독. 그때마다 신나게 땅을 구르고, 손등을 들썩이며 킥킥대는 소리. 손들은 바지런히 발발거리며 굴 안을 서성였다. 돌처럼 굳은 노인 앞에 섰다가, 바위처럼 멈춘 남자 앞에 머물다, 바다처럼 잠잠한 여인 앞에 멈춘다. 킁킁, 소리 내며 사람의 발목을 타고 올라 온몸을 더듬던 그것들은 이내 밑으로 내려와 다시 표적을 찾았다. 손 하나가, 수연 앞에 우뚝 멈춰 선다. 그때였다. 아연한 채 한참을 가만히 괴물을 내려보던 수연의 눈에 그 마디마디가 들어온 것은. 툭, 수연의 시선이 닿는 순간 아가리가 벌어지듯 살갗이 터져나가며 검은 뼈가 솟아올랐다. 지독히 흰 그 다섯 손가락 마디를 잇고 있는 건 새까만 속살이었다. 아니, 그것을 속살이라 해야 할까. 살면서 수없이 많은 어둠을 봤어도 그런 어둠은 처음이었다. 모든 어둠마저 삼켜버릴 듯 지독히 깊은 어둠. 너무 짙어서 눈이 멀어버릴 것만 같은 검고 끔찍한 심연.

허억.

수연은 저도 모르게 비명을 지르며 무너졌다. 토독, 돌아서던 그것이 하얀 몸체를 돌려 수연을 본다. 수연은 입을 막았던 손을 힘없이 떨구고 주저앉았다. 저 하얀 손 안, 형언할 길 없는 진득한 어둠을 본 순간 금즉해진 마음은 이미 이 세상 것이 아니었다. 어둠, 어둠. 모든 것을 덮치고 삼켜버린 어둠. 이 순간 수연은 지독히고도 유일한 비밀을 보이버린 것 같았다. 그때, 하얀 손마디가 아가리를 쩍 벌려 속삭였다.
　—찾았다.
　그 속삭임에, 바닥을 기던 수많은 손이 수연을 바라봤다. 그리고 두두두, 땅을 울리며 달려오기 시작했다. 허억, 수연은 숨을 삼켰다. 몸에 힘이 하나도 들어가지 않았다.
　—찾았다, 찾았어. 여기 산 사람이 있어.
　손들은 그렇게 소곤거리며 수연의 몸을 올라탔다. 촉수 같은 손가락 무리가 발끝부터 천천히 수연을 타고 올라온다.

—찾았네, 찾았어. 섬에 아직 산 인간이 있었어.

수연의 눈에서 저도 모르게 눈물이 흘렀다. 싫어, 죽기 싫
어. 중얼거리려 해도 조금 전 보아버린 끔찍한 어둠에 입도
팔다리도 움직이지 않았다. 수연이 움직일 수 있는 건 딱 하
나, 두 눈에 박힌 안구뿐이었다. 그것들은 타닥, 타닥, 손끝
으로 수연의 살갗을 간질이고 차가운 손톱을 콱콱, 박아 넣
으며 수연을 짓눌러왔다. 몸을 타고 오르는 벌레 같은 손들
을 멍하니 응시하다, 눈을 들어 굴 안 풍경을 바라봤다. 모여
선 사람들의 얼굴이, 붉게 일렁이며 이지러지기 시작했다.
조금 전까지 눈 코 입이 또렷했던 그들의 낯은 빠르게 변해
갔다.

—아가씨, 말해주오. 저 귓것들이 뭐라더오?

—처자, 뭍에 다녀온 처자, 이 난리가 다 무슨 일이라오?

—도돔마을 귀한 딸, 과수원 댁 비바리. 왜더오? 우리가
왜, 죽어야 하지?

—말해주게, 말해줘.

—영문을 말해줘.

—어째서 온 섬이 피바다가 됐는지, 저것들이 왜 우릴 죽
였는지.

그들이 웅성일 때마다 두꺼운 겨울옷을 뚫고 푹, 푹, 구멍이 나고 붉은 피가 흘렀다.

—제발 알려주오, 처자…. 왜, 대체 왜 우리가 아파야 했는지.
—왜, 왜….

사방이 곡소리로 가득했다. 붉게 변한 얼굴들은 고통에 절규하며 수연을 향해 손을 뻗었다. 수연은 하얗게 질려 벽에 더욱 바싹 달라붙었다. 그렇게 구석으로 몰릴수록 손들은 더욱 쉬이 수연을 에워쌌다. 천장에서도, 바닥에서도 새로운 손들이 끝없이 솟아나 그를 향했다. 눈을 질끈 감아도, 귀를 틀어막아도 여전히 얼굴이 보이고 울음이 들렸다. 가슴이 만갈래로 찢어지는 것 같았다. 뱃속 아주 깊은 곳을 굵고 긴 송곳이 뚫고 들어와 마구 헤집는 듯했다. 고통스러웠다. 비통함과 참담함이 가슴을 부수고 찢어놓았다. 마침내 수연은 입을 벌려 울었다. 뱃속에서 꿈틀대던 울음이 굳게 닫힌 입술을 뚫고 나와 목소리가 됐다. 그렇게 수연의 소리와 사람들의 곡소리가 한데 뒤섞였다.
—아아아, 아아아.
—끄으, 끄으윽.
손들은 울음소리 따위엔 관심 없다는 듯 이젠 수연의 턱

밑까지 하얗게 차올라 바글거렸다. 킥, 킥킥. 킥킥, 킥킥. 곡소리가 높아질수록 그들의 비웃음도 커져갔다. 수연은 핏발선 눈으로 그들을 빨갛게 노려봤다. 징그러운 손마디가 꿈틀댔다. 그래, 날 죽여. 친척들을 죽였고 마을을 불태웠듯 날 죽여. 엄마의 엄마를 괴롭혔듯, 그래서 우리를, 섬에 난 우리를 영원히 괴롭혔듯 또다시 날 죽여….

뇌까리며 부릅뜨고 손들을 응시하는데, 갑자기 마음 어디서 쿵, 소리가 났다.

그런데 그 애는 어디 있지?

서서히 형체가 스러지며 더욱 붉게 변해가는 사람들 틈에, 수연을 여기로 이끌었던 자그만 아이가 보이지 않았다. 등이 굽고 키가 크고 굶주려 빼빼 마른 어른의 몸집들, 아이 하나를 뺀 만큼의 숫자. 얼굴이 변하여도 알 수 있었다. 그 아이가 보이지 않았다. 엄마에게 간다고 했었는데. 아주 조그만 아이였는데.

"애…."

조금 전 벌어진 입술로 아이를 부르며, 수연은 애타게 사위를 둘러봤다.

"꼬마야, 어디 갔어."

충혈된 눈으로 아이를 찾던 수연의 눈에 눈물이 점점 차올랐다. 두려웠다. 이 위험천만한 곳에서, 자신은 죽더라도 아이만은 올려보내고 싶었다. 엄마가 기다린다고 했는데. 엄마한테 간다고 했는데.

"엄마한테 가야지, 집에 돌아가야지 어딜 갔어…."

수연은 흐느끼며 되뇌다, 흐려지는 정신을 붙잡고 허공을 향해 일렀다.

"조심해. 잡히지 않게 조심해. 울거나 소리 내지 말고 꼭꼭 숨었다, 어른들이 찾아오면 밖으로 올라가…."

그 순간, 무언가 뒤에서 거세게 수연의 허리를 움켜쥐었다. 이 뒤엔 차가운 흙벽뿐일 텐데. 끼이익, 천천히 고개 돌려 돌아보자, 거기에 아이가 있었다. 동굴 벽과 수연 사이 아주 좁은 틈에 작은 몸을 구긴 채로.

"너…."

입술을 달싹이며 부르는 수연을 더 꽉 끌어안으며, 아이는 등에 대고 속삭였다.

"숨으랬지. 날 더러 꼭꼭 숨으랬지."

아이를 안으려 팔을 뻗어보았지만 손들에 파묻힌 몸은 그 틈에서 허우적거렸다.

"그래 놓고 어딜 가버렸어? 엄마가 시킨 대로 말 잘 듣고 꼭꼭 숨어 울지도 않는데, 성이랑 삼춘들 다 죽는 걸 새파

랗게 보면서 가만히 꼭꼭 기다렸는데, 엄마는 왜 날 두고 죽었어?"

숨이 멎을 것 같았다. 헉, 가쁜 숨을 삼키며 수연은 흔들리는 눈으로 아이를 봤다.

"잘 숨어 있다 다치지 말고 만나자 해놓고, 엄마는 왜 피투성이가 되어 죽어버렸어…? 응? 나는 일흔 해가 가도 그게 궁금해."

바르르, 떨리는 손끝을 뻗자 간신히 아이의 뺨에 손이 닿았다.

"강산이 수십 번 바뀌고 세월이 흘러도, 누구도 말해주질 않아…."

안긴 팔에 힘을 주며 재차 묻던 아이는, 고개를 들어 수연을 쳐다봤다.

"언니는 말해줄 수 있어?"

수연은 있는 힘껏 아이를 끌어안았다. 손끝 하나하나가 파르르 떨려왔다. 떨리는 제 손끝을 보면서 수연은 문득 알아차렸다. 이번엔 겁이 나서가 아니구나. 그 순간 저 멀리서 두두두, 소리가 났다. 땅을 울리고 흙먼지를 일으키며 하얀 귓것들이 밀려온다. 피 한 방울 안 묻은 듯 고결한 하얀 손. 어둠으로 이어진 그 손들이 귀신처럼 괴물처럼 달려온다. 그것들은 이번엔 아이를 향한다.

"씨발, 씨발…."

수연은 욕을 내뱉으며 아이를 향해 몰려드는 손들을 떼어내려 애썼다. 하지만 아이를 끌어안은 팔은 단단히 얽힌 뿌리처럼, 제 의지로 움직여지지 않고 점점 더 깊이 그 애의 품 안으로 파고들 뿐이었다.

"이러지 마, 이러지 마, 제발…."

수연은 움직이지 않는 제 손에게 애원하듯 읊조리며 흐느꼈다.

"제발, 제발 뭐라도 해, 응? 수연아, 움직이자. 움직여…."

아무리 중얼거려도 근육은 감각 하나 없었다. 할머니가 농 속으로 기어들어가 수연아, 애달프게 부를 때 그러했던 것처럼. 수연은 엉엉 울며 계속 손끝을 움직이려 시도했다. 하얀 손은 어느새 아이의 턱 끝까지 차올랐다.

─킥킥, 찾았다….

─그때 분명 다 죽였는데, 이상하게 자꾸 다시 살아나….

─뭐 어때? 다시 죽임 그만인 걸.

─큭큭, 큭큭.

─킬킬, 킬킬.

─이 애를 밟을 거야. 이 애를 죽일 거야. 우린 너희를 끝까지 쫓아가 쏘고 찌르고 비틀 거야.

뇌까림과 함께 손가락 하나가 공중에 바르르 떨리더니 아이의 뺨을 더듬으려 다가섰다.

퉤.

그 순간 수연은 그것을 향해 침을 뱉었다. 침을 뒤집어쓴 그것이 멈칫하더니 끼이, 소리 내며 천천히 수연을 향해 고개를 돌렸다.

"개새끼들."

수연을 향해 뻣뻣이 선 손가락이 바르르 온몸을 떤다.

"건드리기만 해봐, 학살자 주제에. 가만두지 않을 거야."

수연의 말에 손가락 하나가 들으란 듯 소리 높여 킥, 웃음을 뱉었다. 키들키들, 한 놈이 몸을 들썩이며 웃자 눈치를 보다 어둠으로 연결된 다른 손들도 키득키득, 과장된 웃음을 이어갔다.

—계속해, 계속해 봐.

—가만두지 않아? 움찔조차 못 하던 네가?

—너희는 무결해? 우리만큼 무결해? 너흰 양민이 아니야. 우리는 가해자는커녕 외려 피해자라고. 봐, 겉으로는 피 한 방울 묻지 않은 이 하얀 손을.

—그래, 계속해. 우린 너를 찾아 모욕하고, 망신 주고, 끝까지 괴롭힐 거야. 생계를 끊고 앞길을 막고 소문을 떠들 거야.

탁, 수연의 온몸에 힘이 풀렸다. 익히 들어오던 목소리. 평생을 따라다닌 그 목소리였다.

너흰 피해자가 아니야. 명예를 찾고 싶어? 증명해 봐. 어디 한번 증명해 봐. 그때마다 우린 말하는 너를 찾아내 낙인 찍고 괴롭힐 거야. 사상을 검증하고 직장을 찾아내고 네 고향에 험담을 덧씌울 거야. 그러니, 감당할 수 있으면 어디 한번 말해봐. 이 섬은 죄가 없다고, 아니 총에 맞아 스러진 어느 누구도 그러할 순 없다고, 그건 있어선 안 되는 일이었다고…. 너는 섬사람이고, 그 사실을 잊지 않고 살아간다고 말이야.

기억 속 그 소리를 뚫고 어둠 속 손들이 꿈틀대며 속삭인다.

—말해봐, 어디 한번 말해봐.

—네가 들은 모든 것을 말해봐.

—어머니가, 할머니가 들려준 모든 것을.

—누구도 듣지 않아, 그래, 누구도 듣지 않아.

—그날을 기억한다고, 기억한 모든 말을 전할 수 있다고 어디 한번 외쳐봐.

—못 하지? 너는 못 해.

피가 나도록 아랫입술을 꽉 깨물었다. 답할 가치조차 없던 질문이었다. 그래서 침묵했고, 떨면서 잠들었고, 섬을 등지고 묵묵히 걸어왔다. 이젠 그것이 지겨웠다. 가치 없는 질문 앞에 지킨 침묵이 지겨웠다.

"충분히 괴로웠어. 충분히 괴롭혔다고. 너희가 다녀가고 온 섬이 수십 년을 숨죽여 몸부림을 쳤는데, 그때 태어나질 않은 나조차도 그랬는데. 무슨 자격으로, 네가 무슨 자격으로 내 앞에서 떠들어."

그때, 수연은 비로소 제 몸이 움직이는 것을 알았다. 아이를 꼭 싸안고 일어서자 오래 넘어졌던 다리가 떨렸다. 그런 다리로 수연은 흐느끼며 분연히 물었다.

"우리를 왜 죽였지? 말해봐. 그 입으로 말해봐. 더럽게 얽히고설킨 그 마디마디로 직접 내뱉고 시인해 봐. 우리가 아는 진실을, 감히 말해봐!"

수연은 이제 생생히 꿈틀대는 근육을 들어 땅에 붙은 손들을 내리밟았다. 탕, 탕. 겨우 발짓 몇 번에 손들은 연기처럼 허망하게도 어둠 속에 흩어진다. 비로소 붉은 피가 샘솟는다. 굴속 사람들이 흘린 꼭 그만큼의 피가, 수연의 가슴에 깊이 스민다. 턱 밑으로 뚝뚝 흐르는 눈물을 닦지 않으며, 처음으로 멈추지 않고 수연은 계속 발을 굴렀다.

"그래, 찾아봐. 끝없이 나를 찾아 괴롭히고 밥줄을 끊고 숨통을 조여봐. 그래도 말할 거야. 이젠 내가 물을 거야."

쾅.

수연이 마지막 손을 밟은 순간, 일순 사방이 흔들리며 천장에서 돌가루가 쏟아져 내렸다. 두두두, 점점 거세게 흔들리는 굴 안에서 수연은 아이를 감싸고 웅크렸다. 중심을 잡기 어려웠다. 와르르, 무자비한 자갈과 흙이 희뿌옇게 공기를 채우고 시야를 에워싼다.

"죽여도, 수십 번을 또 죽여도 계속 살아나서 물을 거야…."

유언처럼 토해내며, 수연은 아이의 머리를 꼭 끌어안았다.

눈을 떴을 때, 수연이 주위엔 붉은 꽃이 가득했다. 더듬더듬, 봄 공기에 흔들리는 꽃잎을 헤치고 고개를 들자 햇볕이 뜨거웠다. 흙바닥과 풀포기. 오름 정상이었다. 분명 끝없이 밑으로 떨어졌는데 나오고 보니 꼭대기라. 이상하구나…. 수연은 중얼댔다. 이상도 하지, 이보다도 이상한 게 그날의 일이라는 게. 서늘치 않은 바람이 볼을 스치고 지나간다. 수연은 멍하니, 빛을 만나 시린 눈을 가늘게 뜨고 발치에 흐드러진 동백꽃 무리를 보았다. 붉어지다 꽃이 되어버린 사람들을 보았다. 아가씨, 말해주오. 우리가 왜 죽어야 했는지 말해주오. 물을수록 붉어지던 얼굴들. 수연은 가만히 그 얼굴을 만졌다. 사그락사그락, 소리가 났다. 그때 어디서 기척도 없이 아이가 나타나 수연에게 다가왔다. 섬에 도착해 모든 걸 게워 낸 후 혼자가 되었을 때 그랬던 것처럼, 아이는 연기 같이 안겨 오며 귀에 대고 속삭였다.

수연아.

수연의 어깨가 움찔, 흔들린다.

귀한 딸 수연아. 과수원집 귀한 딸, 도돔마을 여자아이 수연아, 길이 험해 이제 왔니….

갑자기 아이에게서 세월을 아주 오래 산 이의 체온이 느껴졌다. 수연은 천천히 손을 뻗어 아이의 뺨을 쥐고 눈을 보았다. 그리고 물었다.

너… 누구니?

아이는 말없이 수연의 품으로 파고든다. 그때마다 진득한 피가 가슴으로 배어든다. 엄마. 눈을 감고 수연은 저도 몰래 중얼댔다. 여기서 내려가면, 못을 돌고 굴을 지나 땅을 밟으면, 가장 먼저 엄마에게 가야지. 수연은 차갑게 식어가는 아이를 꽉 안았다. 쌕쌕, 얕은 숨소리가 고막을 파고든다.

'섬'은 신비롭습니다. 신비롭고 또 외딴곳이어서 매체와 외지인은 섬을 곧잘 대상화합니다. 때로 그곳은 환상의 낙원이고, 때로는 도피처이며, 때로는 범죄의 온상입니다. 그렇다면 섬에 사는 사람들에게 외지인은 어떤 의미일까요. 특히 4·3이라는 비극을 겪어낸 제주도민에게 있어서 말입니다.

열하나 즈음이었을까요. 4·3사건에 대해 처음 알게 되었습니다. 학교도, 어른들도 알려주지 않는 그날의 진실이 궁금해서 많은 책과 신문을 찾아보았습니다. 저마다 다르게 전하는 이야기 속에 한 가지 공통된 사실이 있었습니다. 우리나라 군인이, 적군이 아닌 국민을 죽였다. 이 섬이 가장 하고 싶은 이야기가 하나 있다면 그것이리라고 믿었습니다.

제주에 관한 소설을 쓰기로 했을 때, 4·3이라는 사건을 말하지 않을 방법을 저는 찾지 못했습니다. 그날이 섬의 전부는 아니지만, 그날을 빼놓고는 섬에 대해 이야기하기 어려우니까요. 제주 4·3사건은 오랜 세월 너무도 적게, 또 잘못 말해져 왔습니다. 하얗고 무결해 보이는 손이 실은 여러 사람의 비명과 영혼을 삼킨 것처럼 말입니다.

글을 쓰는 동안, 반공 글짓기 대회에 차출되었던 열네 살로 돌아갔습니다. 그때처럼 두려웠습니다. 무엇이 저를 무섭게 했고, 또 무엇이 그렇게 떨면서도 그때도 지금도 이 이야기를 하게 만들었을까요? 어쩌면 인간성이 파괴되는 비현실적 공포 앞에서 우리가 마주하는 질문이 바로 그것일지도 모르겠습니다. 그 답을 알고 싶어 헤매며 지내왔습니다.

　캄캄한 산속 동굴에서 단절되었던 어머니와 할머니의 아픔을 만난 수연처럼, 저도 깊고 어두운 곳에 갇힌 순간 누군가의 얼굴을 찾아낼 수 있길 바랍니다. 저 역시 섬사람이기 때문입니다. 영영 떠날 수도 머물 수도 없는 그곳이, 바로 나의 고향이니까요.

　　　　　　　　　　　　　　　　　　　　　　　　　　　—빗물

너희 서 있는 사람들

WATERS

"이게 얼마만의 제대로 된 일감이냐?"

박경원, 36세, 사립 탐정.

나흘에 한 번씩 깎아 까슬까슬하게 수염 돋친 턱과 의욕 없어 보이기로는 세상 둘째가라면 서러울 눈매. 넥타이는 아예 존재조차도 하지 않고, 시계는 유명한 명품을 베낀 싸구려 쿼츠 시계뿐. 그러나 그는 지금까지 겪어본 바 그 어떤 회사보다도 피고용인의 자율적인 활동을 보장해 주는 고용주였다. 일이 없을 때는 볕이 쨍하게 들어오는 자리에서 엎드려 졸아도 별말을 안 할 정도로.

그게, 제주특별자치도의 몇 안 되는 탐정 사무소에 조수로 근무하는 나기은이 자기 사장에게 매긴 평가였다.

"…그러게요. 진짜 의왼데."

"아니, 뭐가 그리 의외냐? 나 탐정이야, 인마."

"그렇지만 저희는 불륜 사건만 맡아왔잖아요."

"어? 우리가 무슨 불륜 현장 포착 전문 탐정이라도 되냐?"

나기은이 흘러내린 크고 동그란 은테 안경을 다시 바짝 콧잔등에 올려붙이곤, 고개를 끄덕였다.

"네. 지금까지는요."

"아니거든? 그런 적 없거든?"

"그렇지만 제가 여기 취업한 지가 어언 이 년째인데….."

오늘을 제외하면 단 한 건. 단 한 건의 예외 없이 들어오는 건수는 모조리 다 불륜 현장 포착이었다. 아니, 하다못해 그 클리셰적인 고양이를 찾아달라는 퀘스트마저도 없는 탐정 사무소라니.

물론 대한민국의 탐정업은 합법화된 지 몇 년 되지도 않았고, 애당초 흥신소의 일 일부가 합법화되어 넘어온 거라고 해도 무방할 정도이니 별로 인기 직종도 아니다.

무슨 문제가 생기면 사람들은 대체로 형사를 찾는다. 좀 더 있는 사람들이라면 검사를 찾을 테고. 일본이라면 모를까, 미스터리한 사건 해결을 맡길 만한 곳으로 '탐정'을 찾는 사람들은 우리나라에 드물다. 탐정 사무소만큼이나.

"그런데 이건 갑자기 너무… 무거운 사건 아니에요?"

"어허, 지금 날 무시하는 거냐?"

"에이, 그럴 리가요. 시댁에 어린 아기를 빼앗겼다라⋯."

시어머니가 갓난아기를 대뜸 데려가서 돌려주지 않는다면, 법률적으로 납치가 성립하는가? 친족 간에도 감금이나 납치가 성립될 수 있다고 기억한다. 나기은의 머리가 돌아가기 시작했다. 고객의 진술을 다시 검토할 필요가 있었다.

⬤

"⋯시댁은 이상한 곳이에요."

여인의 입술은 창백했고 목소리는 겁에 질린 듯했다. 남편이 동행하지 않은 걸 보니 둘 중 하나다. 남편이 없거나 혹은 남편이 시댁 편이거나. 나기은은 가만히 손에 수첩과 펜을 들었다.

"이상한 곳이라면, 정확히 어떤 곳입니까?"

"그게, 그러니까⋯ 미신을 과신한다고 해야 할까요⋯."

미신. 귀신. 신앙.

달리 말하면 전통이니, 관습이니 하는 것들이다. 나기은은 그런 것들을 꽤 잘 아는 편이다. 어린 시절 부모님은 바빴고, 친가는 어린 데다가 딸이었던 자신을 맡고 싶지 않아 했다. 당시 무당이었던 외가댁만 받아주었다.

외할머니는 도리어 자신하고 같이 있어야 안전하댔다. 기가 허하고 신(神)을 잘 본다나. 무언가 보이지 않아야 할 게 보일 정도로 예민한 건 아니었지만, 어린 시절에는 잔병치레라도 할라치면 부정풀이를 받아야만 나을 정도였다.

그리고 그런 나기은 눈에 이 사건은 사실 받으면 안 되는 것이었다.

"시댁은 집성촌… 이거든요. 남편은 제 등쌀에 못 이겨서 분가해 나왔지만, 절대로 물을 안 건넌다고 해서 제주도에 살게 되었고요."

"아, 그래서군요."

"무엇이 말인가요?"

"굉장히 정확한 서울말을 쓰신다 싶어서요."

나기은이 눈을 빛냈다. 몸을 앞으로 조금 젖히고는, 불륜이 아닌 이 사건에 꽤나 관심을 보였다. 그런 나기은을 박경인은 흘깃 보고 말았다.

"아, 전 원래 서울 토박이였거든요. 그이와 결혼하면서부터 내려와 살게 된 터라…."

서울 토박이. 그런 전통과 가장 먼 거리를 유지하는 사람들이다. 그런데 시댁은 집성촌이라. 아마 꽤나 적응이 어려웠을 것이다. 현대에서 말하는 상식과 전통에서 말하는 상식은 다른 점이 많으니까. 그나저나 요즘 시대에 집성촌이라니, 나기은은 고개를 갸웃거렸다.

"아하, 그러시군요. 그럼 여기에 일단 연락처랑 주소, 아, 지금 어디 살고 계시죠?"

"아, 그, 작은 고시원에서 살고 있어요."

"고시원이요?"

"네…. 남편이 시댁에 현관 비밀번호를 알려준 것 같아서요. 외출하고 왔더니 아이 옷도 사라졌길래…. 경찰은 별일 아니라고 조사를 안 해주고요…."

확실하다. 저건 겁먹은 얼굴이다. 가정 폭력일까? 그러기에는 남편 자체를 두려워하는 것은 아니어 보인다. 저건 시댁에 대한 두려움이다. 어떤 비이성적이고 이해할 수 없는 집단을 대하는 두려움. 그 집단이 가진 어떤 '분위기'에 눌린 것이다.

"그럼 그 고시원 주소로 주십시오."

"네…."

한 가지 질문을 빼먹었다. 나기은은 수첩 너머로 초췌한 기색의 여인을 바라보았다. 몇 개의 질문을 더 버틸 수 있을까? 당사자에게 사건에 대해 묻는 것은 기력 소모가 상당히 크다. 그렇다면 가장 필요한 것부터.

"그, 혹시… 짐작 가는 거라도 있으신가요?"

"짐작이라면…?"

"어째서 아드님을 시어머니께서 데려가셨는지요."

의뢰인의 눈이 박경원에서 나기은으로 옮겨간다. 눈동자가 떨리는 걸 보니, 곧 말해줄 내용은 아마 거짓이거나 혹은 자신도 잘 모르는 것이 틀림없다.

"모, 모르겠어요. 어떤 미신적인 이유 아닐까요…?"

"미신적인 이유라면…."

"저야 모르죠…!"

갑작스럽게 커지는 목소리. 심지어는 손톱까지 물어뜯는다. 나기은은 가만히 의뢰인의 손을 잡고 내려주었다. 하루 이틀 물어뜯은 게 아닌지 너덜너덜한 손톱은 이미 한계까지 짧아져 있었다.

"아이는, 아이는 찾을 수 있겠죠?"

"예. 꼭 찾아드리겠습니다."

박경원은 꽤 믿음직한 인상으로 눈빛을 갈아치웠다. 실제로 그가 믿음직하냐와는 별개로. 다행스럽게도 고객은 안심했고, 무사히 돌아갔다. 기묘한 말 한마디만을 던져두고.

"절대로, 절대로…."

모성애와 뒤섞인 공포.

"제 아들이 시댁에서 자라면 안 돼요."

그건 처절한 당부였다.

"제가… 저희 외할머니 무당이셨다고 말씀드렸던가요?"

"접때 말해주지 않았나? 그, 왜, 어디였더라? 초등학교 교장 불륜 잡으러 잠복했을 때."

"맞다. 그랬었죠."

"아무튼, 그래서 왜?"

"이거, 아무래도 쎄해요."

박경원이 먹던 국밥을 밥풀째 뿜었다. 그중 하나가 제 국밥 그릇에 들어오는 게 보여서 나기은은 그만 수저를 내려놓았다. 저런 걸 어떻게 먹어.

"그래서, 뭐, 신기라도 느껴졌어?"

"아뇨, 저한테 그런 건 없긴 한데…."

박경원이 마시던 뚝배기를 내려놓고 나기은을 흘끗 바라보았다. 숟가락도 놓고서 의자에 등을 딱 기댄다. 녹색 녹말 이쑤시개를 집어 이빨 사이에 끼워놓고 어깨를 으쓱했다.

"그런데 왜?"

"그래도 뭔가, 쎄해서요."

"그런가? 난 잘 모르겠는데."

그가 엄지와 검지를 동그랗게 말아 붙였다. 그러고는 싱긋 웃는다. 한숨이 절로 나왔다.

"돈에 눈이 먼 게 아니고요?"

"그래서 잘 모르겠나 봐. 아니 그렇지만, 생각해 봐. 얼마나 부잣집인지 모르겠지만 일억을 준다니. 할 만하잖아."

1억은 큰돈이다. 하는 일이라고는 불륜 현장 포착밖에 없는 탐정으로서는 더더욱.

"반대로 생각해야죠, 사장님."

"반대로?"

"도대체 무슨 일이길래 일억씩이나 주고 일을 맡기는가, 요."

"구린 뒷사정이 있겠지. 더 안 먹어?"

"네."

박경원이 어깨를 으쓱거리더니 자리에서 일어났다. 8000원짜리 국밥 두 그릇. 카드를 내밀고서는 중얼거린다.

"일억이면 이 국밥이 대체 몇 그릇이야?"

나기은 답하지 않았다. 그 '구린 뒷사정'만 신경 쓰일 뿐이었다. 얼마나 구린 뒷사정이면 경찰이 안 되자 바로 사립 탐정에게 왔을까. 사실상 흥신소 가는 것과 비슷한 생각으로 왔을 텐데.

"가자! 돈 벌러!"

하지만 사장은 별생각이 없어 보였다. 저러니 불륜 현장 포착만 주야장천 하는 거라는 말이 혀끝까지 튀어나왔지만 겨우 삼킨다. 10년은 더 탄 중고차에 시동을 걸고, 사전 조사

하나 없이 의뢰인이 불러준 그 시댁이란 곳의 주소를 핸드폰 내비게이션 앱에 찍는다.

"정말 지금 바로 가시게요?"

"그럼, 뭐 묵혔다가 가면 더 잘 풀리냐?"

"그래도 자료 조사라든가…."

"원래 진짜 탐정은 발로 조사하는 거야!"

저 셜록홈즈병 걸린 사람을 어쩌면 좋을까. 나기은은 한숨을 푹 쉬고는 차량 조수석에 탑승했다. 그리곤 가방에서 태블릿을 꺼내 제주 대(對) 씨 집성촌을 조사하기 시작했다.

"뭐가 좀 나와?"

자동차는 슬슬 시내를 빠져나와 국도로 들어선다. 그때 박경원이 뭔가 건진 거라도 있냐고 물었다.

"아쉽게도, 아무것도 안 나오는데요."

"뭐, 유튜버들이 뭘 뒤지러 들어갈 만한 곳도 아니니까. 집성촌이라는 게."

"그것도 그런데…."

이번에는 대 씨 집성촌이 아니라 위치로 검색해 본다. 한경면 차귀도. 제주 최서단에 위치한 섬. 인터넷을 찾아보면 1970년에 이미 무인도가 되었다고 나온다. 그런데 그곳에 마을이라….

"지역으로 검색하면 관광지로 뜨는데요."

"관광지?"

"네. 관광지요. 배낚시 하러나 종종 온다는데. 이런 곳에 집성촌이 있을 수 있나?"

뭘 알아야 질문에 답을 하지. 박경원도 꽤 난처한 표정이었다. 관광지와 정말 친족끼리만 사는 폐쇄된 사유지 형태의 집성촌이 공존할 수 있나?

관광지는 밖에서 접근하기 쉽거나 혹은 어려워도 아름다운 풍경 덕분에 시장성이 있는 곳이기 마련이다.

반대로 집성촌은…. 폐쇄적이다. 마을 내부에서만 통용되는 규칙이나 예절이 있기도 하고, 아예 종교적으로 뭉친 곳도 존재한다. 그런 건 영화 속 스웨덴에만 있는 게 아니다.

"아니 뭐, 없을 거라는 보장도 못 하지만."

"검색 결과는 무인도라고 보장하고 있는데요."

"그래도 일단 가봐야 알지!"

똥과 된장은 굳이 찍어 먹지 않아도 냄새로 판별이 되는데, 안타깝게도 사장은 돈 냄새에 코가 마비된 모양이었다. 하지만 귀는 마비되지 않았는지 울리는 전화벨소리는 기가 막히게 청취해 냈다.

"누구 전화야?"

"어… 클라이언트 전화인데요."

"연결해 봐."

박경원은 이 낡은 차의 스피커도 블루투스로 연결할 수 있게 해놔서 소리는 곧 쩌렁쩌렁 울렸다. 핸들에 붙은 음량 스위치를 조절해야 할 정도다.

　"사장님, 혹시 지금 벌써 차귀도로 가고 계세요?"

　"예, 예, 고객님. 무슨 일로 연락하셨습니까?"

　"그, 다른 게 아니라… 미신이라고 하실지도 모르겠지만, 거기서 무슨 제사를 지내면 절대로, 절대로 무시해 주세요."

　"예?"

　박경원이 고개를 갸웃거렸다. 의뢰인은 재차 강조했다.

　"무시해달라고요."

　"그러니까 무시하고 아드님을 찾아달라는 말씀이지요?"

　"네."

　"그렇게 하겠습니다. 그래도 저희가 이제 막 강제 집행을 하러 들어가는 기동 경찰 같은 건 아니다 보니까…."

　"…그 정도까지 하실 필요는 없어요."

　스피커폰 너머로 한숨 쉬는 소리가 깊고 길게 들린다. 머리카락 쓸어 넘기는 소리, 딱딱거리는 소리도 들리는 걸 보면 더 깨물 것도 없는 손톱을 깨물고 있는 게 확실하다.

　"하지만 오늘은 손 없는 날, 손 없는 날이니까, 어느 정도는 불경한 짓을 저질러도… 아마, 아마 괜찮을 거예요…."

　갑작스레 나온 무속 이야기에 박경원은 그만 벙해지고 말았다. 이상한 일이었다. 서울 토박이라고 하지 않았던가? 이곳에서 산 지도 기껏해야 1년? 2년? 게다가 차귀도 집성촌에서 살아온 것도 아니고 시내에서 살던 여자다.

"저기, 무슨 제사인지 알려주실 수 있나요?"

"깜짝이! 그렇게 갑자기 끼어들면 어떡해."

"중요한 일이잖아요, 사장님."

손가락을 말아 붙여서 돈 모양을 보여주고 나서야 박경원은 고개를 끄덕였다.

의뢰인이 떨리는 목소리로 말했다.

"…그건 알려드리기 어려워요."

"많이 알려주실수록 저희가 의뢰를 수행하기 편…."

"못 알려드려요."

목소리가 덜덜 떨린다. 무언가 겁을 먹은 것이다. 나기은은 더 묻기를 포기했다. 여기서 더 물어봐야 대답해 줄 것도 아니기 때문이다.

"거기서 어떤 제사나 의식을 하든 간에 오늘은 망쳐도 될테니까… 부탁드려요. 제 아들을 데려와 주세요."

"뭐, 예. 당연히 그래야지요."

박경원이 심드렁하게 답했다. 제사나 의식, 손 없는 날, 불경한 짓…. 종교나 미신에는 철저한 냉담자인 그가 받아들이기 어려운 이야기다. 애초에 그런 말을 하지 않았어도 뭘 이상한 굿판 같은 것 따위는 신경도 쓰지 않을 사람이 박경원이지만.

전화는 곧 끊겼다.

"손 없는 날이라⋯."

"그게 대체 뭔데 이 난리야?"

"사장님, 손 없는 날 모르세요?"

"그러니까, 그게 뭐냐고. 대충 달력에 써 있는 세시풍속 어쩌구라는 것만 알거든, 나는."

나이가 서른여섯이면 알 법도 하지 않나? 아닌가? 나기은이 잠시 고개를 갸웃거렸다. 박경원은 답답한지 핸들을 손가락으로 두들기면서 보챘다.

"왜, 흔히 '밤손님 맞는다'란 말도 있잖아요. 관용어구 중에. '밤도둑'이라고 바로 표현 안 하고요. 그거랑 비슷해요."

마침 빨간불이다. 박경원이 동그래진 눈으로 조수석에 앉은 나기은을 바라보았다.

"⋯그럼 손 없다는 건, 누구 담근다는 소리랑 비슷한 거지, 그거? 손 없앤다는 거. 아씨, 일억에 칼빵 맞는 건 별로인데."

"아뇨, 귀신을 좋게 돌려 말해서 손님이라고 하는 거예요. 그걸 더 줄여서 손이라고 하고요."

"아, 칼빵이 아니고?"

"네. 칼빵이 아니고요."

박경원이 안도의 한숨을 쉬었다.

"그럼, 손 없는 날은 귀신 없는 날이라는 뜻이네. 그래서 제사고 뭐고 그런 거 해도 깽판 놓고 애 되찾아 오라고 한 거구먼. 어차피 귀신 없는 날이니까."

"네, 맞아요. 저도 어깨너머로 배운 거긴 한데, 그래서 원래 좀 무속적으로 위험한 일은 다 손 없는 날에 해요."

다시 신호등이 파란불로 바뀌었다. 박경원은 심드렁한 얼굴로 액셀을 밟았다.

"그런 거 다 미신이야, 미신."

"뭐, 미신이긴 한데요."

실제로 작동하는 걸 꽤나 많이 본 미신이라서요. 나기은은 뒷말을 삼기곤 앞을 보았다. 종종 박경원은 수다를 떤답시고 앞을 안 보는 경우가 있다. 저번에도 그러다가 고라니를 치었다. 그래서 조수석에서도 앞을 잘 봐줘야 했다.

국도를 따라 제주도 외곽을 빙 돌다 보면 나오는 섬. 내비게이션은 정확했고, 박경원은 단숨에 길을 찾았다.

차귀도.

더 이상 사람이 살지 않는 무인도.

"…이거, 안개가 왜 이렇게 끼는 거야?"

"글쎄요. 오늘은 딱히 안개 예보 없었는데."

"그러게나 말이다."

차귀도에 가려면 일단은 배표를 사야 한다. 유람선을 타야 하는데, 차까지 탈 수 있는 거대한 배는 아니다. 애초에 섬 자체가 차가 올라가야 할 만한 섬이 아니기도 하고.

"경치가 좋다는데, 구경은 다 했네요."

"배표나 사서 얼른 가보자고."

박경원은 핸드폰을 나기은에게 보여줬다. 인터넷뱅킹 앱이었다. 천만 원이 입금되어 있었다.

"하아…. 선입금도 받으셨어요?"

"큰돈인데, 당연히 받아야지. 보수 안 주고 도망가면 억울해서 나 귀신 된다?"

"그런 거 믿지도 않으시는 분이 무슨."

박경원은 매표소를 찾으며 차에서 내렸다. 문제는, 매표소가 아무리 봐도 온데간데없다는 거였다. 나기은도 내려서 찾아봤지만 반건조 오징어를 파는 슈퍼마켓 하나가 전부였다.

"…제가 들어가서 물어볼게요."

"배표 어디서 사는지?"

"네. 어차피 여기서 서성거려 봐야 못 찾잖아요."

그때, 박경원의 휴대폰에서 알림음이 울렸다. 띵, 하는 가벼운 착신음. 적막하고 안개 깔린 바닷가와 어우러지면 꽤 분위기 있는 소리가 된다.

"…뭐예요?"

"아, 이거. 의뢰인이 추가 자료 보낸 거. 아들 사진이랑 인상착의 그리고 그 시어머니란 분 성함하고 인상착의. 사진도 있네."

"아하. 보고 계세요. 전 슈퍼마켓 들렀다 올게요."

"그래."

먼지인지 손자국인지 모를 것이 뿌옇게 낀 유리문을 열고 들어가면, 딱히 뭘 물어볼 필요도 없이 눈에 보인다. 계산대 옆에 들어선 간이 매표소에는 '차귀도 유람선'이라는 파란 글씨가 크게 붙어 있었다.

"어떵 옵네가?"

"아, 차귀도에 가려고…."

"아슬아슬허네. 막 펜 배가 남아 이실건디. 아가씬 뭐 허젠 오늘 차귀도에 감신고?"

"저는 일이 있어서요."

"기구나게. 혼 명만 그차주민 되지이?"

"두 명 끊어주세요."

"두 명차락? 그건 이상하네."

"네?"

커다란 투명 아크릴로 나뉘어진 공간. 안쪽에는 아주머니가 있고 밖에는 나기은이 있다. 덕지덕지 붙은 시간표와 요금 일람, 유람선 준비 사항과 이것저것을 인쇄해 코팅한 종이들 탓에 아주머니의 눈이 잘 보이지 않는다.

"벨거 아니라. 두 명 그차주민 되크라?"

"…네."

정확히는 얼굴도 잘 보이지 않는다. 주름진 손이 아크릴판에 뚫린 반구형 구멍 너머에서 종잇장 두 장을 건넸다. 쓱 밀어놓은 배표 두 장을 받아 들고 나기은이 지갑을 꺼냈다.

"얼마였죠?"

"어른이 둘이난…. 삼만육천 원인게."

"카드 되나요?"

"현금 엇어?"

현금 좋아하는 거야 다 비슷한 일인가. 나기은은 아무 생각 없이 만 원짜리 지폐 네 장을 내밀었다. 천 원짜리 지폐 네 장으로 거슬러 받고 나서, 배표를 챙겨 주머니에 넣는다.

"언제 출발하나요?"

"재게. 시간 다 되어서. 확 가봐, 밖에 소나이영."

"네?"

"저디 문 바깟디서 얼렁거럼신게게."

“아, 네.”

그대로 고개를 가볍게 숙여 인사하곤 문밖으로 나왔다. 박경원이 기다리고 있었다. 화단에 걸터앉아서 담배를 물고 있는 걸 보고 조금 멀찍이 떨어진다.

“아, 왔어? 배표는 팔고?”

“네. 팔아요. 두 장 샀어요.”

“해무(海霧)가 짙은데 용케 파네.”

“그거랑 배 뜨는 건 별로 상관없지 않아요?”

박경원이 고개를 가로저었다. 그러고는 입에 문 담배 끝으로 배에 새겨진 페인트 글씨를 가리켰다.

“유람선이잖아.”

“아. 안개가 짙으면 아무것도 안 보이겠구나.”

“그래서인지, 선장님이 대체 이 날씨에 왜 유람선을 타냐고 물어보시더라고.”

“물어볼 만하긴 하네요. 그래서 뭐라고 답하셨어요?”

대답 전에 그는 입에 물고 있던 담배를 화단 벽돌에 눌러 껐다. 그리곤 연초 토막이 가득 고여 있는 항아리에 던져넣었다.

“답사.”

“네?”

“대충 답사왔다고 했어. 뭐라 안 하더라.”

"…다행이네요."

"가자고. 배는 준비된 것 같으니까."

◉

바다는 이상하리만치 잔잔했다. 이 정도로 잔잔한 바다를 본 적이 없을 정도로 파도도 잘 치지 않고, 너울도 긴 편이었다. 나기은은 낮은 뱃전에 기대며 가만히 바닷물에 손을 담가보았다.

"차갑네요."

"바닷물인데, 당연히 차갑지."

"아니, 제주도 바다 치고도 차가워요."

"그런가?"

박경원도 나기은을 따라 물속으로 손을 집어넣었다. 그리고 파르르 떨면서 손을 뺐다. 이렇게 차가울 거라곤 생각을 못 한 탓이다.

"아이씨, 무슨 겨울 바다처럼 차가워?"

"지금 여름 아니에요?"

"아무리 우리나라가 날씨가 망가졌다고 해도, 칠 월이면 여름이지. 아마도."

"그런데 이건 물 온도가 거의 겨울 동해 같아요."

손끝이 시릴 정도였다. 여름의 제주도 바다는 보통 이 정도 수온까지 떨어지지 않는다. 고작 이곳에서 1년밖에 안 지냈지만, 나기은은 그래도 제법 사무소 근처의 바다를 즐기는 사람이었다. 이 일을 받기 일주일 전에 발목을 담갔던 수온과도 너무 명확한 차이가 있었다.

"이상하네. 여기만 해류가 다르게 흐르나?"

"설마 그러겠어요, 사장님."

말은 그렇게 하면서도, 나기은은 휴대폰을 켜서 주변 해류를 검색해 보려 했다.

그래, 검색해 보려 했다.

"…어라. 이거, 왜 통화권 이탈이지?"

"뭐라고?"

"안테나가 안 뜨는데요, 사장님."

그 말을 듣자마자 박경원도 자기 휴대폰을 꺼내 들었다. 진짜였다. 혹시나 싶어서 와이프한테 전화도 걸어보고, 브라우저도 켜봤지만 결과는 달라지지 않았다.

"아, 이거 또. 이러면 술 마시는 거냐고 집 들어가면 바가지 긁히는데."

"그러게 누가 술 그렇게 좋아하래요."

"너도 술 좋아하잖아."

나기은이 미간을 확 찌푸렸다. 그리고 날카로운 목소리로 쏘아붙였다.

"희석식 소주 죽어라 퍼마시는 것과 위스키 음미하는 걸 같은 선상에 두지 마세요, 사장님."

"웃기시네. 알코올의존자 되는 건 똑같거든. 그보다 어쩌지?"

"어쩌긴 뭘 어째요. 아날로그하게 사는 수밖에요."

"…일단 돌아갈까?"

"뭘 돌아가요. 거의 도착했는데."

그 말마따나 저 멀리 차귀도가 보였다. 그러나 몇 시간 전에 인터넷으로 검색한 모습과는 좀 달랐다. 분명 그리 크지 않은, 사람 없는 무인도였는데.

"…저렇게 컸던가?"

"아니었어?"

"절대요. 불빛도 저렇게 많을 수가 없는데?"

"잘못 온 거 아니야? 아님 어디 들렀다 가나?"

가능성 있는 이야기였다.

"제가 선장님한테 물어보고 올게요."

나기은은 그대로 배 앞으로 걸어갔다. 파도가 없고 바다가 잔잔해서 걷기 어렵기는커녕 뱃멀미도 안 날 지경이었다. 조타실 문은 단단히 닫혀 있었다.

"선장님?"

가만히 불러도 대답이 없다. 결국 주먹을 쥐고 철문을 쾅쾅 두들겼다. 꽤나 이격이 있는 문이라서 소리가 엄청 시끄러웠는데도 조타륜을 잡은 선장은 뒤를 돌아보지 않았다.

"선장님!"

소리를 질러도 마찬가지였다. 다만, 반쯤 뿌연 동그란 창으로 조타실 화면이 보였다. 눈에 익은 해도와 섬의 모양새. 이곳이 차귀도인 건 확실했다.

"…이상한데."

눈앞에 보이는 섬은, 인터넷으로 본 차귀도와 비슷하게는 생겼지만 크기가 달랐다. 뭐랄까, 섬이 조금 더 솟아오른 것 같달까. 생각했던 것보다 더 컸다.

"…저게 맞을까요?"

"네가 알지, 내가 아냐? 난 검색두 안 해봤다고."

맞는 말이었다. 차귀도의 본래 모습을 그나마 아는 사람은 나기은뿐이다. 그들의 그런 불안을 아는지 모르는지, 배는 그 큼직한 섬을 향해 무서울 정도의 속도로 다가갔다.

마치 충돌하려는 듯이.

다행스럽게도 배가 나루터와 부딪히기 전에 멈췄다. 하지만 두 사람은 떨리는 심장을 부여잡고 섬에 올라야만 했다. 선장은 배웅도 하지 않았다. 그저 두 사람이 배에서 내리자

마자 다시 엔진에 시동을 걸고 떠나갈 뿐.

마치 그들이 여기에 머물겠다고 한 것처럼.

"어어. 선장님 왜 가? 이거 마지막 배라 대기하는 거 아니었어?"

박경원이 떠나는 배를 손가락질하며 당혹스러워했다. 나기은은 배가 떠나든 말든 휴대폰을 온 사방 하늘에 대고 찔러대며 신호가 잡히는지부터 확인했다. 하지만 소용없는 노릇이었다.

"…이거 완전히 섬에 갇혔는데요, 사장님."

"돌아버리겠네. 어차피 와서 조사하긴 할 거였는데…."

박경원이 머리를 벅벅 긁었다. 그러나 그것도 잠시, 그가 뭔가를 맡았는지 코를 킁킁거린다. 나기은은 가만히 그 모습을, 조금은 미간을 찌푸린 채로 바라보았다.

"바다 짠 내 말고 다른 냄새가 좀 나는 거 같은데."

"다른 냄새요?"

관찰 능력만큼은 나기은보다 한 수 위다. 타고난 건 아닐지라도 돌아다닌 경력이 있으니까. 문제는 지금이 냄새 같은 걸 신경 쓸 때가 아니라는 점이다. 저 멀리, 누군가가 손전등을 든 채로 걸어오고 있었다.

"사장님, 저쪽. 저쪽."

"…누가 오는 거야?"

"그렇게 물어보셔도 전 모른다니까요."

박경원은 놀랍게도 나기은 뒤에 숨었다. 노동자를 방패 삼는 고용주라니, 오소독스한 모습에 웃음이 나올 지경이었지만… 안타깝게도 주변 상황이 웃기에는 참으로 부적절했다.

가까이 다가올수록 모습이 선명하게 보인다. 노파였다. 눈에 익은 얼굴의 노파.

"…저거, 의뢰인의 시어머니 아니야?"

"맞는 것 같은데요."

"우리가 간다고 의뢰인이 알렸을까?"

"그럴 리가 없잖아요. 사장님 같으면 내 아들 되찾으러 사람 보냈다고 미리 말하겠어요? 게다가 여긴 통화권 이탈 지역이라고요. 사람을 써도 우리보다 빨리 올 수는 없어요."

속닥거리는 그들을 보면서도 불쾌한 기색 하나 없이 오히려 인자하고 자비롭게 미소 짓는 모습이었다. 원래 실눈인 건지, 웃는 눈이라서 그런 건진 모르겠지만 눈빛이 잘 보이지 않았다.

"무신 일로 이디까지 와신고?"

"아, 그게…."

박경원이 대답하려다 입을 꾹 다물었다. 말문이 막힌 모양이었다. '어쩌다 보니 길을 잃어서' 같은 의협심 넘치는 무술 고수 같은 대답밖에 생각나지 않는다는 표정. 결국 나기은이 말을 가로챘다. 뭔가 어설프게 속이려 해봐야 먹힐 리가 없다. 상대는 로컬이니까.

"저희는 이런 사람인데요."

먼저 명함을 내민다. 박경원 탐정 사무소. 조수 나기은. 한국 사람이라면 '탐정 사무소' 같은 일본 드라마에서나 볼 법한 명칭에 일단 혼란스러워하기 마련이다. 눈앞의 노파도 마찬가지였다.

"차귀도에 갔다가 돌아오지 않은 친구가 있다고 의뢰를 받아서요. 잠시 둘러봐도 될까요?"

진실에 섞인 약간의 거짓. 거짓말의 기본기다. 노파는 박경원을 흘끔 쳐다보았다.

"이쪽은 저희 사장님. 여기 명함에 보이시죠? 박경원 사장님이 이쪽이세요. 사장님, 뭐 하세요? 인사 안 드리고."

"아, 아. 죄송합니다. 탐정 박경원입니다."

그제야 박경원도 정신을 차리곤 명함을 꺼내 내밀었다.

"우물도 몰라붙어분 이딜 무신 일로 온 거라?"

"아까 말씀드렸듯이, 돌아오지 않은 사람이⋯."

"걔메 말이여. 이딘 올 만헌 디가 아닌디."

잠시 분위기가 싸늘하게 식었다. 노파는 가만히 해무가 잔뜩 낀 바다를 보고선 혀를 끌끌 찼다.

"일단 오늘 안으론 가라앉일 것 닮지가 안혀. 방을 마련

허여 주크메 오늘 밤이랑 이디서 지내보주.”

“감사합니다.”

박경원이 가만히 고개를 숙였다. 나기은 역시 마찬가지였다. 그러나 둘 다 곁눈질로 주변을 흘끔거린다. 대놓고 사람 찾으러 왔다고 하는데도 너무 능청스럽다. 이쯤 되면 뭔가 좀 찔려야 정상 아닌가?

“대신, 조건이 이신디.”

“조건이요?”

나기은이 고개를 갸웃거렸다. 노파가 고개를 끄덕인다.

“내일 동이 틀 때꺼정 바꼇디 나오지 말아. 물을 넣어주크메 물도 찾지 말곡. 이딘 우물이 몰라부난 물이 귀허주. 나와 봐도 어차피 못 찾을 거라.”

“물이 귀하다뇨?”

박경원이 미간을 찌푸렸다. 지금이 어느 시대인데. 도서 산간 어디라도 배송비 오천 원만 더 내면 사나흘 안에 택배가 갖다 나르는 시대다. 물이라고 다를까. 무엇보다 바로 옆 제주도가 그 유명한 삼다수의 원천 아닌가. 배 타고 멀리 가는 것도 아닌 이곳이 물이 귀하다는 건 기묘한 일이다.

“몰라부럿덴 골아신디. 우물이 몰라부럿덴 허난.”

언짢아 보이는 표정. 나기은이 급하게 박경원의 허리춤을 꾹 찔렀다. 괜히 지역 주민의 감정을 건드려서 좋을 게 하나도 없다. 얻을 정보도 안 줄 수 있으니까. 그러나 박경원은 꿋꿋했다.

"무슨 일이라도 있었습니까?"

"이신지 한참 되었주. 아주 오래된 옛날 일이주게. 이디꺼 정 오멍 그것도 몰라서?"

점점 노파의 얼굴이 일그러진다. 나기은은 급하게 끼어들어서는 사태를 무마했다.

"아아, 저희 사장님께서 서울에서 내려오신 지 얼마 안 되어서 그래요. 죄송합니다."

"아이구, 쯧. 땅허곡 물허곡 신 말은 함부로 허는 게 아니라. 영 헐 땔수록 조심허여."

그 말을 마지막으로, 노파는 몸을 휙 돌리더니 마을 쪽으로 걸어가기 시작했다. 땅과 물과 신. 박경원은 무슨 소린지 아예 알 수 없었지만, 나기은은 무언가 짚이는 곳이 있었다.

아까 휴대폰으로 검색했던 내용이었다.

'…이게 되려나.'

나기은은 다시 휴대폰의 브라우저 앱을 켰다. 운이 좋다면, 아직 백그라운드에서 날아가지 않았다면, 통신이 안 되어도 마지막으로 불러왔던 페이지가….

낡은 노란 장판. 어디 1990년대 한국문학에서나 나올 것 같은 허름한 2층짜리 여관집. 퀴퀴한 냄새에 미간이 절로 찌푸려진다. 분명 중학생 때 배우기로는, 코는 예민해서 피로가 쌓이면 냄새에 익숙해진다고 했는데 소용없었다.

"이걸 어쩐다. 여기서 조용히 있다가 아침에 돌아갈 수도 없고. 그러면 진짜 완전히 실패잖아."

"그렇긴 한데…. 일단, 이것부터 봐주실래요?"

나기은이 휴대폰을 내밀었다. 혹시 몰라 죄다 캡처해 둔 웹 페이지. 불러오는 데 실패한 몇몇 이미지는 깨져서 뜨지 않았다. 하지만 중요한 건 텍스트니까.

"어디 보자. 아니, 이건 미신이잖아."

박경원이 코웃음 쳤다. 그리곤 노란 장판에 냅다 누워버린다. 이런 사람, 꽤 많이 봤다. 할머니가 말해도 사람들은 잘 믿지 않았다. 그러다가 곧 몇 가지 일을 치르고 나면 눈빛이 바뀐다. 익숙한 일이다.

"미신은 안 두려워하셔도 되는데요."

나기은이 가만히 입을 열었다.

"미신 믿는 사람들은 두려워하셔야 해요, 사장님."

잠시, 둘 사이에 침묵이 흘렀다. 박경원은 무신론자다. 그러나 광신도가 얼마나 무서운 존재인지는 역사적으로도 자명한 일이다. 아주 철저한 무신론자인 만큼, 그는 철저한 광신도들만을 눈여겨봐 왔다. 그가 몸을 일으켜 앉았다.

"그건 백번 옳은 말이긴 하네. 어디 줘봐. 호종단? 무슨 제단 이름인가?"

"송나라 때 고려에 온 사신 이름이에요. 역사적으로는 유학자들을 제외하곤 딱히 별 불만이랄 게 없는데, 제주도 설화상에선 좀 나쁜 놈으로 나오거든요."

"유학자들?"

"네. 도술로 예종을 현혹했다나? 근데 나무위키 내용이니까 너무 신뢰하진 마세요. 저도 사학자는 아니라서 그냥 참고하는 정도예요."

나무위키라는 말에 박경원이 눈을 가늘게 떴다.

"아, 거기 내용이야? 하기사, 고려 시대라고 해서 도술사가 있었을 리 없지. 설화상에선 어떤데?"

"제주도의 온갖 혈맥을 끊고 다녔대요."

"그래서?"

"그 호종단이란 사람이 제주의 온 혈맥을 끊고 다녀서 우물물이 마른 적이 있대요. 여기 나오는 한림읍이라는 곳도 마찬가지고. 그러다 이제 이 섬에 와서 똑같은 짓을 하다가 배가 뒤집혀서 죽었다는… 옛이야기다운 권선징악 스토리긴 하네요, 뭐."

"흠. 거기서 끝나버리는 이야기잖아. 그거 가지곤 뭘 할 수가 없는데."

맞는 말이다. 이 정도의 정보 가지곤, 설령 그게 사실이라고 해도 21세기인 지금으로서는 뭔가를 해볼 수가 없다.

"아무튼, 그때부터 고려에서 그 일을 영험하게 여겨 광양왕, 혹은 광양당신이라는 존재에게 비단과 쌀을 바쳤다고 하네요."

"그 제사를 지금까지 드리고 있다? 여기서?"

"위신제에 가깝지만, 아마도요."

박경원이 다시 노란 장판 위에 몸을 뉘었다. 그리곤 여전히 심드렁한 목소리로 고개를 내젓는다.

"그래도 여전히 우리가 할 수 있는 건 없잖아. 우리가 찾아야 힐 건 고객님의 잃어버린 어린 아들이고, 저기서 바치는 건 비단과 쌀이고."

"그러게요. 귀신이나 악령이 아닌데, 그런 걸 바칠 이유도 없고요."

"그리고 하나 더."

박경원이 파리 쫓듯 손을 설렁설렁 휘두르며 덧붙였다.

"정말로 여기 사람들이 아기를 바쳐서 제사를 치른다 치자. 만에 하나 그렇다고 치자고. 그럼 이건 더 이상 우리 일이 아니야. 조용히 나가서 경찰을 부를 일이지."

"…그것도 맞고요."

"뭐, 그치만 그럴 리는 없잖아. 지금은 이천이십사 년이라고. 그리고 여기는 관광지야. 어디 오지의 사람 사는지도 모르던 외딴 무인도가 아니라."

그 말을 끝으로 박경원은 자리에서 일어나 외투를 챙겨 입었다. 나기은이 불길하게 물었다.

"…나가보시게요?"

"말했잖아. 탐정은 발로 뛴다. 넌 여기 있어."

"왜요?"

"넌 달리기가 느리잖아. 도망치면 잡힌다고. 그러면 아주 귀찮아져."

틀린 말은 아니었다. 나기은의 신체 능력은 말 그대로 젬병이라고 해도 좋았으니까. 수영도 못 해, 달리기도 못 해, 반사 신경도 느린 데다가 안경까지 썼다. 유사시에는 장님이나 다름없단 소리다.

"어… 언제까지 안 돌아오시면 찾으러 나갈까요?"

"흠. 똑똑한데? 그런 건 정해놓으면 좋긴 하겠다."

"뭐, 찾으러 나가봐야 사장님을 찾았다기보다는, '저도 잡혀 왔어요' 엔딩이 날 거 같긴 한데요."

그 대답에 잠시 박경원이 멈춰 섰다. 잠깐 머리를 굴리더니 유쾌하게 다시 대답을 내놓는다.

"그래도 둘이서 탈출하는 게 더 낫지."

"그렇… 겠죠?"

"널 미끼로 던져주고 내가 도망칠 수도 있잖아."

분위기가 순식간에 얼어붙었다. 나기은은 스톱워치를 켜놓으려던 휴대폰 화면을 끄고는 박경원을 가늘어진 눈으로 올려다보았다.

"…사장님."

"농담이야, 농담. 아무튼, 두 시간 동안 안 오면 그렇게 알고… 난 십오 분 뒤에 출발해야겠다."

박경원이 불을 툭 껐다.

"불은 왜 꺼요?"

"쉿. 우리가 자는 줄 알아야 감시가 덜할 거 아니야. 그리고 하나 더 있어. 내가 만약 나가서 걸려도, 넌 자는 줄 알 테니까. 네가 움직이기 편해진다고."

꽤 번듯한 가정과 준비다. 그 능숙한 모습에 나기은은 진심으로 감탄했다.

"전생에 탈옥수였어요?"

"아니야, 젠장. 전생 체험 같은 건 하지도 않았어."

"타고났네, 타고났어."

"제발, 아니라고. 나는 전생에도 지금도 다음 생에도 광명

정대한 민주 시민으로서 법질서와 시민 의식을 지켜가면서 살아갈 거라니까?"

"무단 횡단 자주 하시잖아요."

"젠장."

"무단 주차도. 제가 본 딱지가 몇 개더라."

사실, 그만큼 광명정대한 민주 시민으로서 법질서와 시민 의식을 안 지키며 살아가는 사람도 드물었다. 망원 렌즈 끼운 카메라를 들고 누구 졸졸 쫓아다니면서 불륜 증거 사진을 찍는 직업을 가진 사람이라면, 대체로 그러하겠지만.

기어코 박경원은 밖으로 빠져나왔다. 여전히 차귀도는 서늘하리만치 조용하고 이상하리만치 넓었으며 기괴하리만치 사람이 있었다. 언뜻 보이는 집은 내부가 완전히 폐쇄된 형태다. 저런 형태는 추운 지방에서나 짓는 걸로 아는데.

"…어디 보자."

조용히 숨을 죽이고 그림자에 몸을 숨긴다. 다행스럽게도 박경원은 모든 옷을 검은색으로 통일한, 본업인 불륜 사진을 찍기에 아주 충실한 사람이었다.

발소리를 내지 않으려고 일부러 신발도 벗고, 조용히 횃불이 있는 곳으로 발걸음을 옮긴다.

'가로등이 아니라 횃불이야? 여기가 무슨 사극 세트장도 아니고….'

호종단이니, 광양당신이니. 다 미신이다. 물론 미신 믿는 사람들은 무섭지만, 그렇다면 안 들키면 되는 것 아닌가. 그리고 그건 자신이 있었다.

조용히, 조용히 접근한다. 바닷가에 꽂혀 있는 횃불 근처에 사람들이 모여 있다. 전부 허름한 옷차림이다. 해진 청바지, 얼룩진 슬랙스, 얼기설기 다시 기워놓은 조끼….

'제사를 치른다기엔 행색이 좀 그런데.'

조금 더 가까이 가자 제단이 보였다. 그 제단만큼은 진짜배기였다. 아무것도 모르는 박경원도 알 수 있었다. 왜냐하면, 짭짤한 바닷바람에 피 냄새가 섞여 있었으니까.

분명한 피 냄새였다. 그것두 더없이 진한 피 냄새.

제단에는 누군가가 앉아 있었다. 그리 크지 않은 체구의 여자다. 그리고 그 노파도 보였다. 자신들을 환대했던 노파. 유일하게 무당 같은 옷을 입고 있었지만 그 역시 그리 깨끗하진 않았다. 그리고 여자를 향해 손을 이리저리 휘젓는다. 그 모습이 마치….

'…침? 침을 놓는 건가?'

한 번 놓고, 가볍게 돌려준다. 한방에서의 침구술과 비슷했다. 기묘한 광경이었다. 한편, 그제야 박경원은 왜 아무런 소리도 들리지 않는지 깨달았다. 철썩거리는 파도 소리가 너무 컸다. 분명 노파는 무어라 중얼거리는데, 파도 소리에 먹혀 아무것도 들을 수 없었다.

파도가 한 번 철썩거릴 때마다 지독한, 정말 지독한 피 냄새가 났다. 마치 저 먼바다에서, 지울 수 없는 피 냄새가 몸에 밴 무언가가 여기로 다가오는 것처럼.

노파는 침을 다 놓았는지 몸을 일으켰다. 이내 사람들이 무언가를 들고 왔다. 침을 엉터리로 놓은 건지, 아니면 너무 많이 놓아서 그런 건지, 견디지 못한 여자의 피부에서 피가 줄줄 새어 흐른다. 사람들은 번쩍거리는 무언가를 그녀에게 채워주고 녹색의 장옷 비슷한 것을 입혔다.

금속으로 된 관까지 씌우자 여자가 자리에서 비틀거리며 일어선다. 횃불에 번쩍이는 모습이 마치 고려나 조선 시대의 귀한 사람 같았다. 저게 은인지, 금인지, 쇠인지는 알 수 없었지만 말이다.

그리고 그렇게, 여자가 해안가로 걸어간다. 몇 번이고 넘어지고, 무너지고, 구르며 걸어간다. 그런데 아무도 잡아주지 않았다.

여자가 파도에 잡아먹힐 때까지.

경험 많은 박경원마저도 굳어버렸다. 철썩, 철썩, 파도칠 때마다 피 냄새가 더 짙어졌다. 저 장면을 보아서인지는 몰라도, 두려울 정도로 온 사방에 피 냄새가 진동했다.

그리고 그 순간, 누군가 뒤에서 그의 어깨를 잡았다.

"읍…!"

비명을 지르려던 입을 손으로 콱 틀어막혔다. 버둥거리자 입을 틀어막았던 이가 뒤로 나자빠진다. 박경원은 이를 악물고 바로 옆의 돌을 들어 상대를 내리치려다가…,

그만, 정신을 잃었다.

두 시간이 지났다. 나기은은 슬그머니 밖으로 나왔다. 박경원처럼 신발은 신지 않았다. 발소리를 최대한 죽이고 문을 천천히 열어젖혔다.

저 멀리서 파도 소리가 들렸다. 철썩, 철썩. 나기은이 미간을 찌푸렸다. 이 방에 들어올 때도 들렸던가? 아니었다. 파도 소리가 이렇게까지 컸던가? 아니었다. 무엇보다, 파도 소리가 들릴 때마다 피 냄새가 진동했다. 도축장 한가운데에 서 있는 것만 같다. 이런 냄새는 어렸을 때나 맡아봤다. 대살 굿을 한답시고 닭 모가지를 있는 대로 꺾어 끊던 할머니에게

서나 나던 냄새다. 아니, 그것보다도 더 지독하다.

저 멀리 횃불이 보였다. 파도 소리도 저기서부터 나는 것 같았다. 철썩, 철썩. 나기은은 발소리를 죽여 바닷가에 세워진 횃불을 향해 다가갔다. 야트막한 초가집 벽에 몸을 숨겼는데, 피 냄새는 점차 짙어져 미간을 찌푸릴 정도였다.

이내, 무언가 밟았다. 찰박, 하는 소리. 철썩, 철썩, 파도 소리에 묻힐 걸 알아도 몸이 굳는다. 본능적으로 아래로 손을 뻗어 무엇이 고여 있는지 만져보았다. 그건 뜨겁고, 지독한 냄새를 풍기는….

신선한 피였다.

'이게, 이게 무슨….'

주변에 피가 잔뜩 묻은 커다란 바윗돌이 있었다. 그것으로 머리가 찍힌 모양이다. 누가 누구의 머리를? 피가 따뜻한 것으로 보아 얼마 되지 않은 일이다. 고개를 다시 들어보니 횃불 근처에 누군가 앉아 있다. 온몸에 피를 흘린 채로, 품에 무언가를 안았다. 금박이 붙은 포대기에 곱게 싸여 있는, 어린아이였다. 아이는 포대기 채로 피 칠갑이 된 사내의 몸에 묶여 있었다.

철썩, 철썩. 파도 소리는 더 커져만 갔다. 앉아 있는 사내의 옷차림이 박경원과 같다는 것을 나기은이 깨달은 순간,

피 칠갑이 된 박경원이 자리에서 일어섰다. 그리고 바다로 걸어 들어가기 시작했다.

◉

의식이 희미했다. 그들은 박경원에게 무언가를 먹이고 중얼거리며 침을 꽂았다. 품에 아기를 안겨놓고는 팔과 몸통을 오랏줄로 묶어 한 덩이로 만들어놓았다. 중간중간 중얼거리는 소리가 들렸다.

"광양당신, 제물, 부디 용서해 주십서. 못 촟앗수다⋯."

그리고 그 모든 소리가 우뚝 멈췄을 무렵. 박경원은 어떤 강렬한 이끌림에 의해 저 먼바다를 보았다. 저기서 무언가가 부르고 있었다. 거친 파도 소리로, 거칠고 사나운 파도 소리로 그를 부른다.

철썩, 철썩.

철썩, 철썩.

박경원은 무언가에 홀린 듯이, 아니 홀린 나머지 자리에서 일어났다. 그리고 비틀거리며 걷기 시작했다. 바닷물이 구두에 잔뜩 들어오고 발목을 적신다. 그러나 차갑지 않았다. 뜨거웠다. 끓는 물, 끓는 기름처럼 뜨거웠다.

분명 무언가가 저 안에 있다. 이건 그냥 파도 소리가 아니다. 파도 소리가 이리 클 리 없다. 하지만 발걸음을 돌릴 수 없었다. 몸은 이미 정신의 손아귀를 벗어나서 그 뜨거운 바닷물 속으로 계속해서 발걸음을 내디딘다. 미역 비스름한 것들이 일렁이는 게 보인다. 물이 명치까지 올라오면, 무언가가 발목과 무릎께를 붙잡고 휘감는다. 철썩, 철썩, 어둡고 스산하며 거친 파도 소리와 함께 몸을 사로잡아 끌고 간다. 그대로 박경원은 눈을 뜬 채 물에 잠겼다. 그리고 보았다.

서 있다.

지금껏 그 바다에 빨려 들어간 모든 시체가 서 있었다.

아까 보았던 여인도, 다른 사람들도 마찬가지였다. 시허옇게 뜬 피부가 잔뜩 부풀고, 물고기에 뜯어 먹힌 너덜너덜한 상태로도 눈을 번쩍 뜬 채 서 있다.

수장된 시체는 누워 있고 물귀신은 서 있다고, 언젠가 나기은이 그랬던가.

저 모든 물귀신의 썩어 문드러진 눈알들이 자신을 바라본다. 마치 군집을 이루는 하나하나의 생명체처럼 이쪽으로 다가온다. 박경원은 그제서야 진실을 인지했다.

저것이 광양당신이다.

저것들이 광양당신이다.

물혈이 막힌 것을 풀지 못하여 뒤틀리고 추락한, 광양당신이다….

●

　나기은은 미친 듯이 바다로 뛰어갔다. 그러나 곧 붙잡혔
다. 마을의 사내들이 그녀의 팔을 붙잡곤 놓아주지 않았다.
노파가 가까이 온다. 그리고, 끔찍한 목소리로 중얼거렸다.

　"어멍 하나, 아방 하나, 아이 하나, 이추룩 혼 가족만 바치
민 되어."

　"그, 그게 무슨….""

　"더 들어가민, 내년부턴 머릿수를 늘려 맞추어사 헌단 말
이라."

　그게 전부였다.

이런 걸 살면서 써본 적이 없어서 무슨 이야기를 써야 할지 갈피를 못 잡고 있는 오전입니다.

사실 저는 제가 보기에도 뭔가 어정쩡한 작가라, 다른 분들처럼 제주도 혹은 호러라는 소재 그 자체에 막 엄청 조예가 깊은 사람은 아니지만… 그래도, 제임스 완 감독의 공포 영화는 모두 챙겨 보는 사람입니다. (무려 제임스 완이 참여하지 않은 〈컨저링 3〉도요!)

그래서 이번 앤솔러지에서도 소재 선정에 무척이나 골머리를 앓았던 기억이 납니다. 마침 대만 영화 〈주(呪)〉를 재밌게 보기도 했겠다, 어떤 끔찍한… 코스믹 호러 느낌을 주려고 노력은 열심히 했는데, 어떠셨는지요? 모쪼록 부족한 글을 읽어주셔서 감사할 따름입니다.

마침 호종단 물길 이야기를 다루겠다고 정한 바, 그 일로 분노한 신이 바로 광양당신이라는 자료를 찾았습니다. 그런데 끊어진 물길을 다시 돌려놓았다는 이야기는 찾아도 없더라고요. 물론 제 검색 능력의 한계일지도 모릅니다마는, 전 거기서 '수호신이 만약 뒤틀렸다면, 뒤틀린 채로 오랜 기간 지내왔다면?' 하는 발상을 떠올렸습니다. 거기에다 〈주〉에 나오는 집성촌과 의문의 제사를 집어넣고, 제 취향인 탐정물도 아주 조금 끼얹어서….

이렇게 제 호러 취향의 총집합 같은 기묘한 결과가 〈너희 서 있는 사람들〉이 되어 나왔습니다.

인신 제물을 요구하는 뒤틀린 광양당신의 존재와 그 정체를 명료하게 작중에 설명하지 않은 것은, 프로필을 줄줄이 읊어 정체를 드러내면 별로 코스믹하지 않지 않나? 하는 저의 부족한 식견이기도 합니다.

아무쪼록 재미있게 읽어주셨다면 다행이고… 아니라면, 더 노력하는 작가가 되겠습니다.

감사합니다.

—WATERS

청년 영매
-모슬포의 적산가옥

이작

그런 종류의 꿈을 꿀 때면 귀가 꼭 먹먹했다.

사각거리며 글씨 쓰는 소리나 창문 밖에서 벌이 윙윙대는 소리까지 모두 들을 수는 있지만, 오래전 녹화한 영상처럼 뭉개져서 들렸다.

가까이서 철문 닫히는 소리가 그렇게 들리기에 나는 숨을 한 번 크게 들이마셨다. 곧장 세상이 거꾸로 도는 느낌이 들며 꿈속에서 눈이 뜨였다.

두 손이 보였다.

열 손가락을 펼친 손은 피부가 하얗고 손톱이 짧았다.

다음으로 복주머니가 보였다.

빨강, 하양, 파랑, 노랑 줄무늬에 입구를 조이는 빨간 끈이 달려 있었다.

손이 복주머니 입구를 잡았다.

쇠숟가락을 든 다른 손은 사기그릇에 담긴 생쌀을 펐다.

그 손이 넓게 벌린 복주머니 위로 숟가락을 기울이자 쌀알이 쏟아졌다. 사락사락. 알알이 천을 스친 낱알이 밑으로 떨어진다. 그러나 복주머니에 담기지는 않았다. 복주머니 밑이 터진 모양이었다.

그 아래 누나가 누워 있다. 얼굴은 창백하고 검은 입을 벌린 채였다.

기쁜 듯 쌀알을 받아먹는 모습이 어딘지 모르게 낯설었다.

다시 손이 나타났다. 이번에는 라텍스 장갑을 끼고 수술용 메스를 쥐고 있었다.

메스가 누나의 왼쪽 귀에서 정수리를 거쳐 오른쪽 귀까지 선을 그었다.

피는 흐르지 않다. 손이 누나의 머리 피부를 코 아래까지 뒤집어 내린 후에야 주위가 멀어졌다.

천장에서 내려다본 누나는 발가벗겨져 있었다. 스테인리스 부검대 위였다.

손은 이제 의료용 전기톱을 들고 있었다. 그것으로 누나의 두개골을 가르기 시작했다.

'야야, 저 아, 쌀 받아묵었다.'

눈을 떴다. 귓가에다 대고 얘기한 듯 선명한 할머니 목소리가 아직도 머릿속에 메아리쳤다.

손과 누나와 의료용 전기톱은 사라졌다. 선잠이 들었던 거실은 여전히 어둡고 고요했다.

퉁 하는 소리가 나더니 냉장고 모터 돌아가는 소리가 희미하게 들렸다. 소파에 일어나 앉았다. 눈이 어둠에 익어 불을 켜지 않아도 괜찮았다. 리모델링 중이라지만, 누나가 고른 이 집은 실내가 영락없는 일본식 목조 주택이다. 서울 집에서, 비행기 안에서, 방금 이 집에서까지 세 번이나 같은 꿈이다. '한 달 살기'를 하러 간 제주에 느닷없이 집을 사겠다고 선언한 것도 꺼림칙했지만, 연달아 꿈을 꾸고 보니 이제 누나의 안위가 걱정되어 견딜 수 없이 불안했다.

그런 꿈은 아주 어릴 때부터 꾸어 익숙했다. 꿈을 보여주는 할머니를 실제로 만난 적도 없고 나와 어떤 관계인지도 모르지만 어떤 때는 경고를, 어떤 때는 예지를 해주었다.

다만, 할머니가 보여주는 꿈은 항상 비유였다. 있는 그대로 보아서는 안 되고, 곰곰이 생각해 봐야 한다. 이를테면,

하얀 손은 사람을 가리킨다. 그 사람이 먹여준 생쌀, 죽은 사람의 입에 넣어주는 그것은 이 집을 뜻하는 것 같다. 즉, 누나가 호의인 줄 알고 기쁘게 받아 삼킨 이 집이 어쩌면 죽을지도 모르는 위험을 불러왔다는 꿈풀이가 된다. 꿈은 대개 들어맞았고, 누나에게 지금 가장 큰 변화는 이 집의 매매 계약이기에 나는 찜찜한 그 꿈을 확인해야 했다.

누나를 이해할 만한 집이긴 했다. 소파가 놓인 반대쪽은 천장부터 바닥까지 붙박이 책장이었다. 책이 이미 절반이나 찼고, 거실 중앙에 크고 긴 탁자를 놓아 도서관 같은 분위기였다. 책을 좋아해 출판사에 취직하고, 사내 연애로 책 만드는 남자를 만나고선, 이혼해서도 출판사를 차리겠다는 누나였다. 차근차근 그 소망을 실현하는 중이었으니, 이런 분위기에 반했을 만도 했다.

통창을 통해 다른 집들과 그 집들 사이 먼바다도 보였다. 누나는 사계절 날씨 구경하길 좋아해서 예전에 살던 15층 아파트에서도 베란다 창문 옆에 안락의자를 놓았었다. 율이가 태어나자 누나는 그 의자에서 젖을 물렸고, 걸음마를 떼자 무릎에 앉혀 비나 눈을 같이 구경했다. 그러니 이 통창도 집을 사겠다는 결심에 한몫했었을 것이다.

더운 바람이 불었다. 누가 후─ 하고 분 숨결처럼 텁텁하고 비렸다. 소파 옆에 놓인 시계가 세 시를 가리켰다. 바람은 머리 위에서부터 아래로 불어오고 있었다.

　—어디 가신고?

　귀가 먹먹했다.

　바람결을 좇아 고개를 들었을 때 천장에 붙어 움직이는 그것을 보았다.

　—어디 가신고?

　그것은 마룻바닥을 기는 듯 천장에 거꾸로 붙어 손으로 앞을 더듬었다. 조금 기어가 더듬고, 조금 더 기어가 더듬다가 기어코 내가 앉아 있는 곳 꼭대기에 이르렀다.

　머리카락이 슬며시 늘어졌다. 더러운 저고리와 발목까지 오는 바지에서 물이 툭툭 떨어졌다. 짠 냄새와 상한 냄새가 강렬하게 퍼졌다.

　그것이 일어섰다. 키가 죽 늘어난 그것이 거꾸로 매달린 채 나를 바라보았다. 검고 깊은 두 개의 눈구멍이 소녀의 목소리로 말했다.

　—우리 아기, 누게가 데려가신고?

　움찔하고 깼다.

　해가 들어 마룻바닥이 환했다.

　눈앞에 사람이 움직이고 있어 한참 쳐다보았다. 누나의 뒷모습이었다. 블라인드를 내리며 뭐라고 중얼거린 것 같았다.

“뭐?”

목에서 쉰 소리가 났다.

누나가 돌아보았다. 해를 등져 얼굴이 잘 보이지 않았지만, 살아 있었다.

“낮잠을 밤잠처럼 잔다고.”

더할 나위 없이 선명한 목소리를 들으니 안심이 되었다. 무릎 담요를 걷어내고 정말로 소파에 일어나 앉았다.

머리맡에 놓인 탁상시계가 세 시를 가리키고 있었다. 목덜미에 느꼈던 섬뜩한 감각과 곤두선 신경이 아직 그대로였지만, 잠이 들었던 기억이 차츰 돌아왔다. 세 시간 전, 이 집으로 찾아와 누나를 만난 직후였다.

“불면증 도졌어?”

꿈에서와 달리 누나는 생기가 흘렀다.

등 한복판까지 오는 긴 머리를 묶어 올리고 옅게나마 립글로스를 발라 입술이 붉었다.

“누나, 미안한데 나 커피 좀.”

“불면증이면 커피 말고 다른 걸 마시지.”

“피곤해서 그래. 불면증 아니고.”

뻑뻑하고 뜨거운 눈에 손바닥을 포갰다. 주방으로 슬리퍼 끄는 소리가 들렸다.

“연락하고 오지. 공항에서라도 전화했으면 데리러 갔을 텐데. 공항에서 공항까지 한 시간이라고 쳐도 집에서 공항, 공항에서 집까지가 한나절이야. 버스 때나 잘 맞아? 운 나쁘면 만 하루가 걸릴 수도 있는데."

주전자에 정수기 물 붓는 소리, 전기포트 스위치 올리는 소리, 머그잔끼리 부딪치는 소리가 났다.

"했어, 여러 번. 누나가 안 받았지."

꿈에서 그것이 붙어 있던 자리를 올려다보았다. 현관문 맞은편에 놓인 계단 위였다. 일자로 쭉 뻗은 계단은 리모델링이 끝난 1층과 아주 대조적으로, 엄청나게 낡고 가파르며 좁았다. 후텁지근하고 비린 냄새 따윈 나지 않았지만, 혹시라도 2층 문이 열려 있는지 확인하고 싶었다.

그러나 불가능했다. 2층 문 앞 층계참이 합판으로 막혀 있다. 기분이 더욱 찜찜한 이유는 합판과 천장이 만나는 부분에 드러난 종이 때문이었다. 찢어지고 색이 바래 갈색에 가까웠지만, 처음엔 온전하고 노란색이었을 것이다. 종이에 쓰인 글씨가 붉은색이니까.

짐작대로 부적이 맞는다면, 대체 무엇을 막으려는 목적이었을까.

찜찜한 느낌을 누르며 누나가 부산하게 움직이는 주방으로 향했다.

"그러고 보니 내 핸드폰 어디 갔지? 분명히 여기 어디 뒀

102

는데.”

하늘색 실리콘 케이스를 씌운 휴대전화가 식탁 끝에 덩그러니 놓여 있다. 누나의 시야를 가리는 물체는 고작 영양제 플라스틱병 서너 개였다. 다가가 휴대전화를 집어 드니 화면에 빛이 들어왔다. 율이가 어린이집 가방을 메고 함박웃음 지은 사진이었다.

“거기 있었네. 진동으로 해놔서 못 들었나 보다.”

“서울로 가자, 누나.”

휴대전화를 내밀며 말했다.

누나가 장난처럼 내 눈치를 살피는 척하다가 피식 웃었다.

“왜? 독립하고 싶어 했잖아.”

“율이는 어쩌려고?”

“윤이? 아, 율이.”

누니는 이젯밤 서울에서 통회히던 때와 똑같이 대답하고, 똑같이 이름을 실수했다.

이혼한 매형과 살고 있는 아들 율이를 데려오겠다고 반년 동안이나 변호사 사무실을 밥 먹듯 들락거렸다. 재판 끝에 양육권이 넘어갔어도 누나는 포기하지 않았다. 한 달에 한 번 만나는 날을 고대하며, 어서 빨리 돈을 벌어 율이를 데려오겠다는 말을 하루에도 열두 번씩 했었다. 그런 누나가 제주도에 집을 구하면서 율이를 생각하지 않았다는 반응은 있을 수 없다.

"방학 때 여기서 지내자고 하면 좋아하지 않을까? 율이 아빠가 흔쾌히 동의해 주면 좋을 텐데."

이제 어젯밤 통화하던 때처럼 이 집을 발견한 게 얼마나 좋았는지 설명할 것이다.

"얼마나 운이 좋았게, 여길 발견한 게. 이 집이 얼마 전까지 제주도청 재산이었대. 이 근방에 적산가옥이 몇 채나 있는데, 여기만."

뜨거운 머그잔을 식탁 위에 내려놓은 누나가 환하게 해가 든 주방을 둘러보았다. 대단히 만족스러운 미소가 얼굴에 떠올랐다.

"집주인이 서울 사람이야. 성수동 박 작가 알지? 대학 동창이래. 한 달만 빌려 쓰자고 했는데, 마음에 든다니까 선뜻 사겠냐고 물어보더라? 원래부터 리모델링해서 팔 생각이었다고. 어떻게 거부하겠어, 이런 집을."

유쾌하고 선명한 웃음소리가 공기 중에 흩어졌다. 누나의 눈동자가 유리 렌즈라도 낀 것처럼 유난히 반짝였다.

예뻤다. 그리고 소름이 돋았다. 누나는 웃어봐야 소리 없이 미소 짓는 정도가 전부인 사람이었다. 그 몸을 사로잡은 존재가 누나를 흉내 내며 웃기에 모르는 척 커피를 마셨다. 가슴속은 누나가 영영 돌아오지 못할 만큼 자신을 잃었으면 어쩌나, 하는 불안으로 시시각각 타들어 갔다.

"그래, 그런데 이 층은 리모델링 전인 것 같던데."

"옥상 방수 처리까지 집주인이 해주기로 했어."

누나라면 무척이나 위화감을 조성하는 계단에 대해 뭐라도 한마디 했을 것이다. 늘 친절하게 설명하는 사람이니까.

"이 층으로 올라가는 층계는 왜 막아놓은 건데?"

"인수한 다음에 베란다를 만들까?"

질문을 듣지 못한 듯 돌아서는 누나를 다급하게 붙잡았다.

"누나."

느닷없이 천장에서 쿵 쿵 쿵 쿵 뛰어가는 소리가 났다.

무심결에 천장을 보았다가 다시 누나를 바라보았다. 누나는 그 소리마저 듣지 못한 사람처럼 눈을 반짝이며 미소 지었다.

"너도 집주인 만나볼래? 틀림없이 좋아할 거야. 긴관호 씨, 매너가 좋은 사람이거든."

휴대전화 화면을 두드려 본 누나가 "배터리가 다 됐네"라며 충전 케이블을 찾아 꽂았다.

⬤

바닥만 보고 빠르게 걸었다.

산책을 핑계 대고 빠져나왔지만, 도망이었다.

누나는 이미 심각하게 자신을 잃었다. 대책도 없이 이 지경이 되어서야 경고한 할머니가 미칠 듯이 원망스러웠다.

"어쩌라고! 뭐라도 방법을 알려줬어야지!"

울화 섞인 말소리를 듣고 지나가던 아주머니가 나를 돌아보았다.

패딩점퍼 후드를 깊숙이 눌러썼다.

언제나 그게 한계였다. 꿈을 꾸고, 다른 사람이 알아차리지 못하는 것을 알아차려도 그다음에 어떻게 해야 할지 몰랐다. 내가 아는 건 한 가지다. 억지로 쫓아내려 하면 더 큰일이 난다는 것.

휴대전화에 지도 앱을 켜고 부동산 중개소를 검색했다. 꿈을 돌이켜보면, 누나는 단순히 터주에 홀린 것 같지 않다. 그 집에 대한 뭐라도 알아보면 해결책까진 아니어도 원인을 알 수 있을지도 모른다. 휴대전화 속 돋보기 모양을 누르며 길모퉁이를 돌았다.

"엇!"

돌처럼 딱딱한 물체에 부딪친 줄 알았는데 노인이 엉덩방아를 찧고 바닥에 널브러졌다.

"죄송합니다. 죄송해요!"

경황없이 사과하고 손을 뻗었다.

노인은 내게 손을 내젓고 스스로 일어나 옷을 툭툭 털었다. 미간에 주름이 잡히고 눈빛이 사나웠다.

"죄송해요, 할아버지. 죄송합니다!"

다시 도망쳤다. 평소라면 몇 번이든 사과할 테지만, 지금은 누나가 먼저였다.

한참을 달리다가 한산한 교차로에 멈췄다. 휴대전화 화면에 뜬 대로 모슬포항 근처의 부동산 중개소는 세 군데였다. 부동산 중개소 세 군데 중 하나는 문을 열지 않았고, 다른 하나는 '폐업'이라고 쓴 종이가 붙어 있었다. 마지막으로 찾아온 이 연두색 단층 건물은 부동산 중개소라기보다 카페에 가까웠다.

"그 집이 엄청 오랫동안 도에서 관리했을 건데, 김관호라고 도청 도시계획과에 온 사람이 불하받았어요. 제주에 내려오기 전까지는 서울 살았다는데, 안경 쓰고, 야리야리하고. 얘기해 보기 전에는 서울깍쟁인 줄 알고 나도 눈에 한 겹 쓰고 봤어요. 그런데 사람이 공손하고 조용조용하니 괜찮더라고?"

흰머리에 까만 머리카락이 드문드문 보이는 공인중개사가 고현철이라고 쓰인 명함을 내밀었다.

"도시계획과 같은 델 있으니까 외지인이면서도 이런 매물을 쉽게 알았겠지. 모슬포항 쪽으로 적산가옥이 몇 채 남아 있어요. 옛날에, 이제 군수물자 만드는 공장이 항구 근처에 들어서가지고, 자연스럽게 인부들 숙소하고 식당이 생겼단 말이지. 광복이 되고 나서 이제 주인이 몇 번씩 바뀌어가지고, 지금은 싹 다 리모델링했어요. 식당도 하고, 카페도 하고. 유일하게 그 집만 도에 떠넘겨진 거예요."

"무슨 이유라도 있어요?"

"글쎄 나는 잘 모르겠는데."

연두색 앞치마를 두른 아르바이트생이 뜨거운 커피 두 잔을 놓고 갔다.

"혹시 귀신 나오나요?"

"예?"

그가 껄껄 웃었다.

"에이, 귀신 붙었다는 말은 좀 오래된 집이다 싶으면 다 있지. 억울하게 죽은 사람이 제주 땅 전역에 묻혀 있을 건데. 내가 보기엔 그냥 인기가 없어서 안 팔렸을 거예요. 이 근방 사람들은 거기가 뭐에 쓰던 집인지 아니까."

"뭐에 쓰던 집인데요?"

"일본군 장교 숙소. 제일 높은 사람이 다케모토 요시오라는 중좌였는데, 자기네 전쟁신을 불단에다 모셔놓고 밤낮으로 공양했답디다. 귀신이 나온다면, 그 신일 수는 있겠네."

천장에 거꾸로 붙어 앞을 더듬던 그것이 떠올랐다. 모습이

흉측하고 썩는 냄새가 났지만, 몸집이 작은 소녀였다.

"제가 듣기엔 소녀라던데요."

운을 슬쩍 띄우자 "남자애면 몰라도 소녀?"라는 반응이 돌아왔다.

"남자애 얘기는 또 뭔데요?"

테이블 가까이 붙어 앉았다.

고현철 공인중개사도 자리를 고쳐 앉았다.

"여기 아래에 알뜨르 비행장이라고 있는데, 알아요?"

"아뇨."

"그럼 요카렌도 모르겠네."

가만히 기다리자 그는 고개를 끄덕이며 자기 몫의 커피를 홀짝였다.

"나중에 한번 들러봐요. 거기가, 이제 관광지가 되어가지고 육지 사람들이 많이 오더라고. 그래도 거긴 부기만 보지 제주가 일제에 어떻게 수탈당했는지 잘 모르거든? 얘기해 줄 테니까 들어봐요. 이제 남쪽 바다에서 연합군 폭격기가 날아오면, 알뜨르 비행장에서 일본군 폭격기가 떠야 하는데, 대공포가 있어야 방어를 하니까 갱도를 팠다고. 거기다 요카렌, 그게 뭔가 하면, 가미카제는 뭔지 알지요? 비행기로 적함에 부딪혀서 적도 죽이고 저도 죽은 일제 비행기 조종사들 있잖아요. 배도 똑같은 게 있었지. 말 그대로 인간 어뢰.

그게 요카렌이에요. 요카렌도 배를 숨겨놓을 목적으로 해안 절벽에 동굴을 팠는데, 아시다시피 제주가 화산섬이잖아요? 땅이 다 현무암이라고. 이 돌이 단단하기가 말도 못 해서 갱도건 동굴이건 돌 파다가 죽고, 반항한다고 맞아서 죽고 했어요. 그 다케모토 중좌가 지휘해서."

"네."

"강제 노동에 다 큰 성인 남자들만 동원된 게 아니라, 이제 발파하려면 아직 덜 파서 좁은 갱도를 다녀야 하니까 애들이 필요한 거요. 폭탄을 설치하고 나올."

"아⋯."

"남자애 여럿 죽었다고 해도 이상하지 않았겠지요? 어쨌든 연합군이 제주에 상륙해 보니 다케모토 중좌는 어디로 내뺐는지 찾지도 못하겠고 그 집이 비어 있었거든. 그러니까 비행장이랑 항구도 가깝겠다, 연락소로 삼을 만해서 거기다 지휘부 군장을 풀었다고. 그러다 이제 그 지휘관들부터 귀신을 봤다는 소문이 돈 거지요."

"남자애 귀신을요?"

"남자앤지 할머닌지 그건 모르지. 갖은 수를 써도 열리지 않는 문이 있네, 집 안에서 발소리가 나네, 누가 귀신을 마주쳤네, 하는 소문이 끊이질 않았대요. 아니, 소문이 그렇다는 거고. 진짜 귀신이 있었으면 도청이 관리한 지 수십 년인데

왜 그동안은 말이 없었겠어요. 설령 귀신이 있었더라도 광복
된 지가 거의 팔십 년인데 아직 있겠어요? 한을 풀어도 열두
번을 풀었지."

"네…."

"근데 그 집 연세 계약하시게? 집주인이 연세 내놓는다고
하긴 했어요. 리모델링 끝났죠?"

합판으로 막아놓은 계단참이 떠올랐다. 그러고 보니 이상
했다. 아무리 1층 공사가 끝났더라도 보통은 집 전체의 리모
델링이 끝나야 세입자를 구하기 마련이다. 계단부터는 손도
대지 않은 집을 부동산에 내놨다는 건, 집주인인 김관호의
계획이 어떤 이유에서건 틀어졌다는 이야기다. 예를 들면,
빙의 같은.

"아뇨, 그냥 궁금해서요."

내가 말머리를 돌리자 조금도 줄어들지 않은 커피를 흘긋
본 고현철 공인중개사가 볼펜으로 눌러쓴 장부와 코팅한 종
이를 가져왔다.

"거기 여자가 이미 들어와 사는 것 같던데."

"아, 저희 누나예요. 아직은 한 달 살기 중이라."

그럼 그렇지, 하는 표정으로 그가 코팅한 종이를 테이블
위에 내려놓았다. 제주형 주택임대차계약서라고 쓰인 견본
이었다.

"잘됐네. 지금이 딱 신구간이거든. 알아요, 신구간?"

"아뇨."

"그것도 제주 풍습이에요. 대한 후 사 일째부터 입춘 삼 일 전까지 딱 일주일 정도거든. 이 기간에 지상에 내려와 있던 일만 팔천 신들이 하늘로 다시 올라간다고들 해요. 일종의 근무 교대식이지. 제주 사람들은 동티를 피한다고 이때 이사나 집수리를 하거든. 자연히 매물도 많이 나오고 하죠. 시세보다 복비 싸게 해드릴 테니, 계약하려면 부동산 끼고 해요."

그는 안전이 최고라는 말을 여러 번 반복했다.

딱히 해결책이 될 만한 소득 없이 부동산 중개소를 나왔다. 또다시 어떻게 해야 하나 막막해하는데, 쇼윈도를 빤히 들여다보는 사람이 있었다. 아까 부딪친 노인이었다.

아니.

노인을 제대로 본 그제야 깨달았다. 노인은 나이 들어 늙은 사람을 뜻하는 말이다. 이 경우엔 늙은 귀신이었다. 내 가슴에 겨우 찰 만큼 키가 작았다. 흰색이 절반인 머리카락은 어깨에 닿게 길었고, 모시같이 감이 얇고 거친 계량 한복을 입었는데도 추위에 떨지 않았다. 결정적으로, 드러난 발목에 족쇄를 차고 있었다. 족쇄에 이어진 굵은 쇠사슬이 언덕 위까지 뻗어 끝이 보이지 않았다.

"총각."

눈을 마주친 노인이 히죽 웃으며 다가왔다. 발을 옮길 때마다 쇠사슬이 절그럭거렸다.

"저 사름도 육지 사름이라. 제주서 반평생을 살긴 허엿주만."

제주 방언이 진했다. 그래도 조금 전에 만난 고현철 공인중개사가 반평생을 제주에서 살았지만, 육지 태생이란 말인 줄은 알아들었다. 엮이기 싫어서 들리지 않는 척, 보이지 않는 척 비켜 가려 했다. 시도는 역시 시도였을 뿐, 그가 쏜살같이 쫓아와 앞을 막아섰다.

"부적이 찢어져시민 심방을 찾아가사주게."

부적이란 소리에 멈칫했다. 부동산 중개소 안에서 나는 부적에 관해 한마디도 말하지 않았다. 어떻게 알았는지 몰라도 노인이 그 집을 알고, 그 집에 붙어 있는 부적이 찢어졌는지도 안다면, 누나를 구할 기회일지도 몰랐다.

"심방이면, 무당이요?"

내가 대꾸하자 그가 귀밑까지 찢어지게 웃었다.

"따라오젠?"

그가 손짓했다.

잠자코 따라 걸었다. 저가 프랜차이즈 커피숍 앞을 지날 즘부터 헉헉대기 시작했다. 다음에 은하수 다방이 나타났을 때부턴 구슬땀이 났다. 족쇄에 끝이 보이지 않는 쇠사슬을 걸어놨으니 무게가 엄청날 텐데, 나는 느릿느릿 걷는 그의 뒤를 쫓아가기에 바빴다.

브랜드 편의점을 지나 동네 슈퍼를 지나고, 서울대 마크를 단 치과 병원과 한약재를 늘어놓고 파는 약재상을 지나쳤다. 모슬포 중앙 시장 근처라 인파가 있으리라 생각했는데, 눈 깜짝할 새 논밭이 이어진 길이었다.

"부동산 사름이 해준 말은 반만 맞아. 지지빠이지? 총각이 본 귀신."

노인이 손가락으로 긴 머리 빗는 시늉을 했다. 계집애냐는 뜻인 줄 알아듣고 고개를 끄덕였다. 손이 시려 입김을 불었다. 한겨울은 아니라지만, 그와 함께 걷는 동안 머리가 쭈뼛 설 만큼 공기가 찼다.

"눈이 없었어요."

절그럭거리는 쇠사슬은 우리가 걷는 앞쪽으로 끝없이 뻗어 있었다. 그가 걸어온 길을 되돌아가는 중이라는 얘기다.

"응, 애기업개라."

기억이 머리를 스쳤다. 천장에 붙어 있던 소녀 귀신도 아기를 데려갔느냐며 물었었다.

"애기업개가 뭔데요?"

"불쌍한 원귀주게."

내가 재빨리 휴대전화로 검색하는 새 그가 말을 이었다.

"전이 모슬포 상군해녀 수어니신디 소랑이엔 허는 수양딸이 잇어서. 해변에 떠도는 여섯 살 먹은 여자아일 데려당 키워신디, 열서넛 먹으난 솜털이 보송보송헌 비바리가 되었주. 잠녀 중엔 아기 낳앙 얼마 안 된 여자들도 있어난 애기업개로 소랑이를 데령 댕겼주."

알아듣는 데 노력이 필요했다. 그러니까 예전에 모슬포에 살던 수어니라는 해녀 대장에게 소랑이라는 수양딸이 있었는데, 여섯 살 때 해변에 떠돌던 그 애를 데려다 키웠고, 그 애가 열서넛이 되니 솜털이 보송보송한 아가씨가 되었다, 해녀 중에 아기 낳은 지 얼마 되지 않은 여자들도 있어서 아기 돌보는 역할로 소랑이를 데리고 다녔다는 말일 테다.

"그해에 여름이 촘말로 더웠주. 바닷물꺼정 뜨거워시난. 모슬포 앞바당에 해삼이고 전복이고 씨가 다 말라분 거라. 경허난 수어니가 다 굶어 죽게 생긴 좀녀들 데련 배를 티서. 어리석었주게. 본디 그만이 물이 뜨거우민 배를 띄우지 말아사 되어. 용왕님이 노허영 풍랑을 내리거든게."

차가운 공기에 곱은 손가락으로 휴대전화 자판을 치자니 여러 번 틀리고 말았다. 말은 점점 알아듣기 어려웠다. 그래도 짐작하자면, 여름이 무척 더워서 바닷물까지 뜨거웠던 해에 수어니가 다른 해녀들을 데리고 배를 탔다, 어리석은 짓이었다, 그렇게 물이 뜨거우면 배를 띄우지 말았어야 했다,

왜냐하면 용왕님이 노해 풍랑을 내리기 때문이다, 라는 말 같았다.

"아무튼 좀녀들은 마라도 앞바당에 도착허난 지꺼정 물질을 했주. 거, 하늘이 시커멍해지는 것도 모르멍. 물이 세서 창창헌 바당 위로 좀녀들 머리가 불쑥불쑥 나올 때마다 우는 아기 달래던 애기업개 소랑이가 '가게마씸. 삼춘, 가게마씸' 해신디, 그걸 무시해 분 거라."

대충 알아들어도 더는 무리였다. 참지 못하고 되물었다.

"해녀들이 하늘이 시커매지는 것도 모르고 마라도 앞바다에서 물질을 해서, 소랑이가 갑시다, 삼춘, 갑시다, 하는데도 무시했다고요?"

노인이 고개를 끄덕였다.

"파도가 갑자기 세지니까 그제사 기어들 나왔주. 장대비가 사방에서 몰아치길 몇 날 며칠이고, 먹을 것도 마실 물도 엇인거라. 데려간 젖먹이들 몸도 불덩이고. 그나마 몸뚱이가 덜 젖을 만한 바위틈에 쪼그려 앉앙 보름이 좇아들기만 지다리는디."

보름 좇아들다라는 말이 바람이 잦아들다라는 말인가보다 짐작하는데, 노인이 눈앞에 솟구치는 파도가 보이기라도 하듯 겁이 난 표정으로 하늘을 우러러보았다.

"이어도가 보이더랜."

"이어도요?"

"응응, 너울이 산만이 솟구쳤다 계곡처럼 가라앉는 사이로 기와로 지은 사당이 보였덴 허더라고."

"이어도에 사당이요? 할아버지, 이어도는 바닷속 암초…."

노인은 내 말을 무시하고 쇠사슬을 절그럭거리며 계속 말했다.

"좀녀들이 무서와네 불안에 떨당 미쳐갈 때쯤 되신디 상군해녀가 선잠에 들었다 깼다 허다 꿈에서 신을 보았덴 허여. 용인지 거북인지 모를 커다란 그림자가 섬 주변을 빙빙 돌더니 물 밖으로 두꺼비 같은 주둥이만 내밀엉 누게 하날 바치고 가라 허였던 모양이라. 경 안 허민 배를 다 부수와불켄."

"수어니가 꿈에서 신을 보았는데, 누구 하나 바치고 가지 않으면 배를 부수겠다고 했다고요?"

확인하며 물을 때마다 노인이 비식비식 웃었다. 원래 잘 웃는 성격인가 궁금해질 지경이었다.

"다음 날 아침에 좀녀들이 더 지달리지 못하고 파도가 울렁울렁한 바당에 조각배를 띄웠던 거라. 경헌디 소랑이가 냉큼 지부터 올라탄 거 아니. 상군해녀신디 꿈 얘기를 들은 좀녀들이 쉬쉬 허멍 그 비바리신디 '애기 포대기 어떵하여시냐?' 물은 거라. 지들이 곱져부러두엉! 경해 두엉 상군해녀신디 '그름써, 삼촌. 자이 떼놔두엉 가게 마씸. 삼촌, 자이 떼놔두엉 가게 마씸.'"

"그러니까, 할아버지. 제가 잘 못 알아듣겠는데, 수어니한 테 꿈 얘기를 들은 해녀들이 쉬쉬하면서 포대기를 숨겨두고 소랑이한테 '애기 포대기 어쨌냐?' 했다는 거잖아요? 쟤 떼 놓고 가자고 하면서."

"잘 알아듣네."

잘 알아듣네, 한 마디에 당황해서 멈춰 섰다. 비식 웃은 노 인이 아랑곳하지 않고 주절거렸다.

"일이 경 되어가니 상군해녀도 좀녀들 모두를 위핸 결심을 허였주. 소랑이랑 놔두엉 가기로. 맞아, 그 아이를 데껴두엉 지들만 모슬포로 펜지룽 허게 돌아왔덴 허는 얘긴디. 기민 놔두엉 온 소랑이는 어떵 되시크라?"

"아니, 육지 말도 잘하시는 것 같은데, 알아듣게 얘기를 해 주세요."

황당해하는 나에게 노인이 "저들끼리 모슬포로 무사히 돌 아왔는데, 놔두고 온 소랑이는 어떻게 되었겠느냐고"라며 킬 킬댔다.

"원귀가 되었다면서요!"

못마땅해하는 나를 모르는 척한 노인이 멀리 동그란 산머 리를 바라보았다. 휑한 길옆으로 골조만 세운 공사장과 하늘 색 페인트를 칠한 트랙터가 보였다.

"더운 바람이 불었지?"

그가 묻기에 "어떻게 아세요?" 하고 되물었다.

"나가 데려단 거기 풀어낫주게, 소랑이 말이라."

순간 눈앞이 어지러웠다. 정신을 차려보니 버려진 밭 한가운데였다.

'소랑이를 그 집에 풀어놓은 장본인이라고? 왜?'라고 생각하며 손에 들고 있던 휴대전화를 들어보았다. 화면엔 이제야 '애기업개' 대신 '아기업개'의 검색 결과가 나타나 있었다.

아기업개는 높은 언덕에 올라 멀어지는 배를 향해 애절하게 부르다 그 자리에서 죽었다. 다음 해 모슬포 해녀들이 다시 물질하러 들어가 죽은 시신을 거두고, 그 자리에 처녀당을 지어 1년에 한 번 당제를 지낸다.

"누구 하나 놓고 가라던 흉신이 소랑이 눈을 먹어버린 거라. 원귀가 돼븐 소랑이는 앞이 안 보이난 손이 닿는 대로 사람을 죽인다. 그 집에 있는 사람들도 곧 죽어부런. 새로 집주인이 된 남자가 이 층 문을 열고 다케모토가 되어부렀덴 허난."

역시 집주인 김관호도 빙의되었구나, 하는 데까지 생각이 미치자 입술을 깨물지 않을 수 없었다.

"누나는요? 누나한텐 뭐가 쓰인 거예요?"

"어느 애달픈 여자가 자식 잃은 복수를 한다기에 애기업 개를 줘부렀주. 이 층에 다케모토랑 가두어놓고 곧장 나오렌 허여신디 미련허게시리 거기 남았던 거라. 아마 신들이 끝엇 이 맹근 시공간에 갇혀 있겠지."

"신들이 끝없이 만든 시공간? 무슨 신이요?"

돌풍이 일었다. 흙먼지가 일어나 눈을 뜰 수 없었다.

"아, 말 돌리지 마시고 무슨 신이요! 아니, 그보다 어떻게 해야 하는데요? 누나만 데리고 나오면 안 돼요?"

다급하게 묻자 그가 혀를 찼다.

"느네 누나도 이미 이 층에 있져. 그딘 아직 전쟁 중이라. 일이 끝나민 저디로 찾아오라. 찾아오지 않으민, 쫓아가 먹 어버리켜."

그가 버려진 밭 한가운데 뜬금없이 나타난 돌탑을 가리켰 다. 사람처럼 눈, 코, 입을 새겨넣은 동그란 돌이 꼭대기에 얹혀 있었다.

"가르쳐주세요. 어떻게 해야 하는데요?"

"가서 반대쪽 부적도 떼어불라. 신들을 풀어주라. 가라! 확 가!"

간신히 그가 손으로 가리킨 곳을 보았다. 비탈진 흙길이었 다. 울퉁불퉁한 길을 따라 달렸다. 귓가에 비명이 들렸다. 방 금까지 한낮이었는데 한밤중처럼 어두워지더니, 얼마 가지 않아 눈보라가 휘날렸다. 덜덜 떨리는 이를 악물고 눈발을 뚫자 장대비가 쏟아지기 시작했다. 온몸이 흠뻑 젖도록 맞으면서도 달리기를 멈추지 않았다. 어렸을 적 마지막으로 보았던 엄마 얼굴이 떠올랐다. 장대비를 맞는 엄마의 얼굴은 밀가루 반죽처럼 창백했다.

"인우, 엄마랑 같이 갈래?"

엄마가 말했다. 상조 회사에서 가져다준 검은 치마저고리를 입고 있었다.

"어, 엄마 아, 아니잖아."

나는 두려움에 덜덜 떨면서 아래를 외면했다.

까르르 웃은 엄마 얼굴이 "너도 완전히 산 사람 아, 아니잖아" 하고 내 흉내를 냈다.

10층 건물 옥상 난간에서 까치발로 겨디고 있던 나는 한 팔로 엄마의 소매를 쥐고 울었다. 분하게도 내 멱살을 쥔 엄마의 힘을 이길 방법이 없었다.

"아주머니, 인우를 놔주세요."

멀찍이서 소방대원이 손을 뻗었다.

"네가 이르지만 않았어도 새아빠가 무당 따위 데리고 오지 않았잖아."

엄마 얼굴이 속삭이며 킥 웃었다.

그러곤 돌변해 소방대원을 향해 울먹였다.

"아저씨, 남편이랑 전남편, 전부 이 아이가 죽였어요. 무당도 이 아이 때문에 죽었어요. 이 아이는 저주받았어요. 살아서는 안 돼요."

나는 눈물, 콧물 범벅인 채로 다른 한 팔로 아버지의 영정을 꼭 끌어안았다.

"잘 가, 꼬맹아. 억지로 쫓아내려 한 벌로 네 엄마 몸은 내가 챙겨갈게."

엄마가 쥐고 있던 멱살을 떠밀었다. 소방대원이 달려오는 소리가 들렸다. 떨어지며, 나를 따라 몸을 날린 엄마를 보았다. 묶었던 머리가 풀어지며 산발이 되었다. 창백한 그 얼굴이 함박웃음을 지었다.

기억은 하지 못하지만, 나와 엄마는 소방대원들이 펼쳐놓은 에어매트에 떨어졌다. 무사했던 나와 달리 엄마는 경추 골절로 죽었다고 했다. 이전에 미래를 예언하는 어린이로 방송에 출연해 얻었던 유명세는 귀신에 씌여 엄마와 아빠, 새아빠, 퇴마하러 온 무당까지 죽인 어린이라는 유명세로 빠르게 바뀌었다.

사고가 있고 거의 한 달 후에 아버지의 딸인 누나를 처음 만났다. 소아청소년정신과에 입원해 있던 내 머리를 쓰다듬으며 누나는 괜찮다고 했다.

"이상한 걸 봐도 괜찮아. 학교 안 가도 괜찮아. 너를 괴롭
히는 사람이 있으면 내가 혼내줄게. 누나랑 같이 살래?"
이상한 사람이라고 생각했다. 누나는 일곱 살 난 나보다
열아홉 살이나 많았지만, 그래 봐야 스물여섯이었다.
하지만 그 작은 품이 너무 따듯해서 가만히 안겨 있었다.
그리고 다짐했다. 나를 받아준 이상한 누나지만, 누나를
괴롭히는 건 사람이든 귀신이든 가만히 두지 않겠다고.

헐떡이는 숨을 진정시키고 땀을 닦았다. 커다란 나무 두
그루 사이를 통과하니 집 앞이었다. 모슬포항에서 돌탑까지
한나절이나 걸었는데, 거기서부터 집 앞까지 겨우 5분 남짓
걸린 느낌이다. 사람이 다니는 지름길은 아니었을 것이다.
현관문을 열었다. 텁텁하고 비린 바람이 불어닥쳤다.
가슴이 철렁했다. 좁고 가파른 계단 중간을 막고 있던 합
판이 완전히 뜯겨 있었다.
"누나?"
"아, 서경 씨 동생?"
안경을 끼고 몸집이 야리야리한 남자가 층계참 위에서 물
었다.
거실은 비어 있었다. 주방에서 인기척이 난 것 같아 방향
을 트는데,

"윤아, 도망가! 도망가!"

하고 누나가 소리를 질렀다. 남자의 발아래였다.

눈이 뒤집혔다. 달려 올라가니 코피가 터지고 맞아서 얼굴이 울긋불긋해진 누나가 죽을힘을 다해 발길질하고 있었다.

"이 새끼가!"

주먹에 힘이 들어갔다. 정확히 턱에 꽂아 넣었는데, 야리야리한 상대는 눈도 깜짝하지 않았다.

머리로 들이받았다. 안경이 부러져 떨어지자 상대가 움찔 물러났다. 누나의 손을 잡아 일으켰다. 몸으로 가려 내려보내는 와중에 김관호가 내 머리카락을 와락 움켜쥐었다.

누나가 그의 팔을 물어뜯다 소리쳤다.

"놔! 코노야로, 죽어! 죽어버려!"

김관호가 내 머리채를 휙 끌어내렸다. 나는 그의 손아귀를 따라 비틀거리다 잠시 중력을 느끼지 못했다. 멀어지는 상대는 조금 귀찮은 모기를 잡은 듯 표정이 없었다.

"윤아!"

겁에 질려 두 눈을 크게 뜬 누나가 보였다.

이전처럼 완전히 무력하게 떨어지며 든 생각은 하나뿐이었다.

이게 끝이면 누나는 어쩌지.

쿵!

땅이 울었다.

콰광!

집이 들썩거렸다.

전투기가 가까이 날아오는 소음과 쾅쾅 터지는 소리가 이어졌다.

다다미방 바닥에 누워 있다가 비몽사몽간에 몸을 일으켰다. 몸 여기저기가 욱신거렸다. 눈앞에 남자의 흰 각질이 일어난 맨발이 있었다. 그 발 너머로 맞아서 곤죽이 된 누나가 보였다. 올려다보니 나를 계단 아래로 던져버렸던 남자가 사극에나 나올 법한 긴 칼을 높이 쳐들고 있었다.

"다케모토 중좌님! 다케모토 중좌님!"

숨이 차게 외쳤다. 남자의 이름이 김관호라는 사실을 알고 있었는데, 내 입에서 다케모토 중좌라는 말이 자연스럽게 나왔다. 그러고 보니 생김새가 달랐다. 김관호는 몸집이 마르고 키가 작았지만, 이 남자는 위압적일 만큼 크다. 어째서 이 사람을 김관호라고 착각했는지 고민할 틈조차 없었다.

온몸으로 누나를 가리고 끼어들자 호선을 그리던 칼끝이 우뚝 멈췄다. 목에 따끔한 느낌이 들더니 목둘레 옷깃이 축축해졌다.

"누나를 돌보지 못한 제 탓입니다. 저를 죽여주세요. 누난 호야가 죽어서 제정신이 아니에요. 부디 용서를!"

말해놓고도 무슨 뜻인지 모르겠고, 엎드려 비는 행동도 내가 움직이는 것 같지 않았다.

"つや、割り込むな。お前は予科練として名誉ある死ができるんだ。(츠야, 끼어들지 마라. 너는 요카렌으로 명예롭게 죽을 수 있다.)"

내가 다케모토라고 불렀던 남자는 방을 둘러보고 의문스럽다는 듯이 누나를 발로 툭 찼다.

"一体、門に何をしたのか？ なぜ開かない？ (대체 문에 무슨 짓을 했지? 왜 열리지 않아?)"

끙끙거리다 눈만 간신히 뜬 누나가 픽 웃었다.

"니놈이 죽는 꼴을 꼭 봐사크라."

누나가 피거품 섞인 침을 뱉었다.

―어디 가신고?

목소리가 들렸다. 들어본 적 있었다.

다케모토가 미간을 구기고 발아래를 쳐다보았다.

—어디 가신고?

다음 순간 바닥에서 나타난 손이 그의 발목을 잡았다.

—우리 애기, 느가 데려가시냐?

다케모토가 그 손을 떼어내려 다리를 거세게 흔들었다. 그럴수록 손은 더더욱 바지 자락을 세게 움켜쥐었다. 그의 몸을 기어오르는 붉고 작은 발이 허리띠와 등을 차례로 밟았다. 머리에 거머리처럼 달라붙은 애기업개를 떼어내려던 다케모토가 휘청거렸다.

그의 손에서 검이 떨어졌다. 쩔겅! 하고 바닥에 부딪히는 소리에 정신이 번쩍 났다. 애기업개가 온몸으로 다케모토의 목을 조르고 눈알을 후벼 팔 때, 쓰러진 누나를 조용히 일으켰다.

"누나, 정신 차려."

흐느적거리는 누나를 일으켰다. 누나의 코에서 피가 준준 흘렀다.

"가자."

뒤편 미닫이문을 열고 뒷걸음질 쳤다. 두 눈에서 피를 흘리는 다케모토가 끅끅거리며 애기업개를 두 손으로 뜯어냈다. 바닥에 내팽개쳐진 애기업개가 날카롭게 소리를 질렀다.

"가자!"

그때를 틈타 누나를 끌고 달리기 시작했다.

쿵. 쿵. 쿵. 쿵.

다케모토가 달려오는 소리가 사방에서 들렸다.

나와 누나가 달리는 곳은 긴 복도였다. 양옆으로 똑같은 격자무늬 미닫이문이 끝없이 펼쳐진 곳이었다.

쾅! 소리가 곁에서 들렸다. 얼른 머리를 낮추고 바닥에 붙었다가 집이 흔들리기를 멈추자 왼쪽 미닫이문을 한 뼘만큼 열었다.

장식장처럼 생긴 일본식 불단이 있는 방이었다. 검붉고 윤이 흐르는 나무로 만든 3단짜리 불단이었다. 작은 창문처럼 생긴 문이 양옆으로 열려 있고, 그 안에 향로와 촛대가 보였다. 금박 장식과 하얀색 어피로 칼집을 싼 장도가 불단에 비스듬히 기대어져 있었다.

여차하면 뒤쫓아 오는 다케모토를 피해 들어가려 했는데, 불단 아래 여자가 피를 흘리며 쓰러져 있었다. 낡아서 구멍이 난 치마저고리를 입고 머리가 산발이었다. 그 얼굴을 보고 나는 잡고 있는 손과 그 손의 주인을 돌아보았다. 혼란스러웠다. 방바닥에 쓰러진 여자도, 복도에서 내 손을 잡은 여자도 같은 얼굴이었다. 누나인 줄 알았는데 내가 모르는 사람이었다.

쿵.

맞은편 미닫이문이 열리고, 불단이 있는 방으로 다케모토가 들이닥쳤다. 이쪽에서 훔쳐보는 줄도 모르고, 그는 어떤 청년의 멱살을 잡아 바닥에 내동댕이쳤다.

"끄으…" 하고 신음한 그 청년의 눈이 초점 없이 흐릿했다. 머리카락을 박박 깎고 황토색 군복을 입은 모습이 눈에 익었다.

나도 모르게 머리를 쓸어보았다. 고슴도치같이 짧은 머리카락이 까끌까끌하고 뒤통수와 목에 덜 마른 액체가 끈적했다. 입고 있는 옷을 보았다. 황토색 군복 소매를 걷어 올린 모양이 쓰러진 청년과 같았다.

나는 방 안과 양편으로 미닫이문이 끝없이 이어진 복도를 번갈아 보다가 복도 오른편 미닫이문을 빠끔 열었다. 쿵! 폭발하는 소리가 들리고, 그 방 안에서도 다케모토가 장도를 집어 칼집을 벗겼다. 시퍼렇게 세운 날이 이 방에서도, 저 방에서도 햇빛을 반사했다.

콰광!
집이 푸스스 흔들렸다.
기어가 다음 격자무늬 문을 한 뼘 열었다.

전투 소음과 폭음이 이어질 때 청년이 비틀거리며 몸을 일으켰다. 다케모토가 맨발로 저벅저벅 걸어가 쓰러져 있는 여자에게 다가갔다. 그의 칼끝이 치켜 올라갔다.

"다케모토 중좌님! 다케모토 중좌님!"

급하게 외친 청년이 온몸으로 여자를 가리고 끼어들었다.

다케모토가 휘두른 칼날이 청년의 목덜미를 간신히 피해 갔다. 칼이 스친 피부에서 피가 송골송골 일어나 옷깃이 붉게 물들었다.

"윤아."

복도에 나와 함께 있는 누나가 훌쩍였다.

"왜 자꾸 나더러 윤이래."

따지듯 묻자 소리 죽여 흐느끼며 누나가 입을 열었다.

"츠야, 우리 죽은 거지이?"

"누나, 내 이름은 인우야. 윤이나 츠야가 아니야. 그리고 우리 안 죽었어."

"아니, 죽었저. 다케모토를 죽인 죄로 끝이 없이 반복되는 무간지옥에 빠진 거여."

"무슨 소리야?"

"돌탑에 사는 심방이… 부적을 세 장 줬어. 한 장은 들어가는 문에, 한 장은 나가는 문에 붙이렌."

복도를 가운데 두고 양쪽 방안에 애기업개의 손이 똑같이 나타났다.

—어디 가신고?

다케모토의 발목을 잡은 애기업개가 옷깃을 움켜쥐며 허리띠와 등을 밟았다. 거머리처럼 달라붙은 애기업개를 떼어내려 다케모토가 휘청거렸다.

그의 손에서 검이 떨어지는 순간 청년이 쓰러진 여자를 일으켰다. 코에서 줄줄 흐르는 피를 대신 훔치며, 뒤편 미닫이 문을 열고 뒷걸음질 쳤다.

복도에서 내 손을 어루만지던 누나가 바닥을 짚고 엎드렸다. 두 눈에서 구슬 같은 눈물이 뚝뚝 떨어졌다.

"심방이 세 번째 부적을 찢으민 애기업개가 나타날 거난 곧바로 나강 문에 붙인 부적 두 장을 다 떼어버리랜 허여신디…. 나가질 않허연. 경허난 나가는 문이 보이질 안 허여. 들어왔던 문은 너무 많은디, 나가는 문이 하나도 엇어. (심방이 세 번째 부적을 찢으면 애기업개가 나타날 테니 곧바로 나가 문에 붙인 부적 두 장을 다 떼어버리라고 했는데…. 나가지 않았어. 그랬더니 나가는 문이 보이지 않아. 들어왔던 문은 너무 많은데, 나가는 문이 하나도 없어.)"

방 안에선 다케모토가 두 눈에서 피를 흘리며 애기업개를 두 손으로 뜯어냈다. 바닥에 내팽개쳐진 애기업개가 날카롭게 소리를 질렀다.

"무슨 소리야!"

내가 등 뒤의 누나를 다그치자 누나는 울면서도 큰 소리 내지 말라는 투로 내 입을 막았다.

"나갔어야 허여신디. 경허민 너도 날 촛앙 들어오지 안허여실 건디. 다케모토가 죽는 꼴이 너미 보고 파라게. 우리 호야가 불쌍해그네 그냥 나갈 수가 엇엇주. (나갔어야 했는데. 그러면 너도 날 찾으러 들어오지 않았을 텐데. 다케모토가 죽는 꼴이 너무 보고 싶었어. 우리 호야가 불쌍해서 그냥 나갈 수가 없었어.)"

이게 다 무슨 소리인가 싶다가 얻어맞은 듯이 아찔해졌다. 그 한순간에 모두 깨달았다.

머리를 박박 깎고 군복 차림인 나는 이곳에서 아마도 요카렌. 낡은 치마저고리를 입은 누나는 이 집에서 다케모토의 식사를 차리고 빨래나 청소 같은 허드렛일을 하는 식모였다.

"호야는…."

호야는 열한 살 난 누나의 아들이다. 해변에 굴을 파는 발파 작업에 끌려갔다가 폭사해 시신 한 점 돌아오지 못했다.

머리 꼭대기 바로 위로 전투기가 지나갔다. 누나와 나는 굉음에 압도되어 납작 엎드렸다가 연이은 폭음에 복도를 바라보았다. 텁텁하고 비린, 익숙한 바람이 불었다. 한여름 바다에서 나는 냄새였다.

쿵. 쿵. 쿵. 쿵.
다케모토가 달려오는 소리가 사방에서 들렸다. 모든 방에 있었던 그는 모든 방에서부터 우리를 쫓아오고 있다.
나는 누나의 손을 잡고 복도를 달렸다. 분명히 벽으로 막힌 복도인데, 끝이 가까워지지 않았다.

사이렌이 에엥‒ 울었다.
폭음이 차례로 쿵! 콰광! 하며 가까워지기에 누나의 머리를 품에 안고 엎드렸다. 바닥에 귀를 바짝 대니 아래층에서 웅성거리는 말소리가 커졌다. 여러 사람이 밖으로 달려 나갔다. 갑자기 우리가 엎드린 앞쪽, 그저 벽인 그곳을 누군가 쾅쾅 두드렸다. 어쩐 일인지 철문 두드리는 소리가 났다.
"竹本中佐! おいでですか! おいでですか! (다케모토 중좌님! 계십니까! 계십니까!)"
벽을 뚫고 들어올 기세라 여차하면 들어가려고 왼쪽 미닫이문을 조금 열었다. 방 안에선 다른 방에서와 마찬가지로 다케모토가 애기업개를 두 손으로 떼어내고 있었다. 바닥에 내팽개쳐진 애기업개가 날카롭게 소리를 질렀다. 그 손에 다케모토가 떨어뜨린 장검이 닿았다.

"お前、殺してやる。(너, 죽여버린다.)"

다케모토가 애기업개의 목을 한 손으로 쥐었다.

복도에선 철문 두드리는 소리가 다시 들렸다. 벽 밖에서 군인이 중얼거렸다.

"信じられない。俺たちに爆弾を担ぎ、敵陣に突入しろと言ったくせに、一人逃げたっていうのか? (믿을 수 없어. 우리더러 폭탄을 짊어지고 적진에 뛰어들라고 하더니, 혼자 도망간 거야?)"

애기업개가 잡은 장검이 다케모토의 빗장뼈에 얹히나 싶더니 그대로 살을 파고들었다. 피눈물을 흘리는 다케모토가 털썩 무릎을 꿇더니 "꾸억!" 하고 숨 막히는 소리를 냈다. 입에서 피가 분수처럼 쏟아졌다.

그 소리와 호응해 철문 소리 나는 벽이 부서질 듯 덜컹덜컹 흔들렸다.

"竹本中佐? 竹本中佐! (다케모토 중좌님? 다케모토 중좌님!)"

옆구리와 등이 땀으로 흥건하게 젖었다. 누나의 손을 꼭 쥐었다. 얼마만큼 빨리 뛰어야 벽에 닿을 수 있을까. 가능하긴 할까. 머릿속으로 벽을 부순 다음 밖에 선 군인을 밀치고 달아날 계산을 세웠다.

"윤아⋯."

누나가 부르기에 돌아보았다.

아연해 말이 나오지 않았다. 복도에 어느새 피로 길이 그려져 있었다.

─여기 잇어신게?

애기업개에게 머리채를 잡힌 누나가 체념하듯 웃었다.

마침내 만족한 애기업개가 눈구멍을 뜨고 검은 입을 벌렸다. 아직 피가 흐르는 다케모토의 장검을 그 손에 들었다.

몸을 날렸다. 장검의 날이 누나의 목을 스치기 직전에 칼날을 낚아챘다. 손바닥이 벌어져 피가 꾸역꾸역 밀려 나왔다. 아무래도 좋았다. 애기업개의 멱살을 잡아 밀어버리고, 누나의 손을 잡고 벽을 향해 달렸다.

매캐한 화약 냄새가 났다. 다케모토와 요카렌이었던 윤과 윤의 누나가 갇혀 있던 시간의 냄새. 눈에 보이지 않지만, 벽 너머 철문 틈으로 냄새가 흘러 들어온다. 어째서 나가는 문이 보이지 않는지 나는 그 답을 알 것 같았다.

텁텁하고 비린 바다 냄새와 매캐한 화약 냄새가 공기를 덮쳐올 때 벽을 향해 손을 뻗었다.

꽈직.

손이 벽을 그대로 통과했다. 발밑에 디딜 곳이 없었다. 추락할 뻔한 나를 구한 건 아이러니하게도 부적의 효과였다.

"벡이…."

놀란 누나가 말을 잇지 못했다.

재와 흙먼지가 날렸다. 폭격으로 벽 바깥은 아무것도 남아 있지 않았다. 철문을 두드리던 군인이 올라왔을 계단 같은 건 날아간 후였다. 시퍼런 잎을 흔드는 나무가 황량한 해변에 쓰러져 있고, 바다엔 난파된 배가 시커먼 연기를 뿜었다.

김관호가 리모델링했다던 이 집의 겉모습을 기억해 내려 애썼다. 외부에서 2층으로 연결된 문 따위는 없었다. 다만, 손바닥만 한 유리창이 높게 달려 있고, 그 유리창을 가리는 오래된 처마가 있었다.

"윤아! 무시거 하는 거냐!"

위태롭게 뚫린 벽면을 잡고 바깥을 더듬자 누나가 옷자락을 잡았다.

"그래, 그렇게 좀 잡고 있어. 그리고 누나, 나 인우야. 정신 차려!"

검지 끝에 날강날강한 종이가 닿았다. 손을 좀 더 위로 뻗어봤지만, 떼어내기에는 무리였다.

쿵. 쿵. 쿵. 쿵.

다른 방에선 아직 살아 있을 다케모토가 뒤쫓아 오는 소리가 들렸다. 앞이 보이지 않는 애기업개도 장검을 아무렇게나 휘두르며 다가오고 있었다.

"뛰면 닿겠다."

손바닥으로 까끌까끌한 머리를 쓸어보았다.

"날 믿어."

어쩌면 단 한 번의 기회일지도 모른다. 무슨 짓을 하려는지 눈치챈 누나가 손사래를 쳤다.

하늘을 향해 박찼다고 생각했다. 연합군의 폭격기가 지나간 자리에 흰 연기가 남았고, 포탄에 패인 흔적마다 검은 연기를 피워댔다.

날강날강한 종이 끄트머리가 엄지와 검지 사이에 간신히 잡혔다. 직 소리를 내며 찢어지자 마치 감전당한 듯 온몸이 저릿했다.

추락했다. 땅에 떨어지고 나서도 금방 과거에서 깨진 않았다. 쾅 하는 소리와 함께 집이 푸스스 흔들리더니 "윤아!" 하고 비명을 지르던 윤의 누나가 비틀거렸다. 집이, 손바닥만한 유리창이 박힌 지금의 집이 과거의 집과 겹치며 무너지고, 집 아래에서 하얀 연기 같은 기운들이 하늘로 뻗어나갔다. 일곱의 세찬 기운이었다. 꼭 바닷속에서 고래가 내는 소리같이 마음이 평안해지는 소리가 선명하게 들렸다.

경찰이 다녀간 후에 퇴원 절차를 밟았다.

친절한 간호사가 한 달 치 약과 퇴원 후 치료 계획이 적힌 서류를 가져다주었고, 얼굴을 한두 번 본 적 있는 성수동 박 작가가 누나와 나를 데리러 왔다.

"정말 기억이 하나도 안 나?"

짧은 커트 머리에 빨간 뿔테 안경을 쓴 박 작가가 조수석에 탄 누나에게 물었다.

"그러니까. 머리를 다쳐도 어떻게 이 집 사겠다는 기억부터 홀랑 날아갈 수가 있어?"

"경이 너는 그렇다고 쳐. 인우랑 관호까지 셋 다 그런 건 너무 이상하잖아. 뭐, 치명적인 가스나 약품에 노출된 거 아냐?"

신호 대기에 걸리자마자 박 작가가 뒷좌석에 탄 나의, 붕대를 칭칭 감아놓은 손을 흘끔 돌아보았다.

"인우가 이렇게 다쳐서 어떡하니. 이모 미안해서 혼났다. 관호는 집이 낡았으면 보강부터 할 것이지 왜 내부 리모델링부터 해서 이 사달을 만들었다니."

"너무 뭐라고 하진 마. 본인도 미안하다고 몇 번이나 전화했잖아."

"그건 그렇지만. 저도 큰돈 들여 공사한 집이 무너졌는데, 얼마나 속상하겠어. 보상이나 잘 받아야 할 텐데 어떻게 될지 모르겠다. 관호는 어차피 직장을 이리 옮겼으니까 몇 년 더 살아본다고 하는데, 오래된 집을 사는 건 이제 좀 주저하는 눈치더라고. 너는 서울로 올라갈 거지?"

"응, 우리 율이 만날 때 다 됐어. 어제 통화에도 이번 주에 꼭 보자고 약속을 얼마나 했게."

박 작가와 누나가 모슬포항 근처 카페에서 얘기를 나누는 동안 나는 노인과 걸었던 길을 찾았다. 사람에겐 누나나 김관호 씨처럼 기억이 나지 않는다고 말하는 편이 편했지만, 저쪽 세계에서는 죽임을 당할지도 모르는 핑곗거리였다.

수십 바늘 꿰맨 손과 금이 간 갈비뼈가 욱신욱신하고 가벼운 뇌진탕이라던 머리가 어질어질해질 무렵, 한낮 해가 들어 좀 덜 추운 벌판에서 노인을 만났다. 휴대전화로 똑같은 모양의 돌탑을 검색한 후였다. 사악한 기운을 막는다는 방사탑 위에서 양반다리를 하고 앉아 있던 노인이 비틀대는 내 모습을 보고 입이 찢어지라 웃었다.

"할아버지가 심방이죠? 그 여자한테 부적 써준."

헉헉거리는 내게 쇠사슬을 절그럭거리며 다가온 노인이 팔짱을 끼었다.

"하라는 대로 안 하니까 탈이 나지."

"이젠 제주 말로 안 하시네. 할아버지는 누구세요? 어떻게 오방신을 부적으로 잡아놔요?"

"제주는 오방토신."

이름을 고쳐주곤 노인이 돌탑에서 내려섰다.

"동방에 청대장군, 서방에 백대장군, 남방에 적대장군, 북방에 흑대장군,"

가락을 흥얼거리던 노인이 "집 가운데 황대장군이요, 여섯째는 뒷문전신, 일곱째는 일문전이라" 하고 비식 미소를 지었다.

"오방토신의 공간에 애기업개를 풀어놓는 게 계획이었어요?"

"원귀잖아게. 함부로 풀어놓을 순 없지. 부적을 떼서 신들이 승천허민, 그때 애기업개를 데려갈 테니 딴엔 완벽한 계획이었다고."

"그래도 신구간에 승천해야 할 신들을 팔십 년 동안 가둬놓은 건 좀… 뒤탈 안 나시겠어요?"

"그건 다음에 걱정허고. 이젠 내 부탁을 들어도라."

나는 붕대를 칭칭 감은 손을 만지작거리며 뜸을 들였다.

"결론이 이상한데. 붙들어놓은 신들을 풀어줬으니 제 부탁을 들어줘야 하는 거 아니에요?"

"닭 잡아먹엉 오리발 내밀 녀석인게. 덕분에 느놈 누이가 무사허지 안허여시냐."

그가 큼지막한 돌을 가리켰다.

"저 돌 좀 이 위에 올려놔 주라. 육이오 때 미군들이 진지 구축헌다고 가져가당 흘려신디, 아직 돌려받질 못허여서."

세월을 오롯이 맞고 있던 돌을 방사탑 꼭대기에 올리자 아래로 푹 꺼져 있던 한 부분이 꼭 맞아 들어갔다.

"사람이었던 심방이 신이 되었다는 얘긴 아직 들어본 적 없었는데."

그의 발목에 채워진 족쇄를 물끄러미 보고 있으려니 노인이 괸 다리를 풀어 죽쇄 찬 발목을 위로 올렸다.

"신경 쓰지 말라. 이거 실은 수호신이 쓰는 장식이여."

노인은 품에서 꼬챙이처럼 생긴 열쇠를 들어 보였다.

"응? 승천 안 해요?"

내가 묻자 노인이 "헹!" 하고 비웃었다.

"누게가 영원이 있겠다니?"

"심심해서 흉신이 되면 어떻게 해요?"

"이놈 보라? 떽, 이놈아. 사름을 뭘로 보고. 오래 붙어 있으니 느놈 같이 날 보고 말 거는 놈이 나타나질 않느냐."

"사람도 아니면서. 그럼 왜 이러고 있는데요?"

"누겐가는 마을로 들어오는 사악한 기운을 막아야 하니까."

노인은 텁텁하고 비릿한 바람이 불어오는 쪽을 보았다.

"됐저. 이젠 가라. 길을 열어주카?"

그리 묻는 그에게 고개를 저어 보였다.

"아뇨. 지금 눈보라 뚫고 장대비 맞으면 병원 도로 들어가야 할 걸요."

"또 오라이. 나가 심심해서 흉신되지 않게 놀러 오라고."

나는 장난처럼 손을 흔들고 언덕을 터벅터벅 걸어 내려갔다. 돌아보니 노인은 아직도 나를 바라보고 있었다. 역시나 외로워 보였다. 아직도 어딘가에 도사리고 있을 액을 막으려 이승에 남아 있는 그에게 평화로운 이 시절을 만들어주어 고맙다고 말하고 싶었다. 그때 그가 손을 흔들었다. 절그럭거리는 쇠사슬 소리가 오랫동안 귓가를 맴돌았다.

제주에도 적산가옥이 있다는 사실을 불과 얼마 전에 알았습니다. 나라 전체가 일제 강점기를 겪었는데, 제주를 왜 생각하지 못했을까요? 경치가 멋진 휴양지라는 지금의 모습을 저는 너무 당연하다고 생각했나 봅니다.

사실 제주는 태평양 전쟁의 전초 기지였다고 합니다. 일제가 일본 열도를 지키기 위해 비행장을 건설하고, 해안 절벽을 뚫어 배를 숨기기도 했어요. 제주에 살던 주민들은 강제 노동에 시달리고 물자를 수탈당했습니다. 그러한 어려움 속에서도 저항했던 제주인을 저는 글로 써보고 싶었습니다. 특히나 일만 팔천의 신들이 있다는 무속 얘기로요.

심방 노인이 수호신이 되어 다가오는 재애을 마아주는 것으로 그린 방사탑은 현재 제주에 38기가 남아 있고, 그중 17기가 제주 민속문화재로 지정되어 있다고 합니다. 언제, 누가 쌓았는지 몰라도 마을을 수호하고자 하는 마음을 담고 있죠. 일제강점기와 6·25, 4·3사건처럼 역사적인 풍파가 일어날 때 이 돌탑은 얼마나 위로가 되었을까요.

또, 부적으로 잡아둔 오방토신은 집을 지키는 신들입니다. 본래 일곱 형제가 동서남북과 중앙, 앞문과 뒷문을 지키는 신이 되었다는 설화가 있어요. 오방토신이 시공간을 끊임없이 만들었다는 얘긴 허구지만, 집 구석구석 신이 깃들어 있다고 믿고 소중히 다뤘을 사람들이 애틋하게 느껴졌습니다.

신구간은 지금도 지켜지는 무속 신앙 중 하나입니다. 육지로 치면 '손 없는 날'쯤 될 텐데, 기간이 일주일 정도로 한정되어 있다는 사실이 재미있습니다.

마지막으로, 애기업개가 등장합니다. 실제로는 마라도 해녀들을 지켜주는 수호신이라고 합니다. 설화는 섬에 버려져서 죽었다는 내용이라 저는 애기업개가 원귀가 되어야 마땅하지 않나? 하고 생각했어요. 그렇지만 그 희생을 알아봐 준 사람들이 본향당에 제를 지내주어 감동했을 수도 있겠다 싶습니다. 저는 이 글을 쓰다가 등장하는 신들이 사람을 보호한다는 공통점을 깨달았습니다. 제주의 신들은 어찌나 따뜻한지요. 다음에 제주에 가게 되면, 모슬포와 방사탑, 알뜨르 비행장을 꼭 가봐야겠다고 벼르고 있습니다.

—이작

구름 위에서 내려온 것

박소해

1

목을 따자.

이 자가 죽으면 사름들의 고통이 사라진다.

면도칼을 모리야마 대좌의 툭 튀어나온 목젖에 갖다댔다.

구보다 조장이 자리를 비웠다. 망설이지 말자. 기회는 지금뿐이다. 재빠르게 찌르면 순식간에 절명이다. 1초도 걸리지 않는다. 이마에서 식은땀이 났고 면도칼을 쥔 손이 부들부들 떨렸다. 나는 새하얀 목울대를 노려봤다. 이내 포기하고 거품이 잔뜩 묻은 목 주변 수염을 밀었다. 면도날은 마치 낫이 청보리밭을 베듯 면도 크림을 깨끗이 밀어냈다. 방금 삶과 죽음을 가르는 순간이 지나갔다는 사실을 까맣게 모르는 채로 모리야마는 눈을 감고 의자에 앉아 있었다. 난 체념했다. 이 자를 죽여봤자 금세 다른 장교로 대체될 뿐이다. 나는 즉결 처분될 테고 상황은 달라지지 않는다. 숙련된 솜씨로 면도에 집중했다. 면도날을 수건에 닦아가며 손을 바삐 움직였다. 마무리를 하자 모리야마가 눈을 떴다.

"다카야마 일등병. 항상 잘 깎는군."

파르스름하니 단정해진 얼굴을 거울에 비쳐보며 대좌가 말했다. 보기 좋게 가지런한 눈썹이 활처럼 휘며 입가에 흡족한 미소가 떠올랐다. 나는 말없이 면도날에 묻은 크림과 수염 찌꺼기를 팔뚝에 감아놓은 위생 수건에 닦아내고 뒤로 한 걸음 물러나 양쪽 군화를 힘껏 부딪쳤다.

"당번병은 이만 가봐."

어느새 들어온 구보다가 나에게 눈총을 보내며 모리야마에게 경례했다. 구보다는 모리야마의 개다. 단어 그대로 개다. 어느 날 밤, 침대에 앉아 있는 모리야마 앞에 개처럼 납작 엎드려 있는 구보다를 목격했다. 구보다는 벌거벗은 몸에 훈도시만 찬 채로 무릎을 꿇고 있었다. 대체 모리야마 대좌는 밤이면 밤마다 구보다에게 뭘 시키는 걸까. 한 가지 분명한 사실은 저들은 끔찍한 종자란 점이다. 내 고향 마을 고씨 촌 사람들이 저놈들 때문에 갖은 고생을 하면서 송악산에 동굴 진지를 파고 있었다. 나는 이 고씨촌 출신이라는 이유만으로 모리야마의 당번병으로 뽑혀 면도를 비롯한 온갖 잔심부름에 통역까지 맡고 있으니 죽을 맛이었다.

차라리 모리야마 수발이 나았다. 더 힘든 건 조선어 통역이었다. 송악산에 동굴 진지를 만들기 위해 동원된 고 씨 집성촌 사람들에게 구보다의 명령을 전달하는 게 고역이었다. 어린 시절부터 알고 지내던 궨당들에게 불가능한 목표를 강요하는 건 늘 고통스럽다. 사람들의 지친 눈빛을 견디기 어려웠다. 결국 그들이 하소연하는 대상은 말이 안 통하는 구보다가 아니라 같은 제주인인 나였으니까. 오늘 오전에도 고 씨 집성촌 사람들이 나에게 몰려왔다.

"상수야. 느가 구보다신디 말 좀 잘 해주민 안 뒈크냐."

"이러다 송장 치르게 생겼져. 자꾸 사름들이 갈려 나감져게."

나는 대꾸할 말을 찾지 못해 기어 들어가는 목소리로 중얼거렸다.

"죄송허우다. 조금만 견뎌봅서."

죄송하다는 소리도 하루 이틀이지. 이제는 버티지 못하겠다. 5월 중순에 접어든 요즘 밤마다 몰래 라디오로 미군 방송을 듣는 게 유일한 낙이었다. 일본은 오키나와에서 결사 항전(1945년 4~6월 사이에 벌어진 오키나와 항전. 일본군은 두 달 동안 필사적으로 오키나와에 상륙한 미군과 싸웠지만 중과부적이어

148

서 일본군 10만 명은 모두 옥쇄했다) 중이었다. 일본놈들이 빨리 패망하면 좋겠다고 매일 생각했다. 고 씨 성을 되찾고 싶었다.

점심시간이라 막사 식당으로 향하는데 친한 조선인 일등병 정훈이가 달려와 소리쳤다.

"상수야. 큰일 났저! 스트라이크라. 어서 진지 공사 현장에 가보라."

나는 공사장으로 뛰어갔다. 식사 시간이라 굴 파는 작업이 중단됐다. 잘 다린 빳빳한 군복을 입은 구보다 조장 앞에 허름한 갈옷을 입은 형석이가 팔짱을 낀 채로 대치하고 있었다. 그 애가 앞장서서 파업을 주도한 모양이었다. 나이는 어리지만 일본어를 잘하는 형석이는 그동안 강제 노역에 동원된 고씨촌 사람들을 대신해 목소리를 내왔다. 두 사람 뒤에서 고씨촌 사람들이 웅성거렸다. 며칠 전에 형석이가 노역자에게 제공되는 식사가 형편없다며 일본군에 항의하겠다고 의논해 왔다. 구보다 성격을 잘 아는 내가 그렇게 말렸는데도 기어이 일을 내고 말았다. 사람들을 헤치고 앞으로 가자 형석이가 구보다를 노려보며 소리를 질렀다.

"이딴 걸 먹고 어떻게 일해!"

형석이가 죽이 담긴 양철 그릇을 팽개쳤다. 그릇이 데굴데굴 흙바닥을 굴러가 구보다의 가죽 군화 앞에서 멈췄다. 구보다는 미간을 찌푸리면서 손수건을 꺼내 반들반들한 군화코에 묻은 죽 찌꺼기를 닦아냈다. 나는 사태가 심상치 않다는 걸 느끼고 정훈이에게 히나타 중위를 불러오라고 부탁했다. 저 몹쓸 구보다도 군의관이자 상급자인 히나타는 존중했다.

정훈이를 보내고 나는 급하게 뛰어가 형석이와 구보다 사이를 몸으로 막았다.

"구보다 조장님. 제발 부탁입니다. 아직 어려서 뭘 모르는 녀석입니다. 제가 잘 타이를 테니 이번 한 번만 용서해 주십시오."

구보다는 냉정한 표정으로 나를 밀치고 형석이의 멱살을 잡았다.

"이 조그만 조센징 새끼가. 어이, 다카야마. 사람들에게 당장 일 시작하라고 지시해."

고씨촌 사람들의 표정에 절망이 스쳤다. 내가 통역을 시작하기도 전에 형석이가 유창한 일본어로 외쳤다.

"일 못 해! 돼지 먹이보다 못한 걸 먹고 어떻게 하루종일 일하라는 거야!"

형석이가 말을 끝내기 전에 구보다의 주먹이 날아갔다. 얼굴을 정면으로 얻어맞은 형석이가 코피를 뿌리며 바닥에 쓰러졌다. 구보다는 떡 벌어진 어깨에 보통 사람보다 머리 하나 큰 사나이였다. 험상궂게 인상을 쓴 구보다가 좌중을 훑더니 경멸조로 말했다.

"한주먹 거리도 안 되는 주제에. 자, 또 불만 가진 놈 있어? 나와. 다 상대해 주지."

침묵이 흘렀다. 고개를 푹 숙인 고씨촌 사람들을 보면서 구보다는 피식 웃었다.

"쳇. 겁쟁이들. 조센징은 이래서 문제야. 내선일체의 의미를 모르겠나? 우리 내지인들을 본받아 천황 폐하를 위해 충성을 다하란 말이야. 이놈 때문에 오늘 점심 식사는 여기서 끝낸다. 조센징들, 배 속에서 꼬르륵 소리가 들리거든 이 꼬마를 원망하라고. 자, 작업 개시해."

구보다가 바닥에 뒹굴고 있는 형석이를 무시하고 뒤돌아서려는데 돌멩이가 날아와 그의 뺨을 할퀴었다. 각진 광대뼈에서 피가 흘러내렸다. 잠시 멈칫한 구보다 조장이 얼굴을 움켜쥐고 몸을 튼자 형석이가 한 손에 돌멩이를 든 채로 씨익 웃고 있었다. 그 아이는 피 묻은 얼굴로 힘겹게 일어나더니 구보다의 팔을 붙들었다.

"못 간다. 오늘 여기서 끝장을 보자!"

형석이가 이를 악물고 외쳤다.

구보다가 다친 얼굴을 감쌌던 손을 내려 늘 허리에 차고 다니는 목검을 빼더니 높이 치켜올렸다. 나는 그를 말리려 뛰어갔지만 목검이 더 빨랐다. 화가 치민 구보다는 목검과 군홧발로 번갈아 형석이를 구타하기 시작했다. 힘없이 쓰러진 형석이 입에서 피가 울컥 솟았다.

"조장님! 이러시면 모두 노역을 거부할지도 모릅니다."

안간힘을 다해 구보다를 붙잡았지만 그는 손쉽게 나를 밀어 넘어뜨렸다. 그때 히나타 중위가 동굴로 들어와 다급하게 구보다에게 말했다.

"이보게. 구보다. 이 아이는 아직 어린 소년이야."

"중위님은 상관 마십시오. 공사는 제 관할입니다. 공기(工期)를 맞춰야 합니다."

"구보다. 계속 이 소년을 때리면 조선 사람들이 더 반발할 거야."

"이런 불량선인에게는 본때를 보여줘야 합니다."

구보다는 히나타에게 이렇게 내뱉더니 형석이의 머리채를 잡고 동굴 구석으로 질질 끌고 가서 계속 군홧발로 그 아이를 짓밟았다. 폭행은 무려 한 시간 동안이나 계속됐다. 고씨촌 사람들은 구보다 뒤에 도열한 총칼을 든 일본군 눈치를 보느라 아무도 형석이를 구해주지 못했다. 나도 히나타 중위도 구경하는 수밖에 없었다. 구보다는 형석이가 기절하자 그제서야 분이 풀렸다는 듯이 피가 묻은 목검과 군화를 손수건으로 닦고 동굴 밖으로 걸어 나갔다. 얼굴이 퉁퉁 부어오른 형석이는 바닥에 몸을 둥글게 웅크린 채로 옴짝달싹 못 했다. 겨우 숨만 쉬고 있었다. 그 비참한 몰골에 나는 울화통이 터졌다. 짐승 같은 구보다. 겨우 열여섯 어린애를 이리 잔혹하게 다루다니.

　나는 히나타 중위를 도와 축 늘어진 형석이를 들것에 싣고 막사 의무실로 갔다. 중위가 가위로 피에 절은 형석이 옷을 잘라내니 배가 온통 피멍투성이였다. 한참만에 의식이 돌아온 형석이가 나를 알아봤다.

　"상수 성. 성⋯."

　울먹이는 목소리였다. 중위가 황급히 진통제를 먹였지만 형석이는 고통스러워했다. 통증이 심한지 앓는 소리를 냈다. 나는 형석이의 손을 잡고 차가운 물수건을 이마에 대주었다.

　"형석아. 무산 경핸? 조금만 더 참주."

　"구보다가 우릴 개돼지 취급허염수게. 상수 성. 아니지 않으꽈. 우린 사름이우다, 사름이라고마씸!"

　형석이가 말하다 말고 피를 토했다. 곁에 앉아 있던 히나타의 동그란 안경에 피가 튀었다. 나는 울컥 눈물이 솟았지만 참았다. 형석이가 힘겹게 잠들자 히나타가 걱정스러운 표정으로 나에게 속삭였다.

　"다카야마. 잠깐 밖에서 보지."

　의무실 밖에서 착잡한 낯빛으로 히나타는 형석이의 피가

묻은 동그란 은테 안경을 벗더니 소매로 닦고 다시 썼다. 그는 초조한 듯 빠르게 담배를 피웠다. 내게도 한 개비 내밀었지만 도저히 피울 기분이 아니어서 고개를 저었다.

"다카야마. 아무래도 형석 군은 틀린 것 같네. 내출혈이야. 내장이 다 손상됐어."

"그, 그럼?"

"수면제로 재웠지만 얼마 버티지 못해. 가족이 있나? 자네 고향 마을 아이니까 잘 알지?"

"부모님이 모두 돌아가셔서 강 심방이라고 무당 일을 하는 친할머니가 유일한 가족입니다."

"그 할머님과 마지막 면회를 하게 해주지."

군복 위에 피투성이 흰 가운을 걸친 히나타는 손가락 사이에 끼운 담배가 꽁초가 될 때까지 송악산 아래로 지는 해를 바라봤다. 양떼구름이 가득한 하늘에 핏빛 노을이 불타오르고 있었다. 히나타도 나도 한동안 아무 말을 하지 않았다. 한참 지나서 히나타가 무겁게 입을 열었다.

"사고사로 보고할 수밖에 없네. 이해해 주게."

나는 말없이 고개를 숙였다. 사망 진단서에 구보다의 폭행을 보고한다면 히나타는 군법 회의에 끌려갈지도 모른다.

"오키나와 소식 들었나? 이제 일본은 끝났어. 모리야마 대좌와 구보다 조장은 결7호 작전[1945년 제주도에서 일제가 준비했던 일본 본토 방어 작전. 태평양 전쟁에서 수세에 몰린 일본은 1945년 2월부터 일본 본토 사수를 위해 일본 내 6개 지역과 일본 외 1개 지역(제주도) 등 일곱 곳에서 결호 작전을 준비한다. 이 중 제주도에서의 작전은 '결7호 작전'이라 이름 붙여졌으며, 작전을 독자적으로 수행할 제58군이 신설되고, 예하에 제96사단, 제111사단, 제121사단, 독립 혼성제 108여단 등 모두 7만 5000여 명의 병력을 두어 미군과의 결전을 위한 진지를 구축하고 부대를 배치하는 등 결전 준비를 진행했다]을 사수할 모양이지만 나는 제주 주둔 일본군이 하루라도 빨리 미군에 먼저 항복하는 게 맞다고 생각해."

"중, 중위님, 그 발언은…."

나는 내 귀를 믿을 수가 없어서 더듬거렸다.

"왜? 나를 헌병대에 고발할 텐가? 자네가 밤마다 미군 방송 듣는 거 이미 알고 있어."

히나타 중위는 싱긋 웃더니 나를 바라봤다.

"오키나와는 곧 점령될 거야. 미군이 제때 제주에 와주길 바랄 뿐이야."

중위는 허탈한 미소를 지었다. 나는 이 부대에 정신이 똑바로 박힌 일본인이 단 한 명이라도 있어서 다행이라고 생각했다.

히나타는 추락하는 붉은 태양을 보며 중얼거렸다.

"곧 끝의 시작이야."

2

다음 날 나는 상급자에게 외출 허락을 받고 강 심방을 만나러 고씨촌으로 내려갔다. 신당은 돌담을 따라 난 올레 깊숙이 위치한 낡은 안거리 집으로, 바로 옆에 강 심방이 형석이와 같이 살던 작은 밖거리 집이 있었다. 신당을 위에서 굽어살피는 모양새로 지키고 선 거대한 팽나무 가지 곳곳에 묶인 오색 천이 바람에 흔들렸다.

강 심방은 이미 외출할 차림새를 완벽하게 갖추고 있었다. 기별을 보내지 않았는데 고씨촌 사람들에게 상황을 전해 들은 모양이다. 머리카락 한 올 빠져나오지 않게 빈틈없이 쪽 찐 머리에 비녀를 꽂고 곱게 다린 비단옷을 입은 강 심방이 말했다.

"우이옷 좀 걸청 오크메 지달리라."

낡은 신당 안에는 각종 무구와 굿에 필요한 도구들이 가득했다. 벽에는 예전 사진들이 여기저기 붙어 있었다. 그중에서 아주 오래된 흑백 사진 하나가 인상적이었다. 젊은 강 심방이 건장한 청년 두 명과 나란히 찍은 사진이었다. 나는 가까이 다가가 사진을 살펴봤다. 남자들이 상투를 틀고 있는 걸로 봐서 이 사진은 최소한 30~40년 전 구한말 시절 같았다. 강 심방은 결혼한 지 얼마 안 됐는지 곱고 아름다웠다. 심방 바로 옆에 선 키 큰 남자는 기골이 장대하고 눈빛이 날카로운 걸로 봐서 예사 사람 같지 않았다. 끝에 선 남자는 호리호리한 몸에 선한 인상이었다.

강 심방이 두루마기를 걸치고 나오자 내가 물었다.

"누게우꽈?"

사진 속 강 심방 바로 옆에 서 있는 남자를 손가락질하자 그녀는 담담히 말했다.

"이 장두. 신축년 민란 시절에 찍은 거주. 그이가 진짜 소나이라나신디."

"그 옆에 남자는 마씸?"

"내 서방님…. 세상 엇이 착한 사람이라낫주."

강 심방 눈빛이 흔들렸다. 예전에 어머니한테 신축민란(1901년 5월에 일어나 천주교도들에 대한 제주 토박이 민중들의 저항인 '이재수의 난'. 신축년에 일어났다고 해서 '신축민란'이라고 부른다) 몇 년 전에 강 심방이 동쪽에서 고씨촌에 시집왔다는 이야기를 들은 기억이 났다. 그럼 이 사진을 찍은 건 결혼한 지 몇 년 안 된 새댁 시절이었으리라. 강 심방의 서방은 신축민란 때 죽었다고 들었다. 나는 무심히 고개를 끄덕였다.

강 심방은 왜 가는지 묻지 않았고 나 또한 왜 데려가는지 말하지 않았다. 우리는 침묵 속에서 부대를 향해 걸었다.

강 심방은 다 죽어가는 형석이를 보고도 낯빛 하나 바꾸지 않았다. 그저 묵묵히 그 애의 손을 잡았다. 히나타는 늙은 조선인 심방에게 목례하고 자리를 비켜주었다.

"상수야. 느도 나가라."

강 심방이 나한테도 턱짓했다. 나는 의무실 문을 조금 열어두고 복도로 나왔다.

형석이가 소곤소곤 할머니에게 무슨 말을 하는 것 같았다. 나는 발걸음을 옮기려다가 문가로 향했다. 들키지 않게 숨소리를 죽이고 안에서 들리는 대화에 귀를 기울였다.

"할마니…. 안 되어마씸. 허지… 맙서."

형석이가 강 심방에게 애원하고 있었다.

"너는 모른다. 이 할망 마음을."

"안 돼요. 그래도…."

형석이가 우는 소리가 간간이 들렸다.

"나 때문에… 할마니… 제발… 돌아가신 하르바지를 생각허여이라도. 또… 경헌 일… 일어나민… 안… 되어마씸…."

"걱정허지 말라."

강 심방은 단호하게 손자에게 말했다. 잠시 후 흐느끼던 형석이가 잠들자 강 심방은 의무실을 나왔다. 무표정한 얼굴로 자신을 향해 고개를 숙이는 히나타를 무시하고 나에게 말했다.

"헐 얘긴 다 골앗져. 나 먼저 내려가키어."

그날 저녁 형석이가 죽었다. 소년의 시신은 신당으로 옮겨졌다. 모리야마와 구보다는 노역자들의 분위기가 심상치 않은 걸 느꼈는지 모두 하루 쉬라고 명령했다. 나는 특별 외박을 허락받아 장례식에 참석했다. 강 심방의 시조카 고한규 형이 장례 준비를 도맡았다.

신당에 차려진 빈소 분위기는 음울했다. 겨우 열여섯 소년이 일본군에 맞서서 비명횡사했다. 모두 말이 없었다. 나 역시 고소리 술을 마시며 조용히 분노를 삼켰다. 독주는 식도를 뜨겁게 불태우며 아래로 내려갔다. 메밀가루와 무가 돼지고기보다 더 많이 들어간 몸국 한 사발을 먹으며 고통스럽게 죽어간 형석이를 생각했다. 이 한을 어이할꼬. 국 한 사발과 독주만으로 이 한이 달래질까.

거나하게 취한 고한규 형과 대작했다. 둘이 주거니 받거니 술을 마시는데 눈에 아까 봤던 강 심방의 젊은 시절 사진이 들어왔다. 이재수 장두와 서방과 같이 찍은 사진.

"저땐 심방 어른도 참 고왓수다예?"

내가 한 마디 건네자 한규 형이 고개를 끄덕였다.

"난 어린아이라나신디도 기억나. 심방 어른이 진짜 미인이엇주."

"저 옆에 선 소나이가 이재수 장두라면서예? 어른신디 들엇수다."

한규 형의 눈빛이 이상하게 변했다.

"허허. 신축년도에 잇어난 난은 금긴디. 심방 어른이 직접 말을 골앗덴 허난 놀라운게."

"무슨 일이 잇어낫수과?"

"실은 그때 이재수 장두 펜이 천주인 무리를 크게 이긴 날이라나신디 그날 장두신디 강 심방이 굿을 허여주었덴 허는 소문이 잇어."

문득 형석이가 강 심방에게 '절대 안 돼요'라고 했던 말이 떠올랐다. 그 아이는 할머니에게 뭘 하지 말라고 애원했던 걸까.

"제주성 안에 천주 세력이영 성 밖에 장두 세력이 맞붙엉 싸와신디 천주인들이영 불란서놈들이 추풍낙엽추룩 쓰러져분 거라. 장두 펜이선 거의 아무도 죽거나 다치지 안 헌 신묘헌 전투였주. 너도 알다시피 공성전에선 성안 세력이 훨씬 유리허지 안허느냐."

"그때 강 심방이 뭔 본풀이를 허였는지 알암수과?"

"아무도 모르주. 이 장두영 강 심방, 경허고 심방의 서방, 경 셋이서만 신당에 들어갔덴 들어서. 그날 전투에선 크게 이겨신디 싸움이 끝낭 강 심방 서방이 죽어불엇주."

나는 말없이 고소리 술을 계속 들이켰다. 한규 형이 목소리를 낮췄다.

"신당 안에서 차마 못볼 꼴로 죽어 잇었덴허여. 그날 이후 강 심방은 두 번 다신 큰굿을 허지 안허엿주. 소소한 넋들이기만 허여주고 부적만 써주멍 호나 이신 아들만 의지허멍 살았주게. 경헌디 홀몸으로 심들게 키운 아들이영 메누리가 병으로 죽어불어신디 이젠 호나 남은 형석이꺼정⋯."

다음 날 아침, 부대에 복귀하자 모리야마가 나를 호출했다. 구보다도 옆에 있었다.

"다카야마. 주민들 분위기는 어떤가?"

모리야마가 차분하게 물었다.

"그게⋯ 아무래도 사기가 많이 떨어진 것 같습니다. 이참에 배급량을 좀 늘려주면 어떨까요?"

내가 조심스럽게 대답하자 구보다가 소리를 질렀다.

"바보 새끼. 지금 우린 과업을 달성해야 해. 역시 넌 대놓고 조센징 편이야."

그날 오후, 나는 당번병 및 통역병에서 보직 해임됐다. 일반 보병 업무로 복귀하란 지시가 내려졌다. 일본군은 오키나와 상황이 점점 악화되면서 고씨촌 사람들에게 더 악독하게 굴었다. 미군이 언제 제주에 상륙할지 모르니 결7호 작전 준비에 박차를 가해야 했다. 구보다는 동굴 진지를 얼른 완성해야 한다면서 모리야마를 설득해서 오민후라는 인물을 새로운 통역병으로 내세웠다. 그자는 나와 달리 육지 출신이어서 구보다의 가혹한 명령을 인정사정없이 마을 사람들에게 통역했다. 동굴 공사는 진척 속도가 빨라졌다.

나는 고생하는 고씨촌 사람들을 지켜보며 울화가 치밀었다. 그럴 때마다 히나타 중위를 찾아가 하소연했다.

"소식 들었네."

히나타가 한숨을 쉬었다.

"그나마 조선인 편을 들었던 자네가 잘렸으니 사람들이 더 힘들겠군."

"방법이 없을까요? 저러다가 큰 사고가 날 것 같습니다."

"구보다가 공기를 단축시킨다면서 다이너마이트를 쓰겠다고 하던데, 걱정일세."

걱정은 기우가 아니었다. 구보다는 고씨촌 사람들을 공사에 갈아 넣었다. 채 보름이 지나기 전에 사람들이 여럿 다쳐나갔다. 히나타가 이리 뛰고 저리 뛰고 해서 최대한 사람들을 돌봤지만 약도 인력도 부족했다. 구보다는 한 사람이 쓰러지면 새로운 사람으로 대체했다. 고씨촌 사람들을 목검으로 구타하며 작업을 독촉했다. 모리야마는 그런 구보다의 뒤에서 점잖은 미소를 지으며 모든 횡포를 용인했다. 새로 통역이 된 민후란 자는 구보다의 개가 되어 제주 사람들 위에 군림했다. 모리야마의 개인 구보다의 개. 민후란 작자를 볼 때마다 구역질이 났다. 가끔 히나타를 찾아가 같이 담배를 태우는 게 유일한 낙이었다.

"전쟁이 언제 끝날까요?"

"글쎄. 항공권은 이미 저쪽이 장악했고."

얼마 전 히나타와 나는 미군 전투기 헬켓이 마치 솔개가 참새를 낚아채듯이 제로센을 제압하는 광경을 봤다. 제로센은 꼬리에 불이 붙은 채로 검은 연기를 뿜으며 오름 꼭대기에 추락했다. 구급대가 출동했지만 생존자는 없었다고 들었다. 일본군의 사기는 바닥까지 떨어졌다. 미군의 공습은 갈수록 잦아졌다.

"끝이 머지않았다는 건 확실해."

"제빌 그러면 좋겠군요."

히나타가 주변을 두리번거리더니 작게 말했다.

"해안가 소식을 들었는데 신요(일본 제국 해군이 개발하여 운용한 자살 특공병기. 합판을 짜맞춰 만든 소형 선박에 폭약을 설치하여 들이받는다)를 운전할 자살 특공대가 어제 출정식을 가졌다네. 애꿎은 젊은 목숨들이 스러지기 전에 얼른 전쟁이 끝나면 좋겠어. 미군이 제주로 오면 상부에서 옥쇄 명령을 내릴지도 몰라."

"오키나와처럼요?"

오키나와 소식은 우리 마음을 무겁게 했다. 결국 섬이 미군에게 항복했고 옥쇄 명령에 따라 무려 10만의 일본군이 수많은 오키나와 주민과 함께 산화했다는 불길한 뉴스였다. 갓난아기, 임산부, 어린이, 노인들까지 같이 옥쇄했다고 했다.

"미쳤어요. 다들 미쳤어요."

내가 진저리를 치자 히나타가 비뚤어진 미소를 지었다.

"원래 전쟁은 미친 거야."

그때 송악산 동굴 현장 쪽에서 심상치 않은 폭음이 들렸다.

"공습경보가 없었는데 미군인가?"

"그럴 리가요? 아까 사이렌이 울리지 않았잖아요?"

우리는 소리가 난 쪽으로 달려갔다. 검은 연기가 피어오르는 동굴 현장에서 피투성이 사람들이 비틀거리며 나왔다.

"상수야. 다 주, 죽었지!"

온몸에 검댕이 묻은 채 동굴에서 나온 정훈이가 나를 붙들고 엉엉 울었다. 노역자 여덟 명이 바위에 깔렸다. 다이너마이트 사용에 익숙하지 않은 일본군이 너무 빨리 폭약을 터트리는 바람에 미처 대피하지 못한 사람들이 낙석에 깔렸다. 좀처럼 흥분하지 않는 히나타가 고래고래 소리를 질러가며 난리를 쳐서 겨우 부상자들을 꺼내 왔지만 의무실에 도착하

기도 전에 세 명이 죽었다. 통역병 오민후가 그 희생자 중 한 명이었다. 노역조를 감시한다고 가까이 붙었다가 그렇게 됐다고 들었다. 나머지 다섯 명도 생사가 왔다 갔다 했다. 하루가 저물기 전에 네 명이 더 죽었다. 사망자 일곱 명에 중상자 한 명. 강 심방의 조카인 한규 형이 살아남은 한 명이었다. 마을 사람들이 분노했고 분위기는 태풍 직전의 고요처럼 음험해졌다. 구보다는 길길이 날뛰며 실수를 저지른 일등병을 군홧발로 마구 구타했다.

나는 화를 주체할 수 없었다.

고씨촌 사람들은 이번만큼은 그냥 넘길 수 없다며 파업을 선언했다. 모리야마와 구보다는 이제서야 나를 찾으며 마을 사람들을 설득해 보라고 지시했다. 하지만 내 힘으로는 분노한 민심을 달랠 길이 없었다.

일주일 넘게 공사는 중단됐다.

-3-

파업이 시작된 지 여드레 되던 날, 나는 갑자기 모리야마 대좌의 호출을 받았다.

"어이, 다카야마. 네가 통역해."

모리야마가 눈앞의 여자를 가리키며 고갯짓을 했다.

강 심방이었다. 얼굴에 분을 바르고 이마에는 붉은 끈을 동여맸으며 화려한 무복을 입은, 굿을 할 만반의 준비를 갖춘 모습이었다. 발치에 놓인 보자기 꾸러미에는 살아 있는 닭이 고개를 빼꼼 내밀고 있었다.

"대좌신디 해원굿을 허여드리켄 골으라."

강 심방이 입을 열었다.

"공사가 잘되지 안허는 것은 형석이를 비롯해 죽은 사름들 원혼을 달래지 않은 때문이엔 골아."

내가 통역하자 모리야마가 물었다.

"내가 굿을 허락하면, 마을 사람들이 생각을 바꿀 거냐고 물어봐라."

강 심방은 고개를 끄덕였다.

모리야마는 구보다를 쳐다봤다. 구보다는 목검으로 바닥을 툭툭 쳤다. 미간을 찌푸리더니 체념한 표정으로 말했다.

"대좌님. 지금은 방법이 없습니다. 조센징들의 민간 신앙이 미개하긴 하지만 공사를 더 미뤘다간 목표 기간 내에 동굴을 팔 수 없습니다."

"알았다."

부대 가운데 있는 큰 팽나무 밑에 임시로 천막 신당이 세워졌다. 강 심방은 나를 소미(심방의 조수)로 쓰게 해달라고 대좌에게 부탁했다. 나는 강 심방을 도와 사다리를 타고 올라가 팽나무 가지마다 색색의 천을 매달았다. 거센 바람에 오색 천이 미친 듯이 휘날렸다. 심방은 악기라고는 작은 북 하나만 들고 왔다.

"너도 부대 안에 이실 거가?"

"예."

강 심방은 말없이 붉은 머리끈 두 개를 내주었다. 받아보니 심방이 이마에 묶은 끈과 비슷했다. 바스락거리는 소리가 나는 게 안에 종이가 들어 있는 듯했다.

"너영 그 젊은 군의관. 둘이 이걸 매도록 허라."

"예?"

"잔말 말고 시키는 대로 허여."

싸늘하게 말하고 강 심방은 다시 굿 준비에 몰입했다. 살아 있는 닭의 목을 획 비틀고 칼로 피를 내서 천막 앞에 뿌렸다. 닭의 피가 천막 앞마당을 붉게 물들였다.

"이 굿은 아주 오래 걸릴 거여. 내 북소리허곡 노랫소리가 그쳐사 굿이 끝날 거렌 생각허라. 일본군이 못 기다린덴 허민 자레 가도 좋덴 골으라."

나는 불안한 마음이 들었다. 강 심방의 앙상한 어깨를 두 손으로 잡고 마구 흔들었다.

"심방 어른. 대체 무슨 생각이우꽈? 골아봅서. 난 같은 고씨촌 사람 아니우꽈?"

강 심방은 말이 없었다. 내 손을 뿌리치면서 어깨를 꼿꼿이 세우더니 코웃음을 쳤다.

"난 고씨촌 사름이 아니여. 느도 알지 안허염시냐. 난 동촌이서 이디로 시집왔저. 내 고향에선 다른 신을 모시주… 태초에 이 섬을 멩그신…."

중얼대는 강 심방의 눈길은 저 위 어딘가를 바라보고 있었다. 강 심방의 몸은 내 곁에 있었지만 넋은 저 하늘에 가 있는 듯했다. 등줄기에 소름이 돋았다. 나는 겨우 힘을 쥐어짜서 작은 목소리로 물었다.

"호나만 묻게 해줍서. 이 굿은 해원굿이 맞수과?"

"넌 모른다. 나가 어떤 희생을 치루멍 이재수 장두를 도와신지. 큰 힘엔 큰 희생이 따르는 법이여."

강 심방이 나를 노려봤다. 눈빛이 형형했다. 그 눈길에 나도 모르게 뒷걸음질을 쳤다.

북소리와 함께 굿이 시작됐다. 모리야마, 구보다, 부대원들이 천막 앞에 도열한 채 굿이 끝나기를 기다렸다. 초저녁에 시작된 굿이 해가 저물고도 그치지 않자 대열이 점점 흐트러졌다.

너븐 바당 가운디 섬이우다 섬 한가운디 물이우다

뱅뱅 돌아진 물 가운디 탐라섬 되엄수다

설문대 할망이 되엄수다

아득헌 어둠, 넓은 땅 남쪽 끝

풍요한 짐 사랑 짊어 바다 위 누워

흙과 돌 치마폭에 담아 ᄒ치마폭 할락산 이루고

치맛자락 터져 흘린 마음 봉긋헌 오름 삼백예순 이뤄

할락산 깔고 앉아 지귀섬 다리 딛고

소섬 벗 삼아 제주땅을 씻네[*]

강 심방의 입에서 노랫가락이 흘러나왔다. 태초에 제주 섬을 만든 여신에게 바치는 노래였다. 나는 아름답고 구슬픈 가락에 취해 저절로 눈물이 나왔다. 문득 노래를 멈춘 강 심방이 나에게 지시했다.

"이제 소미도 나가 이시라. 나영 신이영 대화헐 시간이여. 는 엇어도 된다. 오래 지나도 나가 나오지 않으민 는 머리띠 두르곡 그 의사 양반이영 고치 해안으로 내려가라."

한 시간, 두 시간이 흐르고 세 시간이 지나도록 막사 안에서는 계속 북소리와 가느다란 노래가 흘러나왔다. 강 심방이

* 사단법인 국악 연희단 하나아트 음악굿 〈설문대할망 본풀이〉 중에서

혼자 북을 두들기며 본풀이를 하고 있었다.

"제주굿이 원래 이렇게 오래 걸리는가?"

모리야마가 나에게 물었다.

"해원굿이라 그런가 봅니다."

나는 초초했다. 밤하늘이 어둑어둑해졌고 취침 시간이 다가왔다. 모리야마는 귀찮은 기색으로 부대에 해산을 명령했다. 구보다는 욕설을 작게 내뱉으며 모리야마의 뒤를 따랐다. 나도 막사로 돌아가 잠들었다.

잠결에도 노랫소리가 계속 들려왔다.

-4-

"성, 일어나."

형석이가 어깨를 흔들었다.

"형석이가?"

"나 따라와. 서둘러."

형석이가 빠르게 막사 안을 빠져나갔다. 나는 어리둥절해서 잘 깎은 밤톨처럼 동그란 그 아이의 뒤통수를 쫓아갔다.

"성, 정신 차리라. 이건 꿈이 아니여."

형석이가 말했다. 아니야. 이건 꿈이야. 넌 분명 죽었어.

나는 형석이의 어깨를 강하게 붙잡고 그 애를 돌려세웠다. 분명히 얼굴이 보여야 하는데 여전히 뒤통수만 보였다. 얼굴이 전혀 보이지 않았다.

비명을 지르며 침대에서 떨어졌다.

쿵쿵. 무엇인가가 위에서 막사를 마구 흔들고 으깨고 있었다. 사방에서 병사들의 비명소리가 들렸다. 나는 바지 위에 티셔츠를 겨우 꿰입고 막사 밖으로 뛰었다. 막사에서 잠들었던 병사들이 영문도 모르고 뛰쳐나왔다. 그중에는 속옷 바람으로 뛰는 병사들도 있었다.

밤하늘은 거대한 먹구름으로 뒤덮여 있었다. 그 구름 위에서 내려온 검고 큰 무엇인가가 병사들을 쳤다. 병사들이 쓰러지거나 넘어졌다. 나는 두렵고 오싹한 나머지 서둘러 빠져나가야 한다고 생각했다. 젖먹던 힘까지 쥐어짜서 부대 밖을 향해 뛰었다. 그때 밤하늘에서 빠른 속도로 내려온 무엇인가가 내 옆을 뛰던 병사를 쳤다. 몸이 두 개로 분리됐다. 두 동강 나는 동료를 쳐다보다가 돌부리에 채여 갈대밭을 뒹굴었다. 공포로 온몸이 경직된 나는 몸을 일으킬 수 없었다. 가만히 귀를 기울여보니 강 심방의 노랫소리가 작게 들려오고 있었다. 굿은 아직 끝나지 않았다.

저 커다란 존재는 도대체 뭐지?

'히나타 중위님은 어디 계신 거야?'

아수라장 속에서 나는 사방으로 고개를 돌리며 히나타를 찾았다. 그는 어디에도 보이지 않았다. 그때 바지만 입은 구보다가 박격포 진지로 재빠르게 달려가는 모습이 보였다. 그도 자다가 깼는지 상반신은 헐벗은 채 목검을 혁대 옆에 차고 있었다.

"병신들! 당하고만 있을 테냐!"

구보다는 달아나는 병사들에게 욕설을 퍼부으면서 혼자 박격포 진지에 뛰어들어 미지의 존재를 향해 포탄을 발사했다.

"비겁한 새끼들! 대일본제국의 군인답게 결기를 보여라."

구보다가 으름장을 놓자 도망가던 병사 몇 명이 박격포 진지로 돌아와서 장전을 도왔다. 포신이 불을 뿜었다. 쾅! 쾅! 쾅! 쾅! 박격포 포탄을 검은 존재에게 인정사정없이 퍼부었다. 하지만 포탄은 미지의 존재에 맞기는커녕 고스란히 통과해 부대 마당에 떨어져 폭파됐다. 구보다가 크게 당황했다. 병사들도 흠칫 놀라며 서로 얼굴을 쳐다봤다.

검고 큰 그것이 박격포 진지로 내려왔다. 병사들은 달아나기도 전에 고스란히 으깨졌다. 나는 동작이 빠른 구보다가 몸을 날려 진지 뒤로 피하는 모습을 봤다. 그는 양팔을 휘저으면서 도망가려다가 넘어졌다. 시커먼 그것이 구보다에게 다가왔다.

"으아아아아악!"

구보다가 크게 비명을 질렀다.

나는 눈을 감았다. 우지끈. 습윤한 뭔가가 짓뭉개지는 소리가 들렸다.

박격포 진지에서 더는 움직임이 없었다.

온몸에서 식은땀이 났다. 겨우 일어서려 하는데 무엇인가 큼지막한 바위 같은 것이 뒤에서 느껴졌다. 본능적으로 몸을 돌려 피하자 내 눈에 발톱이 보였다. 어지간한 작은 단층집만 한 크기의 무시무시하게 큰 발톱. 울퉁불퉁한 표면과 거스러미와 끝 쪽에 위치한 거대한 반달 같은 흰 부분이 가까이 다가왔다. 그 발톱의 본체인 발과 그 발의 주인은 틀림없이 더 클 테다. 나는 전율했다. 저절로 몸이 굳어졌다. 숨조차 쉴 수 없었다.

상상할 수 없는 크기의 발, 도저히 인간의 발이라고 할 수 없는 그것의 발이 천천히 내려와 갈대밭을 누르자 갈대가 완전히 짓눌리며 땅이 납작해졌다. 발가락은 비명을 지르며 빠른 속도로 달아나는 일본군을 찾아 짓누르기 시작했다. 달아나다가 정면으로 엎어진 한 일본군은 그 자리에서 발가락에 짓밟혀 곤죽이 돼버렸다. 사람이 발가락에 눌리면 으스러졌고 발톱이 살짝 할퀴면 목과 몸이 분리됐다. 데구르르. 내 눈앞에 한 병사의 머리가 굴러왔다. 검푸른 얼굴의 벌린 입으로 삐죽 빠져나온 혀가 보였다. 아는 얼굴이었다. 정훈이다. 나는 두 손으로 입을 틀어막았다. 발가락이 머리 위로 다가왔다. 숨이 막혔다. 이제 끝장이다. 죽는다. 두 손으로 눈을 가렸다.

'머리끈을 매라.'

강 심방의 말이 떠올랐다. 나는 주머니에서 붉은 띠를 꺼내 황급히 머리에 맸다. 숨을 죽이고 눈을 질끈 감았다. 거대한 발가락이 내 머리 바로 위까지 내려왔다. 영원 같은 몇 초가 지나갔다.

발가락은 나를 그대로 지나치더니 옆에 있는 다른 일본군의 몸을 눌렀다. 팍 하고 마치 과일이 터지듯이 온몸이 으깨지는 소리가 들렸다. 나는 그 틈을 타서 몸을 일으켜 달렸다. 움직이자. 벗어나야 한다.

부대 정문이 보이기 시작했다. 전속력으로 정문을 향해 뛰는데 누군가가 나를 잡아챘다. 나는 넘어졌고 상대방도 옆에 뒹굴었다. 고개를 들었다. 어둠 속에서도 눈에 띄는 흰 가운. 히나타 중위였다.

"다카야마!"

히나타가 낮은 포복으로 다가와 속삭였다. 겁에 질린 창백한 얼굴. 나는 바로 왼손으로 중위의 입을 틀어막았다.

"살고 싶으면 조용히 하십쇼."

히나타는 상황을 파악했는지 고개를 끄덕였다. 집게손가락을 입술에 대고 주머니에서 붉은 끈을 꺼내 그의 이마에 동여매고 흰 가운을 벗겼다. 그제서야 나는 낮은 목소리로 말했다.

"지금부터 저만 따라오세요."

여전히 신당 천막에서는 낮은 노랫소리와 북소리가 들려오고 있었다.

우리는 납작 엎드린 채로 기어서 부대 정문을 통과했다.

그다음부터는 송악산 내리막길이었다. 우리는 뒤에서 들려오는 다른 병사들의 비명을 무시하고 뛰었다. 살아남으려면 그렇게 하는 수밖에 없었다.

거인의 발기락이 군 막시를 짓밟고 사람을 으깨는 소리가 계속 들렸다.

"뒤는 보지 마세요. 저 아래 평지까지 가야 안전합니다."

나는 해안가로 내려가라던 강 심방의 말을 생각하며 작게 말했다. 히나타는 말없이 고개를 끄덕였다. 우리는 굴러떨어지듯이 산 아래로 뛰었다. 사람 키를 넘게 자란 갈대가 밤바람에 흔들리며 몸을 때렸다. 웅덩이의 물이 튀어 바지가 젖어도, 구렁텅이에 한쪽 발목이 빠져도 굴하지 않고 우리는 계속 뛰었다. 밑으로 밑으로.

한참 뛰어서 알뜨르 비행장까지 내려와서야 우리는 잠시
쉬었다. 나는 바닥에 쓰러졌다. 히나타도 내 옆에 몸을 뉘었
다. 둘 다 몰골이 엉망이었다. 나도 히나타도 얼굴과 손이 온
통 흙투성이라 지저분했다. 히나타의 안경알 한쪽은 금이 가
있었다. 내 심장이 미친 듯이 날뛰었다. 겨우 진정되자 히나
타가 붉게 상기된 얼굴로 물었다.

"저게 대체 뭔가! 말해!"

나는 고개를 저었다.

"일본인인 중위님은 말해줘도 이해하지 못할 겁니다."

히나타가 붉은 끈을 만지작거리자 나는 손으로 막았다.

"중위님. 아직 안 됩니다."

그때 그것의 발이 송악산을 내려와 알뜨르 비행장으로 향
하기 시작했다. 우리는 경악했다. 육중한 발이 땅을 디딜 때
마다 지진과도 같은 진동이 비행장까지 전해졌다. 쿵. 쿵.
쿵. 우리는 필사적으로 피할 곳을 찾다가 제로센 격납고 안
으로 들어갔다. 히나타의 얼굴이 새하얗게 질렸다. 우리는
격납고 안에서 비행장이 파괴되는 소리를 들으며 부들부들
떨었다. 밖에서 공군 병사들이 새된 비명을 지르며 달아나는
소리가 들렸다. 어두침침한 격납고 안에서 나는 히나타의 손

을 꽉 붙잡았고 그도 내 손을 놓지 않았다.

　그것은 활주로에 있던 수십 대의 제로센들을 파괴하고 비행장에 대기하고 있던 공군 병사들을 눌러서 죽여버렸다. 병사들의 비명이 끊이지 않았다. 얼마나 지났을까. 그것이 천지가 진동하는 발소리를 울리며 비행장을 떠나는 소리가 들렸다. 비행장에 정적이 흐르자 우리는 격납고 안에서 조심스럽게 나왔다.

　알뜨르 비행장은 처참했다. 죽은 공군들의 시체와 부서진 제로센이 사방팔방으로 널브러져 있었다. 물탱크 골조가 엿가락처럼 휘었고 켜켜이 쌓였던 모래주머니는 박살이 났다. 우리는 입을 꾹 다물고 고개를 돌렸다. 저 멀리 해안가로 향하는 그것의 발이 보였다. 발 위로 끝이 보이지 않는 치맛자락이 바람에 필럭이는 걸 얼핏 본 것 같은 느낌이 들었다. 광활한 잿빛 치마는 일본군의 피로 온통 얼룩져 있었다.

　그것은 바닷속으로 들어가기 시작했다. 점점 더 깊숙이 침잠해 갔다. 나는 그것이 가슴께까지 바다에 잠기는 장면을 보면서 저절로 벌어지는 입을 다물기 어려웠다. 너무나 거대한 몸을 가진 그것의 얼굴은 구름에 가려 전혀 보이지 않았다. 그것은 한동안 바닷물 속에 가만히 서 있었다.

　그러다 점점 투명하게 변하더니 서서히 사라져갔다.

우리는 입을 벌리고 먼바다를 바라보았다. 하늘에는 갈고리 모양의 초승달이 떴고 바다 위에는 윤슬이 잔잔하게 빛났다. 방금 전까지 있었던 일이 전혀 믿기지 않는 평화로운 풍경이었다. 파도 소리가 작게 들려왔다.

"들리나?"

히나타가 나에게 물었다.

"네?"

"노래가 멈췄어."

-5-

나는 히나타와 함께 송악산을 올랐다.

부대 안은 초토화되었다.

살아남은 사람은 나와 히나타 두 사람뿐이었다. 우리는 모리야마 대좌의 방으로 걸어갔다. 지붕이 뚫린 방 안으로 밤바람이 몰아쳤다. 대좌의 뜯겨 나간 목이 침대 위에 있었고 몸통은 침대 밖에 쓰러져 있었다. 생기라곤 없는 대좌의 잘생긴 얼굴을 보면서 히나타는 신음을 냈다. 나는 매일 면도했던 대좌의 난렵한 턱선을 묵묵히 바라봤다. 이제 거기는 두 번 다시 면도할 필요가 없으리라.

히나타는 한 손으로 부릅뜬 대좌의 눈을 감겨주더니 무릎을 꿇고 주저앉았다.

"이제 중위님이 유일한 장교입니다. 상부에 어떻게 보고할 겁니까?"

히나타는 얼빠진 목소리로 중얼거렸다.

"모르겠네. 모르겠어."

우리는 팽나무 아래로 향했다. 오색 천들이 바람에 흔들리는 팽나무 아래 한때 사람이었던 존재들의 살점들이 흩어져 있었다. 손수건으로 코를 틀어막고 시취를 참으면서 막대기로 살점들을 찔러보던 히나타의 안색이 변했다.

"중위님. 왜 그러십니까."

"구, 구보다야."

나는 히나타가 가리키는 곳을 보았다. 피 칠갑된 살점 사이에 구보다가 늘 차고 다니던 목검이 떨어져 있었다. 저 멀리 박격포 진지에서부터 목검이 있는 위치까지 길게 핏자국이 이어져 있었다. 구보다가 으깨진 몸으로 박격포 진지에서 여기 신당까지 기어와서 뭘 하려고 한 거지? 다음 순간 스스로 깨달았다.

'강 심방을 죽이려고 했겠지.'

그 전에 거대한 존재가 더 빠르게 움직였던 게 틀림없다.

갑자기 히나타가 내 멱살을 잡았다.

"네, 네 놈이 그 늙은 무당과 짜고 이렇게 한 거지. 일본군을 전멸시키라고, 그 무당에게 부탁한 거지?"

히나타가 이를 악물고 말했다.

"마음대로 생각하십시오."

나는 비틀린 미소를 지었다.

"심방 어른은 히나타 중위님을 살려주려고 하셨습니다. 저한테 붉은 띠를 주면서 당신한테 매주라고 말씀하셨어요."

히나타가 놀란 표정을 지었다.

"정작 제 친구 정훈이는 머리끈이 없어서 죽었습니다. 아마 일본인 목격자가 한 명쯤은 필요했나 봅니다."

내 싸늘한 말투에 히나타는 힘없이 멱살을 잡은 손을 놓았다. 절망한 히나타를 놔두고 나는 몸을 돌렸다.

"다카야마! 어딜 가는 건가?"

고개를 숙인 채로 히나타가 애타게 나를 불렀다.

"중위님. 제 성은 다카야마가 아닙니다. 고(高)입니다."

차갑게 대답하고 나는 걸음을 재촉했다.

강 심방이 머물러 있던 천막 신당으로 향했다. '모든 것이 끝났다'고 보고할 참이었다. 천막 안에 들어가니 아무도 없었다.

‘어딜 가셨나.’

나는 두리번거리다가 천막 뒤편으로 갔다.

있었다. 강 심방이.

똑바른 자세로 가만히 앉아 있었다.

나는 바로 강 심방이 죽었다는 걸 알았다. 안구가 사라진 자리엔 동굴같이 텅 빈 두 개의 구멍이 자리했다.

강 심방이 한때 살아 있었단 사실을 증명하는 거라곤 걸친 무복과 손에 든 요령뿐이었다.

온몸의 피부가 말라비틀어진 채 미라가 돼버렸다. 불과 세 네 시간 만에.

‘큰 힘에는 큰 희생이 따른다.’

강 심방이 했던 말이 떠올랐다. 그 희생이….

나는 강 심방 앞에서 고개를 떨어트렸다.

송악산 갈대가 초여름 바람에 사납게 흔들렸다.

안녕하세요. 기획자 박소해입니다. 2016년에 제주도로 이주하고 곧 이 섬과 사랑에 빠졌습니다. 일만 팔천 신이 존재하는 민속 신앙, 정겨운 제주어, 곶자왈, 오름, 바다, 올레길, 아름다운 자연과 대치되는 비극적인 역사 등 제주도는 벗기고 벗겨도 새로운 껍질이 나오는 양파처럼 속을 알 수 없는 신비한 섬입니다.

《고딕×호러×제주》는 기획자인 저와 참여 작가들에게 새로운 도전이었습니다. 먼저, 제주색을 충분히 반영하기 위하여 작품마다 제주도 신화와 민담을 소환했습니다. 설문대 할망, 그슨새, 광양당신, 오방토신, 애기업개, 이어도 전설 등이 등장합니다.

두 번째, 장르 소설도 사회·역사적인 이슈를 다룰 수 있다는 점을 보여주려 했습니다. 목호의 난, 이재수의 난, 일본군 점령, 결7호 작전, 그리고 4·3 사건, 5·16 도로 건설…. 《고딕×호러×제주》는 제주도의 슬픈 역사를 공포 소설 안에 녹여냈기에 더 의미가 깊습니다.

끝으로 서구권 고딕 호러를 제주도라는 배경에 이식하여 새로운 공포 문학을 선보였습니다. 빌레못 동굴, 차귀도, 곶자왈, 이어도, 모슬포, 송악산, 도레 오름 등 제주도 곳곳이 소설의 무대입니다.

저는 호러가 약자가 주인공이 되는 전복의 장르라고 생각합니다. 현실에서는 강자가 이깁니다. 하지만 문학적 상상력의 공간에서는 약자가 강자를 이기기도 합니다.

저는 2023년에 제17회 황금펜상을 받은 단편 〈해녀의 아들〉에서 제주 4.3을 다룬 적이 있습니다. 이번 〈구름 위에서 내려온 것〉에서는 1945년 당시 일본군이 동굴 진지를 만들며 제주도민을 마치 짐승처럼 몰아붙이고 수탈했던 결7호 작전을 다룹니다. 설문대 할망이 일본군에게 천벌을 내리는 장면을 넣어 제주도민의 한을 풀어주고 싶었습니다. 설문대 할망은 바닷속의 흙을 삽으로 떠서 제주도를 만들었다는 키가 아주 크고 힘이 센 거인 여신입니다. H. P. 러브크래프트가 발명한 코스믹 호러를 1945년의 제주를 배경으로 구현하고 싶었습니다. 고딕 호러에 코스믹 호러를 섞고 제주만의 토속적인 분위기를 더했습니다.

초보 기획자의 아이디어가 한 권의 책으로 탄생하기까지 모든 수고를 감당한 빚은책들 이상모 편집장님, 유나리 편집자님, 자문과 조언을 아끼지 않은 '괴이학회' 김선민 대표님, 그리고 긴 여정을 끝까지 함께해 준 여섯 명의 참여 작가에게 감사를 전합니다. 마지막으로 제주어 감수를 맡아준 궨당 김유경 선생님께 고마운 마음을 표현하고 싶습니다.

—박소해

등대지기

홍정기

'즈으우여어어버어어….'

들을 때마다 소름 돋는 외침이 고막을 파고든다.

삐이이이이익.

커피포트에 올린 물이 끓어오른다. 읽던 책을 덮었다.

《호러 미스터리 컬렉션》 표지 속 앙상한 해골이 나를 빤히 쳐다본다. 등골이 서늘한 호러 소설이라기에 골랐는데, 지금 내가 처한 상황과 비교하니 책은 오히려 잔잔하게 느껴진다.

탁자 위에 책을 내려두고 소파에서 일어섰다. 낡은 소파의 스프링이 삐그덕거리며 비명을 지른다. 이 소파는 대체 몇 년이나 이 자리를 지켰을까. 쓸데없는 생각을 하며 두 팔을 쭉 펴 기지개를 켠다. "아구구" 하는 곡소리가 절로 나온다.

간밤에 잠을 설치니 몸이 찌뿌둥한 게 영 개운치 않다. 어깨를 빙빙 돌리며 탁자와 마주한 아일랜드 식탁으로 걸음을 옮긴다. 익숙한 손놀림으로 머그컵에 드리퍼를 올려 여과지를 끼우고 원두 가루 세 스푼을 채운 뒤 커피포트를 기울인다.

끓는 물이 원두 가루에 닿자 순식간에 부드러운 거품이 부풀어 오른다.

"음."

고소한 커피 향이 콧속을 자극한다.

여과지를 거친 커피가 머그컵 속으로 떨어지는 소리에 귀 기울이며 물끄러미 창밖을 바라봤다.

푸르른 하늘. 내리쬐는 햇살. 하늘과 맞닿은 수평선으로 끝없이 펼쳐진 바다. 속이 시원해지는 탁 트인 경치는 아무리 봐도 질리지 않는다.

창문 고리에 손가락을 걸어 힘껏 잡아당겼다.

활짝 열린 창문 안으로 소금기 섞인 짜디짠 바닷바람이 얼굴에 부딪힌다. 쉴 새 없이 들리는 파도 소리가 귓가를 간지럽힌다.

시선을 아래로 내리자 새카만 파도가 등대를 떠받치고 있는 바위에 부딪혀 산산이 부서진다.

잠시 눈을 감고 서서 불어오는 바람을 온몸으로 맞았다.

3분쯤 지났을까. 한낮의 졸음이 가시는 것을 느끼며 창문을 도로 닫는다. 그사이 여과된 커피가 가득한 머그컵을 들고 탁자로 돌아왔다. 소파에 앉기 전 벽에 걸린 달력에 눈길이 갔다.

5월 30일.

이곳에서 근무한 지 어느덧 1년하고도 364일째.

하루.

이제 딱 하루가 남았다.

◉

부모님의 얼굴 따윈 모른다.

핏덩이였던 나는 홑껍데기 이불에 싸인 채 교회 문 앞에 버려졌다. 그것도 함박눈이 내리던 한겨울에 말이다. 새벽 기도를 올리려고 교회를 찾은 열성 신도가 아니었다면 나는 외딴 교회 문 앞에서 차갑게 얼어붙은 채 짧은 생을 마감했을 것이다.

이름 없던 아기는 운 좋게도 불임으로 고생 중인 목사 부부의 손에 거둬졌다.

하선. 하나님의 선물이라는 의미로 목사 부부가 내게 지어준 이름이다.

하지만 하나님의 선물로 누리던 행복은 그리 오래가지 않았다. 망할 하나님이 목사 부부에게 진짜 선물을 내려주었기 때문이다.

남동생이 생긴 뒤로 내게 향하던 애정은 놀랍도록 차갑게 식어갔다.

하나님의 선물에서 사탄의 아들로. 내 위치는 주의 노여움을 사 천국에서 추방당한 루시퍼인 양 끝도 없이 추락했다.

결국 이제 막 뜀걸음을 할 수 있는 나이에 부부의 손에 이끌려 지방의 보육원에 입소했다. 그 짧은 생애 동안 두 번째로 버림받은 순간이었다.

열악한 보육원에서의 생활은 말할 것도 없었다.

파양되어 돌아온 유기견처럼 남의 눈치를 보며 시키는 대로 따르는 삶을 살아왔다. 보육원에서마저 도태되면 더 이상 갈 곳이 없다는 절박함 때문이었는지도 모른다.

그림자처럼 웅크려 숨죽인 채 유년 시절을 허비했다. 만 18세가 되자 기다렸다는 듯 200만 원 남짓한 자립정착금만 쥐어주고 사회로 내쫓았다.

준비되지 않은 상태로 세상에 내몰린 뒤로 어떻게든 살아보고자 매달렸다.

닥치는 대로 알바도 뛰고 건설 현장에서 막노동도 했다. 하지만 통장 잔고는 늘어나기는커녕 빠르게 줄어만 갔다.

일머리가 없다. 손이 느리다. 몸이 굼뜨다. 답답하다. 병신 같다.

주변 사람들의 불만과 짜증은 어느새 욕설로, 손찌검으로 변해갔다. 폭행을 당하면서까지 일할 수는 없었다. 그만두고, 또 그만두고. 그렇게 몇 번을 반복하니 자연스럽게 구직 욕구는 사라졌고 무기력한 백수로 전락하고 말았다.

눈 깜짝할 사이 통장 잔고가 바닥났다. 백수 짓도 아무나 하는 게 아니었다.

월세가 밀리고 통신비 미납 문자가 날아왔다. 내키지 않지만 일을 해야 했다. 이대로 굶어 죽을 수는 없었으니까.

어쩔 수 없이 휴대폰 알바 앱을 열었다. 화면에는 내가 한 번쯤 거쳤던 모집 공고들이 줄을 이었다.

고시원 단칸방 침대에 누워 라면 부스러기로 주린 배를 채우며 공고를 훑던 그때였다.

빠르게 스크롤을 올리던 손가락이 한 모집 공고에 멈췄다. 눈이 번쩍 뜨인 나는 빠르게 손가락에 묻은 라면 스프를 쪽쪽 빤 뒤, 몸을 일으켜 침대에 걸터앉았다.

<h1>※ 등대지기 모집 ※</h1>

1. 지원 자격 : 학력/성별 무관, 미성년자를 제외한 성인 이상

2. 근무 장소 : 제주도 동남쪽 등대섬

3. 근무 내용 : 저녁에 등대의 전기 스위치를 올리고 아침에 내리는 일

4. 근무 기간 : 2년

5. 보수 : 만기 근무 시 2억 원 일시 지급

6. 추가 사항

   – 한 달에 한 번 헬기로 물자 보급, 식량 외 개인 물품 요청 가능

     (15만 원 이내)

   – 근무지 이탈 불가(휴가 없음)

   – 근무 내용만 잘 지키면 남는 시간에 뭘 하든 상관없음

   – 자체 발전기로 전기 사용 가능

   – 컴퓨터는 있으나 인터넷 불가

   – 휴대폰 사용 불가

   – 물탱크로 수세식 시설 이용 가능

   – 반드시 혼자 근무해야 함

7. 문의처

   – 면접 : 유선 면접 진행

   – 접수 방법 : 온라인 지원/홈페이지 지원(http://xxxx.xxxxx)

   – 문의 : 010-xxxx-xxxx

제주도 동남쪽 등대섬에서 2년을 근무하면 2억 원을 일시불로 지급한다는 내용이었다.

깎아지른 절벽 위 등대에서 불만 껐다 켜면 된다니. 2년간

의 무료함만 달랜다면 나 같은 모질이도 해낼 수 있는 개꿀 알바가 아닌가.

"설마 낚시는 아니겠지?"

한순간 작은 의혹이 고개를 들었다. 막상 지원하면 뭔가 물건을 팔아치우기 위해 전화가 오는 텔레마케팅 사기는 아닐까. 아닌 게 아니라 공고 아래로 업무 관련 문의보다 장난 치지 말라는 댓글들이 넘쳐났다.

평소였다면 나 역시 코웃음을 치며 넘겼을지도 모른다.

하지만 절박함 때문이었을까. 아니면 창피한 줄도 모르고 연신 울어대는 뱃속의 '꼬르륵' 소리 때문이었을까.

도저히 그냥 지나칠 수가 없었다.

아니면 말고 식이 아니었다. 장난이 아닌 진실이길 바라는 간절한 마음으로, 썩은 동아줄이라도 일단 매달리고 보겠다는 마음으로, 공고를 읽고 또 읽었다.

"에라 모르겠다."

고민 끝에 결국 지원을 버튼을 눌러버렸다. 오히려 후련한 마음이 들었다.

"참. 이럴 때가 아니지."

나는 곧바로 해당 공고를 허위 광고로 신고했다. 페이지를 새로고침하자 공고는 곧 블라인드 처리됐다.

"좋아. 이걸로 경쟁자 차단 완료."

다시 침대에 대자로 누웠다. 아직 채용된 것도 아닌데 머릿속은 이미 2억 원의 용도를 따지고 있었다. 작은 편의점 정도는 차릴 수 있으리라. 더 이상 남 밑에서 구박받으며 일하지 않아도 된다.

들뜬 마음으로 이틀이 지났다. 그때까지도 블라인드 된 공고는 열리지 않은 상태였다.

해가 뉘엿뉘엿 저물기 시작하는 오후 7시.

마침내 저장되지 않은 번호로 전화가 걸려 왔다. 직감했다. 등대지기 면접을 위한 전화라고.

예상은 적중했다. 최대한 공손히 전화를 받았고 침착하게 답했다. 면접은 오래가지 않았다. 생각보다 간단한 질문을 거쳐 전화 면접이 끝났다.

그리고 그날 밤.

휴대폰을 울리는 문자 한 통에 나는 고시원이 떠나갈 듯 소리를 질렀다.

◉

처음 입도하던 날이 떠오른다.

성산일출봉 근처에서 헬기를 타고 뭍을 떠나 한참이나 망

망대해를 가로질렀다.

시야를 막은 짙은 해무를 뚫고서야 비로소, 하늘로 솟구친 암석 위에 지어진 하얀 등대에 도달할 수 있었다. 정말로 깎아지른 절벽 위에 지어진 등대는 거친 파도와 암초 때문에 배로는 입도가 불가능했다. 그나마 헬기라도 내릴 수 있는 작은 공터라도 있는 게 다행이랄까. 하늘길이 아니고서는 섬을 빠져나갈 방법은 없었다.

신기한 듯 섬을 두리번거리는 내게 헬기 기사가 종이 한 장을 내밀었다. 종이 상단에 프린트된 글씨로 '등대지기 규칙서'라 쓰여 있었다.

"행운을 바롬."

고개를 들어 헬기 기사를 바라봤다.

벌써 떠나는 건가. 헬기 기사는 얼굴의 절반을 가리는 잠자리 선글라스를 끼고 있어 연령을 가늠하기 힘들었다. 다만 파나마모자 사이로 언뜻 보이는 새치나 깊은 팔자 주름으로 보아 40세 이상은 될 듯했다.

기사는 두 손가락 끝을 가볍게 파나마모자 챙에 붙였다 떨어뜨린 뒤, 헬기로 돌아갔다. 헬기 기사는 분주히 파나마모자를 벗고 헤드셋을 머리에 끼우며 이륙 준비를 했다. 이윽고 요란한 소리를 내며 하늘 높이 솟구치는 헬기를 향해 나는 손을 크게 흔들었다. 이내 헬기는 시야에서 사라지고 섬에는 철썩이는 파도 소리만이 남았다.

"좋았어."

이제 등대섬에는 오직 나 혼자만이 남았다.

기사가 준 규칙서는 공고를 그대로 프린트한 듯, 특별히 추가된 내용은 없었다. 일몰 후에 등대를 켜고 일출 후에 등대를 끄라는 내용이 전부였다. 추가로 낮이 긴 하지와 밤이 긴 동지의 일출과 일몰 시간은 따로 안내되어 있었다.

짐 가방을 들고 붉게 녹이 슨 철문을 열었다.

요란한 소리를 내며 철문이 열리자 오래된 먼지 냄새가 훅 끼쳤다. 등대 벽을 따라 나선형으로 설치된 계단을 오르니 작은 침대와 탁자, 조그만 부엌이 딸린 주거 공간이 나타났다. 벽면에 천장과 맞닿은 사다리 위로는 사면이 유리로 둘러싸인 작은 공간에 거대한 서치라이트가 있었다. 이 서치라이트이 불빛이 밤바다를 비추는 것이리라.

예상대로 휴대폰은 통신 불가 상태다. 위성 전화 정도는 놔줘도 좋지 않을까 불평하며 휴대폰의 알람을 오전, 오후 6시 50분에 맞췄다. 탁자 위 낡은 탁상시계에도 알람이 맞춰져 있었다. 아마 전임자가 설정해 둔 것이리라.

알람이 울린다. 등대 라이트의 전원을 켠다.

또다시 알람이 울린다. 등대 라이트의 전원을 끈다.

그사이 시간은 모두 자유 시간이다. 확실히 노동으로서의 강도는 제로에 가까웠다. 다만 불과 며칠 사이 뭍에서 챙겨 온 책은 모두 읽어버려 무료한 나날을 보내야 했다. 이럴 줄 알았다면 전자책 단말기에 책이라도 수천 권 다운받아 올 걸 그랬다는 생각이 들었다.

매일이 고독과 무료함의 싸움이랄까.

그러다 생각지도 못한 프로펠러 소리에 나선 계단을 뛰어 내려갔다. 때마침 헬기가 공터에 착륙하고 있었다. 구릿빛 피부의 잠자리 선글라스. 헬기 기사의 얼굴이 이렇게 반가울 줄이야.

"한 달이 되려면 아직 이 주나 남았잖아요. 어쩐 일이세요?"

내 물음에 기사가 씨익 입꼬리를 올렸다.

"잘 지냈수과? 아맹허여도 지금쯤이민 필요헌 게 이실 것 닮아그네 촞아왓수다."

기사는 능숙하게 안주머니에서 담뱃갑을 꺼내 내게 건넸다. 내가 고개를 가로저으니 기사는 손을 거둬 담배 한 개비를 꺼내 입에 물고 불을 붙였다. 담배를 길게 들이마신 기사가 입에서 하얀 연기를 뿜으며 말했다.

"필요헌 물건을 말허민 이 주 뒤에 가정오쿠다. 물론 규정대로 십오만 원 이내로 마씸."

196

그 순간 헬기 기사는 하늘에서 내려온 구세주나 다름 없어 보였다.

기사는 약속대로 한 달이 되는 2주 뒤 책과 영화 DVD 한 보따리를 들고 와주었다. 덕분에 미칠 것 같은 무료함을 달랠 수 있었다.

한 달에 한 번. 헬기 기사와 짧은 잡담을 나누면서 나름 친해졌다.

불과 담배 한 대를 태우는 짧은 시간이지만 우연히 이 등대섬의 이름이 이어도라는 것을 알게 됐다. 사실 그의 말을 들었을 때 고개를 갸웃거렸다. 잘은 몰라도 제주의 이어도는 마라도 남쪽에 위치한 수중초로 알고 있었기 때문이다. 하지만 기사가 준《제주 설화 연구》도서를 읽어본 결과, 내가 알던 실존하는 수중초 이어도와 민간 설화의 이어도는 다른 섬임을 알 수 있었다. 수중초 이이도는 '이이도 설화'에서 모티브를 차용하여 명명된 섬이었다.

그렇다면 이 등대섬은 왜 이어도라 이름 지어진 것일까?

설화 속의 이이도가 바로 이 섬이 아닐까 하는 터무니없는 생각도 해봤지만, 헬기 기사는 더 이상 아는 게 없다며 선을 그었다.

뭐, 아무렴 어떠하랴. 어차피 내게 섬 이름이 중요한 건 아니니까.

낯선 곳에서의 생활. 그리고 매달 지급되는 책과 영화와 함께 1년이란 시간이 지나갔다.

하지만 딱 1년이 한계였다. 고립된 섬의 고독과 정적. 지독한 폐쇄감은 서서히 나를 미치게 했다.

결국 고심 끝에 새로운 물품을 요청했다. 바로 낚시 도구 세트다.

낚시를 해본 적은 없다. 허나 펄떡이며 살아 움직이는 고기의 손맛을 느끼면 지독한 무료함도 조금은 달랠 수 있을 것만 같았다.

헬기 기사는 바로 다음 보급에 낚싯대 세트를 가져왔다. 기사는 참돔이나 방어도 충분히 낚을 수 있을 거라며 릴과 바늘 묶는 방법을 알려주고 떠났다.

몇 번의 시행착오를 거쳤지만 결국 절벽 아래로 낚싯대를 드리울 수 있었다. 파도 위를 넘실대는 찌에 시선을 집중했다. 그리고 얼마 뒤, 수면 위로 보이던 찌가 빠르게 물속으로 사라졌다. 재빨리 의자에서 일어서 낚싯대를 들어 올렸다. 릴을 감는 오른손에 묵직한 무게가 전해졌다. 헬기 기사 말대로 릴을 풀었다 조이기를 반복하자 마침내 수면 위로 바다색과 닮은 푸르른 등의 생선이 모습을 드러냈다. 아가미에 낚싯바늘이 걸려 허리를 미친 듯이 튕겨대는 생선을 한참을 넋을 놓고 바라봤다.

정수리에서 시작된 찌르르한 전율이 온몸을 휘감았다.

첫 고기를 낚을 때의 손맛. 그리고 희열. 비록 손바닥을 조금 넘는 크기였지만 첫 낚시의 고양감은 무료한 일상을 이겨내는 원동력이 되기에 충분했다.

사람의 손길이 닿지 않는 무인도라서일까. 낚싯대를 드리우자마자 다양한 어종의 생선들이 잡혔다. 크기도 5짜(약 50센티미터)를 넘는 월척이었다. 헬기 기사에게 자랑하니 담배를 입에 문 그는 싱긋 웃은 뒤, 모두 내 덕분이라고 했다.

내 덕분?

잠시 의아했지만 등대지기로서 충실히 본분을 수행하는 것이 어업 활동에 큰 도움이 된다는 의미로 해석했다.

낚시니는 새로운 취미에 몰입하나 보니 수개월이 훌쩍 지나갔다.

그러던 어느 날, 아마 입도 후 1년 4개월 정도가 지났을 무렵이다.

낚싯바늘이 수초에 걸렸는지 꿈쩍도 안 해 힘으로 잡아당기던 중이었다.

"아이고. 완전 잘못 걸렸나 보네. 잘라야 하나."

찌와 낚싯바늘을 잘라버리자니 아까운 생각이 들어 마지

막으로 낚싯대를 잡은 손에 힘을 주어 잡아당겼다. 한순간 끊어질 듯 팽팽하던 줄이 여유로워졌다.

걸린 바늘이 빠졌다고 생각한 나는 힘차게 릴을 감아올렸다. 그런데 손끝으로 릴의 무게감이 전달됐다.

"해초라도 걸렸나…."

좀 더 빠르게 릴을 감자 허여멀건 스티로폼 같은 것이 바늘 끝에 매달려 절벽을 올라왔다. 뭍에서 떠내려온 쓰레기가 걸린 적이 처음도 아니었기에 별생각 없이 스티로폼으로 손을 뻗은 나는 깜짝 놀라 비명을 질렀다.

"뭐, 뭐야! 이건…."

군데군데 물이끼가 끼었지만 분명했다.

해골. 그것도 사람의 두개골이 낚싯바늘에 걸려 올라온 것이다.

얼결에 낚싯대를 놓치자 두개골이 땅바닥의 경사면을 따라 굴렀다. 그러다 낚싯줄의 길이가 다 되자 멈춰 섰다. 깊이를 알 수 없는 텅 빈 눈구멍이 나를 노려보는 듯했다. 등골에 식은땀 한줄기가 흘러내렸다. 가슴이 미친 듯이 방망이질했다. 갑자기 구역감이 치밀어 올랐다.

"우욱."

TV나 영화로만 보아왔던 두개골을 실제로 본 건 처음이었다. 나는 위에서 넘어온 쓰디쓴 신물을 삼키며 두개골의 출처를 생각했다.

누구일까? 왜 이런 곳에서 발견된 것인가? 여기 근처에서 조난당한 사람의 시신일까? 아니면 성산 쪽에서 익사한 사람이 조류를 타고 이곳까지 떠내려온 것일까? 그것도 아니라면….

별별 생각들이 휘몰아쳤다지만 여러 가설들을 따져보는 사이 차츰 흥분됐던 감정이 가라앉았다. 그러자 이제껏 내가 알고 있던 두개골과 다른 점이 눈에 들어왔다. 눈앞의 두개골은 아래턱뼈의 둥근 부분이 크게 함몰돼 있었는데, 함몰 부위에서 시작된 금이 아랫니까지 이어진 것으로 보아 뭔가에 커다란 충격을 받은 듯했다. 충격은 턱뼈뿐만이 아니다. 왼쪽 이마 부분에 작은 구멍이 나 있는 것도 발견했다. 두개골 크기로 보아 유소년은 아니다. 아마도 뼈의 성장이 끝난, 청소년이나 성인 같았다.

어쨌든 더 이상 낚시를 계속할 수는 없었다. 낚싯바늘을 빼려고 두개골을 만지는 것조차 꺼려졌으니까.

"혹시. 전임자 중에서 갑자기 실종된 사람이 있어요?"

시답잖은 농담을 하던 헬기 기사의 선글라스가 내게 고정됐다. 까만 선글라스 알에 심각한 표정의 내가 비쳐 보였다.

"실종?"

"음…. 실종이라니까 뭔가 이상하네요. 오갈 데 없는 무인
도인데…. 하하."

나는 뒷머리를 긁적이며 멋쩍게 웃음지었다.

"잇긴…. 잇어주…."

한참 뜸을 들이던 기사가 나직이 중얼거렸다. 기사의 말을
듣는 순간 미소 짓던 내 얼굴 근육은 그대로 굳어버렸다. 설
마 했는데. 의심이 확신으로 바뀐 순간이었다.

"아…. 그게 말이죠."

나는 며칠 전 두개골을 낚은 일을 이야기했다. 기사는 팔
짱을 낀 채 고개를 끄덕거리며 잠자코 이야기를 들었다. 내
이야기가 끝나고 나서야 기사는 굳게 다물었던 입을 열었다.

"아마 육칠 년 전이라 나실거라…."

그렇게 운을 떼더니 수년 전 등대지기를 맡았던 전임자의
이야기를 들려주었다.

야간에 등대 조명을 켜지 못해 섬 근처를 지나던 유조선이
암초에 걸릴 뻔한 적이 있었다. 자칫 잘못했으면 청정 제주
해역에 온통 검은 기름띠를 두를 뻔했다고 했다. 소식은 곧
바로 관리 부서에 들어갔다. 기사는 날이 밝자마자 헬기를
타고 섬에 찾아왔다.

하지만.

섬에는 아무도 없었단다.

전임자가 머물렀던 흔적은 있었지만 정작 그 흔적을 남긴 사람은 어디에도 없었다는 것이다. 땅으로 꺼졌거나 하늘로 솟았을 리는 만무했다.

피우던 담배를 비벼 끄고 새로운 담배를 입에 문 기사는 담담하게 말했다.

"실족사. 아니민 고독을 견디지 못허영 스스로 뛰어내렸을지도 모르주."

"하아."

작은 한숨이 새어 나왔다. 나 역시 그렇게 생각하고 있었다. 굳이 절벽 끝을 아슬아슬하게 걷다가 실족사 하지는 않았을 것이다. 그렇다면 자살이라는 말인데, 1년 이상을 홀로 섬에서 지내보니 전임자의 극단적 선택을 어리석게만 볼 수는 없었다.

"자넨 얼마 안 남았잖게. 꿋꿋하게 버텨봐. 클클클."

기사는 생각에 잠긴 내게 의미심장한 말을 남기고 떠났다.

"그래. 버틴다. 꼭 버텨서 편의점 사장이 될 거다!"

멀어지는 헬기를 향해 다시 한번 의지를 불태우며 다짐했다. 그리고 그길로 방치했던 두개골을 햇볕이 잘 드는 양지바른 곳에 묻어주었다. 무덤 앞에서 합장하며 전임자의 명복을 비는 기도도 잊지 않았다. 그제야 가슴 언저리에 남아 있던 찜찜한 마음이 사라지는 듯했다. 한결 마음이 가벼워졌다.

이제 두 발 쭉 뻗고 잘 수 있을 거라 생각했다.

하지만….

아니었다.

괴이한 일은 그날 밤부터 시작됐다.

●

"응? 천장에 저런 얼룩이 있었나."

여느 날과 마찬가지로 침대 옆 스탠드 조명을 끄고 누웠을 때였다.

눈을 감기 전 무심코 바라본 천장에 작은 얼룩이 있었다. 침실은 전등을 모두 꺼도 등대 빛이 반사돼 어느 정도 내부를 가늠할 수 있다. 그런데 동전 하나 정도 크기의 작은 얼룩이 눈에 띈 것이다.

매일 밤 잠들기 전과 깨어난 뒤에 보는 천장이다. 분명 전에는 없던 자국이었다. 얼룩이 있는 천장 위에 서치라이트가 있다. 거기에서 뭔가 윤활유 같은 게 새어 나온 것인가 싶어 다시 스탠드를 켰다.

하지만 조명이 켜진 천장에는 얼룩이 감쪽같이 사라지고 없었다.

"뭐지…?"

고개를 갸우뚱거리며 스탠드의 스위치를 내렸다.

암전되고, 차츰 어둠에 눈이 익숙해진 순간.

"응?"

있다. 눈을 비비고 다시 떠봤지만 역시나 천장에는 얼룩 자국이 확연했다. 뭔가에 홀린 건가. 조명을 켜면 사라지고 어둠 속에서만 존재하는 얼룩이라니. 실로 기묘했다.

몇 번인가 스탠드를 껐다 켰지만 이내 흥미를 잃어버렸다. 그래봐야 천장의 작은 얼룩 아닌가. 신경은 쓰이지만 그렇다고 잠을 못 이룰 정도는 아니었다.

아니, 어쩌면 애써 외면하려 했는지도 모르겠다.

"이, 이게 언제 이렇게 커졌담?"

며칠이 지났을까. 얼룩은 더 이상 무시할 수 있을 정도의 크기가 아니었다. 새까만 구멍 속에서 당장이라도 뭔가가 튀어나올 것 같은 알 수 없는 공포감이 나를 조여왔다.

머리 위로 보이는 얼룩 때문일까? 때를 맞춰 기분 나쁜 악몽으로 잠을 설치기 시작했다.

종일 알 수 없는 두통에 시달리다 일찌감치 잠자리에 든 날이었다.

눕자마자 곯아떨어졌지만, 곧바로 가슴이 답답해지고 팔다리를 움직일 수 없는 상태가 되었다. 이전에도 가위에 눌려본 경험이 있어 가위가 시작된 것을 알 수 있었다.

귓가에 누군가 소곤대는 소리가 들려왔다. 뭐라고 쉴 새 없이 지껄여대지만 정확한 말뜻을 알아들을 순 없었다. 일단 정신이 또렷해지니 더 이상 잘 수 없었다. 귓가의 웅얼거림은 점점 커졌다. 참지 못하고 감았던 눈을 떴다. 곧 머리 위 천장의 얼룩이 눈에 들어왔다. 매번 보던 얼룩이지만 이번에는 달랐다. 뭔가 이질감이 느껴졌다.

검은 얼룩이 서서히 천장을 잠식한다. 잉크가 물에 번지 듯. 천장은 끝도 없는 어둠으로 침식되어 갔다.

그리고 얼룩의 한가운데에서 뭔가가 슬금슬금 움직였다.

'헉!'

얼룩 속에서 천장 밖으로 서서히 기어 나오는 존재를 바라보며 숨을 삼켰다. 머리를 온통 헝클어트린 채 거적때기를 두른 놈은 거미처럼 가늘고 긴 팔다리를 천장에 딱 붙이고 기괴한 움직임으로 천장을 탔다.

팔다리를 붙였다 떼며 내 머리 바로 위로 온 놈은 그대로 움직임을 멈췄다.

그러더니 놈이 갑자기 경련을 시작했다. 뼈가 부러지는 기괴한 소리에 등골이 오싹했다.

'히이이익!'

놈의 머리가 빙그르르 돈다. 뚜둑. 뚝. 뚝. 소름 돋는 소리가 방안을 메웠다. 마침내 천장을 향했던 놈과 내가 얼굴을 마주 보았다.

새빨갛게 핏발 선 눈동자가 무섭게 나를 내려본다.

귀밑까지 올라간 놈의 입꼬리 사이로 새빨간 혓바닥이 날름거린다. 온통 짓무른 피부에서 흐르는 피고름이 길게 늘어져 내 볼에 떨어진다.

툭. 투둑.

놈의 미지근한 피고름이 살갗에 달라붙는다. 끈적거리는 벌레가 얼굴을 온통 휘젓는 느낌에 몸서리쳤다. 나를 쏘아보는 놈의 눈빛에 광휘가 깃든 그 순간, 전기에 감전된 듯 정수리부터 저릿한 통증이 번져갔다. 고개를 돌리고 싶지만 몸뚱어리가 말을 들어주지 않았다. 미칠 듯한 공포를 느끼며 놈의 시선을 그대로 받아내야 했다.

어느새 차오른 눈물이 눈꼬리를 타고 흘러내린다.

'그르르르르르으으으. 주우우우우우여어어브어어어어어.'

달싹이는 놈의 입에서 알 수 없는 소리가 새어 나온다.

'즈우우우우여어어어브어어.'

낮게 깔리는 놈의 음성이 천천히, 송곳처럼 날카롭게 고막을 파고든다.

'뭐, 뭐라는 거야! 당장 꺼져!'

입 밖으로 목소리가 터져 나왔는지 어떤지는 모른다. 다만 천장에 매달린 놈에게 내 말이 전달된 것만은 분명했다.

지켜보는 내내 달싹이던 놈의 입이 딱 멈췄다.

다시 뼈가 부러지는 기괴한 소리와 함께 천장에 붙어 있던 놈의 팔이 팔꿈치 쪽으로 홱 꺾였다. 이어서 놈의 등이 활시위처럼 휘기 시작했다.

극한의 공포에 '딱딱'거리며 이빨이 맞부딪쳤다.

강하게 풍기는 시취에 정신이 아찔했다. 몸부림치려 했지만, 내 얼굴을 향해 다가오는 놈의 가는 손가락을 피할 수가 없다. 그야말로 미치기 일보 직전이었다. 마음속으로 주기도문을 암송했지만 전혀 소용없었다.

마른 나뭇가지 같은 손가락이 서서히 내 볼을 지나 목덜미를 휘감았다. 목에서부터 퍼지는 얼음장 같은 냉기에 온몸에 오한이 났다.

놈의 눈에서 흘러넘치는 광기가 더욱 진해졌다. 놈의 의도는 명백했다.

급기야 나는 눈물을 흘리며 간청해야 했다.

'살… 살려… 주… 커… 컥.'

시작한 말을 끝낼 수도 없었다. 목에 감긴 놈의 손가락이 엄청난 압박을 가했기 때문이다. 그 순간, 기적처럼 사지를 옭아매던 몸의 마비가 풀렸다. 미친 듯이 몸을 들썩이며 발을 굴렀다. 목을 조르는 손가락을 떼어내려 긁고 할퀴었지만 깊이 파고든 손가락은 꿈쩍도 하지 않았다.

얼굴로 피가 몰려 눈알이 터질 것 같았다. 귓속으로 고음의 이명이 사이렌처럼 울려댔다. 서서히 눈동자가 위로 말려 올라갔다. 힘겹게 부여잡았던 정신이 끊어질 무렵.

놈이 입을 쩌억 벌렸다. 벌릴 수 있는 한계치를 넘어선 놈의 아가리가 귀밑까지 찢겼다.

그 새카만 목구멍에서 기어 나온 새빨간 혓바닥이 눈앞에서 정신없이 춤을 췄다.

마침내 놈의 빽빽한 이빨이 살갗을 파고들려던 그때.

바로 그 순간, 내 주변의 모든 시간이 멈췄다.

'주우우우어어여버어어어여어어어.'

"흐아아악!"

손빌을 허우적대며 눈을 떴다. 가쁜 숨을 힐떡이며 고개를 돌려 주변을 살폈다. 커튼 뒤로 비쳐 든 햇살이 어두운 방 안을 밝히고 있었다.

악몽…. 악몽인가?

입고 있던 셔츠와 배게, 침대 시트가 기분 나쁜 땀으로 흠뻑 젖었다. 한동안 침대에 앉아 목을 어루만지며 숨을 골랐다.

목덜미에는 여전히 끔찍한 감촉이 생생했다.

정신을 차리려 세면대에 서고 나서야 내가 경험한 모든 일이 꿈이 아닐지도 모른다는 걸 깨달았다.

거울에 비친 내 목덜미에는 가늘고 긴, 검푸른 손자국이 선명했다.

○

그날을 기점으로 거지 같은 악몽이 계속 이어졌다.

이제 2년을 딱 하루 남긴 어젯밤까지도 말이다. 아무리 봐도 적응되지 않는 괴물은 오늘 밤에도 어김없이 찾아오겠지.

"흐아아아암."

입이 찢어질 정도로 하품이 나오고, 눈가에 눈물이 고인다. 커피에 중독된 것도 모두 그놈의 악몽 탓이다.

매일 밤 찾아오는 괴물 때문에 자주 뜬눈으로 밤을 지새웠다. 밤낮이 바뀌는 바람에 등대의 전기 스위치 올리는 것을 잊을 뻔한 일도 많았다. 헬기 기사에게 요청하여 부적을 천장에 덕지덕지 붙여도 봤지만 전혀 소용이 없었다.

하지만 이제 끝이다.

딱 하루. 하루만 더 참으면 지긋지긋한 괴물을 보는 것도 마지막이다.

매일 밤 나를 찾아오는 괴물의 정체가 궁금하지 않은 건 아니다.

내 나름대로 괴물의 정체를 찾으려고 노력했다.

사면이 바다인 무인도에서 갑자기 괴물이 솟아날 리는 없었을 테니, 결국 이승에 강한 미련을 가진 전임자 중 하나일 거라는 데에 생각이 미쳤다. 예기치 못한 사고로 유명을 달리한 전임자.

나는 몇 안 되는 등대지기의 업무 중 하나가 일과를 담은 일지 작성임을 떠올렸다. 그때부터 전임자들의 일지를 찾기 위해 등대 구석구석을 뒤졌다. 그렇게 찾은 일지에는 전임자들의 고독과 애환, 2억을 어디에 쓸지에 대한 희망 가득한 이야기들이 짤막하게 쓰여 있었다. 전임자들의 일지를 읽으며 나 또한 어느 정도 위안을 받을 수가 있었다.

하지만 이상했다. 책상 선반에 꽂힌 9권의 일지를 모두 살펴봤지만 7년 전의 일지는 없었기 때문이다.

실종자의 일지리서 치분한 걸끼? 히긴 좋온 일도 아니기니와 후임자들에게 그다지 좋은 영향을 줄 것 같지 않았기에 사측에서 처분한 것이라고 납득했다.

그러나 나의 예상은 보기 좋게 빗나갔다.

"아, 이런 젠장. 하필 저기로 떨어질 건 뭐람."

책상 뒤쪽 틈으로 이어폰 한 짝이 떨어졌다. 무선 이어폰을 거칠게 책상 위에 내려놓은 탓이다. 벽과 책상 사이의 틈이 너무 좁아서 책상 뒤편 바닥까지 손이 닿지 않을 것 같았다. 어쩔 수 없이 끙끙대며 철제 책상을 바깥으로 밀어야 했다.

"허억. 더럽게 무겁네. 하아."

이마의 땀을 훔치고 잠시 숨을 골랐다. 이어서 간신히 벌린 틈 사이로 오른팔을 뻗어 바닥을 더듬던 나는 이어폰 대신 생각지도 못한 물건을 찾았다.

잃어버린 줄 알았던 7년 전 일지였다.

"이미소?"

나와 같은 나이의 이미소라는 여성이 쓴 일지였다.

사고로 부모님을 여의고 등대에 왔다는 이미소의 일지는 등대를 나간 뒤 할 일에 대한 기대로 가득했다. 손재주가 제법 좋았는지, 일지에는 직접 연필로 스케치한 그림들이 가득 그려져 있었다. 등대지기의 무료함을 연필화로 달랬던 것일까?

햇살이 내리쬐는 등대를 사실적으로 표현한 입체감, 당장이라도 종이 밖으로 튀쳐나올 듯 생동감 넘치는 갈매기들….

어느새 이 사람이 실종자라는 사실을 망각한 채 일지 속 스케치에 빠져들었다. 나도 모르게 입가에 미소가 떠올랐다. 그 남다른 손재주에 거듭 감탄이 나왔다.

그러다 페이지를 넘기던 손이 한 페이지에서 멈췄다.

거울에 비친 여성의 얼굴을 그린 그림. 그림에서 묘사한 거울은 소파 옆 벽에 걸린 거울과 같았다. 이 여성이 이미소 본인인가?

그런데….

일지를 들고 있는 손가락이 떨렸다.

그림 속 여성은 너무나 청초했다. 그런데 어째서 그 얼굴에 괴물이 겹쳐 보이는 것인가?

다시 일지를 꼼꼼히 살폈다. 그러나 2년을 채우고 등대를 떠나기 직전까지 별다른 내용은 없었다. 심지어 그녀 나름의 방법으로 고독을 이겨내고 있었다.

"뭐지…?"

괴물은 이미소가 아니었나. 그저 내 착각인 건가?

헬기 기사에게 이미소에 관해 물어볼까 고민했지만 그만뒀다. 7년이 아니라 훨씬 오래전에 있었던 일인지도 모른다. 그저 기사가 신종 사고가 있었던 연도를 착각한 것일 수도 있다.

이미소는 지금쯤 어딘가에서 2억 원으로 자신의 인생을 누리고 있으리라. 누가 알겠는가 조그만 미술 학원이라도 차렸을지 말이다.

결국 괴물을 찾는 일은 포기했다.

또다시 등대가 떠나가라 비명을 지르며 눈을 떴다.

커튼 뒤로 비치는 아침 햇살. 땀으로 축축한 시트.

매일 똑같은 광경과 적응되지 않는 악몽.

오늘도 괴물의 기괴한 외침에 눈을 뜨고 말았다. 마지막 날까지 악몽이라니. 게다가 이번에는 평소보다 더 지독했다.

2년 기한의 마지막 밤.

그동안 뜬눈으로 밤을 지새우던 나는 피곤을 이기지 못하고 소파에서 까무룩 잠이 들었다.

괴물 역시 내가 끝을 향해 간다는 걸 아는 걸까?

발목 통증에 눈을 떠보니 괴물이 발목을 잡아끌고 있었다. 어느새 내 몸뚱이는 등대를 떠나 흙바닥을 뒹굴었다. 땅바닥의 자갈이 등에 배겨 쓰리고 아팠다. 머릿속에서 경고등이 켜졌다. 나는 괴물의 손아귀에서 벗어나고자 안간힘을 썼다. 발목을 잡은 손가락을 잡아 뜯으려 하자 괴물은 다른 손으로 내 손을 사정없이 할퀴었다.

절벽 끝으로 끌려가다가 바지 뒷주머니에 넣어두었던 부적을 떠올렸다. 서둘러 뒷주머니로 손을 찔러 넣었다.

있다. 작게 접은 노란 부적이 딸려 나왔다.

부들거리는 손으로 부적을 편 뒤, 발목을 잡은 괴물의 손에 붙였다. 놈은 뜨거운 쇠가 닿은 듯 급히 손을 떼며 괴상한 비명을 질러댔다. 소름 끼치는 소리에 괴물을 쳐다본 나는 경악했다.

그동안 어둠에 가려져 있던 괴물의 얼굴이 달빛 아래 선명하게 드러났다.

우욱. 구역질이 치밀어 올라 서둘러 숨을 삼켰다.

이미소.

이미소였다.

잃어버린 일지에서 보았던 초상화 속의 그녀. 하지만 눈앞의 그녀는 기억 속 이미소와 전혀 달랐다.

왜….

왜 이런 몰골로 여기에….

왜 나를….

그녀의 새빨간 혓바닥이 뱀처럼 허공을 꿈틀댔다. 하지만 이내 늘어진 혓바닥을 입안에 넣을 수 없는 이유를 알았다.

턱. 턱이 없었다. 혀를 떠받칠 아래턱이 통째로 뜯겨져 있었다.

아래턱이 없는 동굴 같은 입속에서 흐느적거리는 혓바닥과 목구멍을 타고 올라오는 선명하지 않은 쇳소리가 귓가를 맴돌았다.

대체 왜 이러는 건가. 왜 마지막까지 나를 물고 늘어지는 거냐고….

공포와 답답함, 분노가 한데 뒤섞여 미쳐버릴 것 같았다.

하지만 그녀의 눈을 보니 분노보다는 의문의 감정이 차올랐다. 물끄러미 나를 내려다보는 눈동자에는 체념에 가까운 고통의 감정이 깃들어 있었다.

이윽고 그녀의 어깨가 위로 올라갔다. 거칠게 숨을 들이마시는 소리에 이어 동굴 같은 텅 빈 입에서 다시금 바람 섞인 쇳소리가 새어 나왔다.

직감했다. 이제껏 들었던 그 소리를 토해내리라고.

'주여어어버여어어어어어…!'

알아들을 수 없는 외침이 고막을 때렸다.

나는 간신히 붙들고 있던 정신의 끈을 놓치고 말았다.

그리고 침대 위. 아침이 밝았다.

나는 침대에 누운 채로 웃음을 터트렸다.

이겨냈다. 버텨냈다. 드디어, 드디어 끝났다.

배가 당길 정도로 웃은 뒤 세면대로 향했다. 눈 속에 모래알이 굴러가는 듯 까끌거렸다. 거울 속의 나는 꿈속 괴물과 다를 바 없어 보였다. 턱밑까지 내려온 다크서클, 생기를 잃은 눈동자, 툭 튀어나온 광대. 얼굴이 말이 아니었다. 악몽을 꾼 이후로 몇 킬로나 빠졌을까?

거울에서 눈을 떼 비누를 집다가 흠칫 놀랐다.

손목에 온통 할퀸 상처가 가득했다. 문득 간밤의 꿈이 스쳐 지나갔다. 서둘러 바지를 걷어 올렸다. 발목에 새파란 멍이 들어 있었다. 꿈속에서 괴물이 잡아끌던 바로 그 발목이었다.

머리가 핑 돌면서 현기증이 일었다. 가까스로 다리에 힘을 주어 균형을 잃은 몸을 지탱했다.

카페인…. 커피가 몹시 당겼다.

찬물로 대충 세수를 마치고 부엌으로 나와 칠이 벗겨진 낡은 커피포트에 물을 올리고 소파에 앉았다. 탁자 위에 읽다 만 《호러 미스터리 컬렉션》이 눈에 들어왔다. 왠지 꺼림칙해서 해골 표지의 책을 뒤집었다.

그때 멀리서 익숙한 소리가 들려왔다.

왔구나!

가라앉은 기분이 순식간에 전환됐다. 때마침 커피포트에 올린 물이 끓어올랐다. 서둘러 아일랜드 식탁으로 가 익숙한 손놀림으로 머그컵 두 잔에 드리퍼를 올리고 여과지를 끼웠다. 이어서 차례로 여과지에 원두 가루 세 스푼을 채우고 끓는 물을 부었다.

커피 두 잔을 내리는 동안 창밖으로 헬리콥터가 착륙했다.

철문을 나서며 헬기 조종석을 향해 빙긋이 웃음 지었다. 나를 알아본 조종석의 기사가 엄지손가락을 들어 올렸다.

"일찍 왔네요. 마지막 날이라 그런가? 하하."

조종석에서 내리는 기사에게 머그컵을 건네며 말했다.

"기분이 어떻헌고? 친구."

선글라스를 낀 기사는 내가 건넨 머그잔의 커피를 한 모금 마시고 다시 내게 돌려줬다. 잠깐 기다리라며 돌아선 기사는 헬기의 뒷좌석 문을 열고 안에서 검정색 가죽의 007가방을 들어 보였다.

가방을 보는 순간 가슴이 벅찼다.

저 가방 안에 2억이 들어 있구나.

그간의 일들이 파노라마처럼 스치고, 그동안의 고생이 눈 녹듯 사라졌다. 나는 가방을 건네받으려고 몸을 구부려 손에 든 머그컵을 땅바닥에 두었다. 굽혔던 무릎을 펴고 고개를 드는 순간, 몸이 돌처럼 굳었다.

눈이 부셨다.

기사가 손에 든 권총 총구에 햇빛이 반사돼 눈을 뜨기 어려웠다.

나는 눈을 찌푸리며 물었다.

"왜, 왜 이래요? 그거 총 아니에요?"

"맞아. 오늘이 젊은 친구 마지막 날이라."

쇠를 긁는 듯 듣기 싫은 웃음소리가 귀에 꽂혔다. 지금 벌어지는 상황이 이해되지 않아 어안이 벙벙했다.

"에이 장난치지 말아요. 형님. 저 무서워요."

"장난 아닌디?"

기사는 농담이 아닌 듯했다. 입은 웃고 있었지만 선글라스 뒤로 냉혹한 눈빛이 빛났다.

뭔가 잘못됐다.

등 뒤로 식은땀이 흘렀다. 방아쇠에 걸린 손가락에 힘이 들어가는 것이 또렷이 보였다. 머릿속에 경고등이 켜졌다. 사고가 마비된 나는 천천히 뒷걸음질을 쳤다. 기사는 나와의 거리를 유지하며 다가왔다.

나는 절박하게 말했다.

"형님, 왜 이러세요? 제가 뭘 잘못했나요? 제발 설명 좀 해주세요."

기사는 권총으로 나를 겨눈 채 답했다.

"요즘 아이들은 참 순진허여. 이까짓 일 허멍 진짜 이 억을 줄 거렌 생각허여서?"

나는 숨을 삼켰다. 기사는 열에 들떠 말을 이었다.

"인신 공양이라고 들어보아신가? 이녁은 용왕님께 바치는 제물이라. 이녁추룩 덜떨어진 청년들을 데려당 이 년에 혼 번씩 제물로 바치는 거주. 그래서 이어도 주변에 물괴기가 넘쳐낭 늘 만선이 되는 거주게."

정말, 정말 이 모든 게 거짓이었단 말인가?

2년 동안 섬에서 있었던 온갖 일들이 다시 한번 파노라마처럼 뇌리를 스쳐갔다.

하루하루를 지탱시키던 꿈도. 2억 원의 희망도. 힘겹게 버티던 나날들도. 모두 한 줌의 모래처럼 흩어져 갔다.

산산이 조각나버린 꿈 뒤로 절망이 파도처럼 밀려왔다. 내게 사기를 치고 총구를 겨눈 눈앞의 기사보다 이토록 거지 같은 나의 운명이 절망스러웠다. 신이 있다면 온갖 저주를 퍼붓고 싶었다.

손가락이 절로 머리카락을 마구 쥐어뜯었다.

"거짓말…. 이럴 순 없어. 내게 이럴 순 없다고!"

눈앞의 총구가 거칠게 위아래로 흔들렸다. 내 원맨쇼를 지켜보던 기사가 웃음을 터트렸기 때문이다. 순간 정신이 번쩍 들었다. 그 어떤 절망과 체념보다도 죽음의 공포가 나를 압도했다.

죽, 죽기 싫어… 이렇게 죽기는 싫어….

"으… 으아아아아!"

내가 듣기에도 꼴사나운 소리를 지르며 몸을 돌려 뛰었다.

하지만 사면이 바다인 이 절벽 위에서 어디로 도망갈 수 있단 말인가. 몇 번의 뜀걸음만에 절벽 끝에 다다랐다. 까마득한 절벽 아래로 암초에 부딪힌 파도가 하얀 거품을 내며 부서진다.

기분 나쁜 웃음소리가 가까워진다. 겨드랑이에서 솟구친 땀이 옆구리를 적신다. 심장이 요동치고 피가 거꾸로 솟는다. 온갖 생각이 휘몰아치지만 한 가지는 분명했다.

더 이상 방법은 없다. 나는 끝났다.

희망이 없음을 깨닫는 순간 모든 걸 체념했다.

총에 맞아 죽느냐. 절벽에서 떨어져 죽느냐. 둘 중 하나를 택할 뿐. 눈을 감고 찰나의 고민을 마쳤다.

배가 부풀도록 숨을 들이마셨다. 그리고 눈을 떠 그대로 절벽 아래로 몸을 던졌다.

"탕."

공기를 가르는 격발음에 이어 왼쪽 어깨로 날카로운 통증이 일었다. 나는 오른손으로 어깨를 누른 채 중력에 몸을 내맡겼다.

하늘과 바다. 하늘과 바다. 하늘과 바다.

하늘과 바다가 정신없이 반복됐다.

'주으우여버여어어어….'

"으…. 콜록, 콜록."

온몸이 쑤시고 아프다. 숨을 쉴 때마다 옆구리에 날카로운 통증이 일어 기침이 터져 나왔다.

한바탕 비가 쏟아지는 느낌이었지만 파도가 부딪쳐 쏟아지는 물보라일지도 모른다. 짜디짠 바닷물이 자꾸 입안으로 들어왔다.

힘겹게 눈을 뜨자 희미한 시야에 날카로운 바위 사이로 파도가 요리조리 들어왔다 빠져나가는 모습이 들어왔다.

불행 중 다행일까. 그나마 암초를 피해 추락한 나는 파도에 휩쓸렸다가 다시 암초 사이에 몸이 걸린 덕에 아직 숨이 붙어 있는 듯했다.

서서히 눈의 초점이 잡히자 하늘에 닿을 듯 치솟은 절벽이 보인다.

기적처럼 살아남았지만 희망은 없다.

다가올 죽음의 시간을 아주 조금 늦췄을 뿐.

"주으우여버여어어어…."

괴물이 외치던 말을 나직이 되뇌었다.

절벽 아래로 떨어져 암초에 아래턱이 으스러진 그녀가 내내 내게 외치던 말. 그동안 밤마다 찾아온 그녀가 왜 '죽어'가 아닌 '죽여'를 외쳤는지. 그 의미를 이제야 깨달은 것 같았다.

죽어버려가 아닌 죽여버리라던 그 말.

내 목숨을 앗아갈 헬기 기사를 죽여버리라는 경고였던 것이다.

나는 고아. 이미소는 부모를 여의었다. 나이, 성별, 사는 곳 모두 제각각이었지만 그동안 간과했던 단 한 가지 공통점. 이곳에 있던 전임자들 모두 히키코모리에 가까운 외톨이였다. 물론 나도 마찬가지다.

쳇. 운이 좋은 게 아니었다.

더럽게 재수 없는 인생. 한 번 쓰고 버리기에 가장 적합한 잉여로서 그들에게 선택된 것이다.

얼미니 많은 멍청이기 2년째기 되는 날 희망 속에서 죽어갔을까.

괴물. 아니 이미소가 내 모가지를 비틀며 던진 경고를 무시할 만큼 나는 2억에 눈이 멀어 있었나.

"큭큭큭큭…. 으으으….."

웃음이 터지면서 옆구리가 쑤셔 신음이 새어 나온다. 그와 동시에 눈물이 두 볼을 타고 흘러내렸다.

비탄의 눈물 탓에 하얗게 부서지는 파도가 흐릿해졌다.

거친 파도를 뚫고 시커먼 물고기들이 모여든다. 모두 내 목숨이 끊기기만을 기다리고 있으리라.

하아. 쉬고 싶다.

나는 지그시 눈을 감았다.

제주도는 지형적 이유로 뭍과는 다른 독자적인 문화와 전통을 이어오고 있는, 한국이면서도 이국의 느낌을 주는 독특한 장소입니다.

'괴이학회'에서 제주도를 주제로 하는 호러 엔솔러지가 기획되었을 때 망설임 없이 참여한 이유는 그 때문입니다. 육지인으로 느끼는 제주도의 낯섦을 호러로 녹여낸다면 독자들도 공감할 수 있지 않을까? 하는 생각이었습니다.

가장 먼저 제 눈길을 끈 곳은 제주도의 환상의 섬 '이어도'였습니다.

제주 서남쪽에 실존하는 수중초에 '이어도'의 이름을 붙였다고는 하나 우리가 알고 있는 설화 속 이어도는 현실에서 존재하지 않는 저승의 섬. 이승의 고통스러운 삶이 끝나는 지점에 있다는 해양타계(海洋他界)를 뜻하는 곳입니다.

이런 미지의 무인도에서 등대지기를 한다면 어떨까 하는 생각에서 시작된 이야기가 바로 이 작품입니다.

무인도와 다름없는 고립된 현실을 살아가는 청년들 앞에 피할 수 없는 달콤한 유혹이 던져지고, 이를 수락한 청년은 새로운 희망을 꿈꾸지만 또다시 잔혹한 현실과 맞닥뜨리게 됩니다.

공양미 삼백 석에 인당수에 몸을 던진 심청이의 이야기를 현대의 '이어도'로 옮겼다고 생각하시면 될 듯합니다.

비록 무대는 제주이나 심각한 사회 문제인 청년 실업과 절박한 이들을 이용하려는 어른들의 비정한 논리를 호러라는 장르를 빌어 꼬집어보려 했습니다. 사건과 무대는 픽션이지만, 이야기의 본질 자체는 현실과 닿아 있다고 생각합니다.

부디 제가 창조한 가상의 '이어도'에서 서늘한 공포를 즐겨주시길 바랍니다.

감사합니다.

—홍정기

라하밈(סימחר)

사마란

"신부님, 얼른 오세요!"

성질 급한 사목회장님이 독촉하는 소리가 들렸다. 나는 셔츠에 팔을 급하게 꿰어 넣고 지갑과 휴대폰을 찾아 사방에 시선을 돌렸다. 마음이 급하니 더 보이지 않았다. 허둥대다 책상 옆에 쌓아놓은 책이 무너졌지만 그 옆에 놓아둔 지갑과 휴대폰이 눈에 들어왔다. 책 정리는 나중으로 미루고 신발도 제대로 신지 못한 채 뛰어나갔다.

"신부님 느린 건 여전하시네."

사목회장님이 큰 소리로 말하자 뒷좌석에 탄 레지오 마리애(레지오 마리애는 가톨릭교회의 평신도 단체이며, 사목위원회는 주임 사제를 보좌하는 평신도들의 으뜸 모임) 단원들이 까르르 웃었다. 나는 머쓱한 기분으로 승합차 앞 보조석에 올라탔다.

신학생 시절부터 무언가를 꼼꼼하게 챙기려다 결국 시간에 늦기 일쑤였고 허둥지둥 나가다 보면 놓고 나오는 게 더 많아 별명이 '느림보 덜렁이'였다.

이곳 제주도 연동성당에 보좌로 발령받은 지도 벌써 1년, 내가 신학생일 때 다니던 광주대교구의 고창성당 레지오 단원들이 성지 순례 겸 봄맞이 야유회를 온다고 연락이 왔다. 단원들 중엔 걸음마 떼던 시절부터 나를 보았던 어머니 친구 분도 계셨다. 어머니는 요양 병원에 계신 아버지를 들여다보느라 같이 오지 못하신다고 얼마 전 통화했다. 하나뿐인 아들이 사제직을 걷겠다는 말에 보름 넘게 단식 투쟁을 하셨던 어머니다. 대가 끊긴다고 펄쩍 뛰실까 걱정했던 아버지께서 외려 말리지 않으셨다. 아직도 어머니는 내가 사제가 된 것을 가슴 아파하신다.

예년에 비해 높은 기온 탓에 제주의 이른 봄이 한창이었다. 이시돌 목장으로 가는 길에는 여기저기 노란 유채꽃밭이 눈에 띄었다. 벚꽃들은 아직 흐드러지진 않았지만 꽤 볼만하게 팝콘 같은 꽃망울을 터뜨렸다. 승합차에 탄 신자들이 왁자지껄 탄성을 지르며 웃어댔다. 사목회장님을 제외하곤 모두 어머니 또래의 여성 신도였다. 다들 소풍이라도 온 듯 짙은 화장에 화려한 등산복으로 한껏 멋을 내고 삶은 달걀과 감귤을 까서 자꾸만 나와 사목회장님 입에 넣어주었다.

우리는 1954년, 임피제라는 아일랜드의 신부님이 제주에 와 새끼를 밴 돼지 한 마리로 시작해 규모를 키웠다는 성 이시돌 목장에 내렸다. 목장을 둘러보고 십자가의 길(그리스도의 수난과 죽음을 기억하며 구원의 신비를 묵상하는 가톨릭의 기도 형식)을 돌며 기도와 묵상을 한 후 튤립이 한창이라는 보롬왓으로 향했다. 예래생태공원으로 가는 길에 누군가의 제안으로 목적지를 바꿨던 것이다. 가는 동안에도 웃고 떠드는 소리로 승합차 안이 왁자지껄했다. 집안일과 식구들 뒷바라지에서 벗어나 한껏 들뜬 중년 여자들의 입을 쉬게 할 수 있는 건 세상에 없는 것 같았다. 조용한 사제관에서 한가로이 지내다 보니 작은 봉고차 안에 꽉 들어찬 여러 명의 고성에 고막이 피곤하고 머리가 아프기 시작했다.

차는 인적이 없는 왕복 2차선 도로를 달렸다. 그리 크지 않은 섬인데도 사람의 손길이 닿지 않은 것 같은 장소들이 종종 눈에 띄는 곳이 제주다. 한참을 달려도 민가나 상점이 보이지 않는 도로 저 멀리에 검은 형체가 보였다. 검은색 드레스를 입은 여자인 줄 알았던 그 형체는 가까워질수록 어딘가 익숙한 차림이었다. 수단. 검은 수단을 입은 남자가 길옆에 우두커니 서 있었다.

"웬 신부님이 아무도 없는 길가에 서 있지? 어?"

수단을 입은 신부는 나와 눈이 마주치자 아주 작게 미소를 지었다. 그리고 곧장 몸을 돌려 숲속으로 들어갔다. 차는 그가 서 있던 자리를 순식간에 지나갔고 나는 그의 흔적조차 사라진 숲속을 고개까지 돌려가며 바라보았다.

그는 분명, 이준민 스테파노였다.

스테파노와는 대신학교 동기였다. 보통 키에 마른 몸, 평범한 외모에 뿔테 안경을 쓴 그를 예비 신학생 입학식에서 처음 만났다. 예비 신학교는 사제직을 생각하는 중학생 이상의 학생들이 주님의 부르심을 받기 위한 준비를 하는 과정이다. 나는 고등학교 1학년이 끝날 무렵 예비 신학교에 참여하며 신부가 되려는 마음을 굳힌 반면, 스테파노는 초등학교 때부터 복사 생활을 할 정도로 열심이었고 중학교 시절부터 굳은 의지로 예비 신학교에 참석했다고 했다. 한 달에 한 번, 비행기값이 부담스러워 먼 제주도에서 배아 버스를 타고 광주까지 올라왔었다는 건 우리가 신학생이 되고 나서야 알았다. 나는 그의 신앙에 깊이 탄복했다.

예비 신학교를 열심히 했다고 해서 가톨릭 대학에 입학할 수 있는 것은 아니어서 우리는 다른 고3 학생들과 똑같이 입시를 위해 열심히 공부했다. 가톨릭 대학에 합격했다는 소식에 내가 다니던 본당은 축제 분위기였고 어머니는 초상집 분위기였다. 어머니의 눈물 어린 환송을 받으며 광주 신학대학교에 입소한 날, 신입생 입학 미사에서 만난 이준민 스테파노는 얼마나 긴장했는지 바들바들 떨었고, 그게 바로 옆에 앉은 나에게 그대로 느껴졌다.

"긴장되는구나? 나도 어제 한숨도 못 잤어."

나는 그에게 속삭였다. 고개를 푹 숙이고 있던 스테파노가 얼굴을 내 쪽으로 돌렸다. 눈이 축축하게 번들거렸다.

"울어?"

나는 놀라서 물었다. 그는 피식 웃더니 다시 고개를 숙이고 기도에 열중했다. 미소의 의미를 물어볼 겨를도 없이 꽉 짜인 시간표에 따라 이리저리 옮겨 다니다 기숙사 침대에 쓰러지듯 누웠다. 오전에 짐만 부린 내 방은 단출했다. 작은 옷장, 책상과 의자, 1인용 침대가 전부인 기숙사 방은 청렴하라고 명령하는 것 같았다.

복잡한 감정으로 이런저런 생각을 하다가 씻지도 않은 채 깜빡 잠이 든 모양이었다. 나는 방음이 허술한 벽 너머로 들려오는 이상한 소리에 깜짝 놀라 선잠에서 깼다. 들릴 듯 말 듯한 누군가의 기도였다. 시계를 보니 새벽 한 시가 다 되어가는 시각이었다. 이 시간까지 저리 열정적으로 기도를 하는 동기가 있다니, 누굴까 궁금한 동시에 새벽 미사 전에 얼른 자둬야 한다는 생각이 뒤엉켰다. 자야 한다는 강박이 강해질수록 소리는 귓속을 타고 들어와 뇌를 헤집었다. 귀를 틀어 막아도 점점 더 집요하게 내 사지 육신 말단의 신경 하나까지 긁어댔다. 저주를 내리듯 아주 오래 내 방을 잠식하던 그 소리를 들으며 뒤척이다 순간, 온몸이 얼어붙은 듯 움직일 수 없었다. 엎드린 상태로 옴짝달싹할 수 없는 상황에 눈알만 겨우 굴릴 수 있었는데, 침대 아래에서 검은 액체가 흘러나와 침대를 타고 올라오는 것이 보였다. 당장 일어나고 싶었으나 몸은 움직여지지 않았다. 누군가의 목소리가 들려왔다. 겨우 눈을 돌려보니 방 한구석에 검은 수단을 입은 사람이 등을 보이고 웅크리고 있었다. 그를 부르려 입을 움직여봤지만 목구멍을 무언가 꽉 틀어막은 듯 아무 말도 나오지 않았다. 검은 수단을 입은 자의 등이 들썩거렸다. 알아들을 수 없는 언어가 낮게 깔리고, 움직여보려 아무리 노력해도 손가락 하나 까딱할 수 없어 식은땀을 흘렸다. 등을 돌린 남자가 내뱉는 주문 같은 말들은 점점 볼륨을 높여 내 숨통을 조이고 검은 액체가 몸을 감싸고 얼굴까지 뒤덮어갔다. 숨을 쉴 수 없었다.

화들짝 놀라 눈을 떴을 때 사방은 캄캄했다. 나도 모르는 사이 다시 잠이 들었다가 가위에 눌린 모양이었다. 손가락을 움직여보았다. 그리고 지독한 악몽을 꾼 것임을 깨닫고 한숨을 쉬었다. 신학교 첫날부터 끔찍한 악몽에 시달리는 것이

나의 신앙이 깊지 않아 생기는 일 같아 자책을 떨칠 수가 없어 괴로웠다. 눈을 꽉 감고 다시 잠을 청하려 했으나 쉬이 잠들 수 없었다. 벌떡 일어나 무릎을 꿇고 기도했다. 나를 괴롭히던 옆방 학우는 잠이 들었는지 작게 코를 고는 소리가 들렸다.

일과를 시작하면서 수척한 얼굴로 방을 나서다 문제의 옆방에서 나오는 이준민 스테파노와 마주쳤다. 그는 나와 잠시 눈을 마주치더니 고개를 획 돌려 대성당으로 발길을 옮겼다.

신학교 시절 내내 그의 기도에 잠을 설치고 자주 비슷한 악몽을 꾸었다. 무려 6년이었다. 스테파노가 벽을 옆에 둔 끝방을 썼으니 옆방을 쓰는 나만 참으면 아무도 불편한 사람이 없었다. 괴로웠지만 그의 열정적인 신앙생활을 타박할 수도 없는 노릇이었기에 그를 나의 십자가로 생각하고 견뎠다.

2학년이 끝나갈 무렵이었다. 마형섭 시몬 학장님이 나를 불러 상담했다.

"이준민 스테파노의 옆방을 쓰지? 불편한 것은 없어? 이상한 거… 라든가."

나는 잠시 고민했다. 내가 아무 말도 하지 않자 마형섭 학장님이 깊은 한숨을 쉬며 조심스럽게 말했다.

"이상하게 여기진 말고. 군대로 치면 관심 사병 관리라고 생각하면 될 거야. 너무 기를 쓰는 모습이 좀 걱정이 돼서."

"이상한 건 딱히… 잘 모르겠습니다. 뭐 하나 꼽자면 새벽까지 기도하는 소리가 들리는 거 정도? 워낙 신심이 깊은 학생이니까 본받을 점으로 생각합니다."

"흠. 혹시 자네의 신상에는 문제가 없나? 지내기에 불편하다든가, 혹시 뭔가 이상한 걸 보거나 느낀다거나."

나는 잠시 망설였다. 매일 꾸는 악몽을 솔직히 털어놓을까 생각도 했지만, 학우의 기도를 듣고 악몽을 꾼다는 건 나의 신심이 모자라는 걸 증명하는 것 같아 도저히 말이 나오지 않았다.

"아무래도 방음이 좋지 않다 보니 잠을 설치긴 합니다만…. 견딜 만합니다."

내 대답을 들은 마 학장님은 잠시 침묵하더니 신중하게 말씀하셨다.

"그래. 혹시라도 앞으로 스테파노에게서 뭔가 이상한 걸 느끼거나 보거들랑 꼭 나에게 보고하게. 이건 부탁이 아니라 명령이야. 절대 누구에게도 말하지 말고."

학장님의 말씀에 그저 고개를 끄덕일 수밖에 없었다. 이후로도 학장님은 아주 가끔 나를 불러 이상한 일은 없는지 물어보셨으나 매일 나를 악몽에 시달리게 하는 그의 기도 말고는 별달리 보고할 내용은 없었다.

신학생 생활은 생각보다 고된 수행이어서 서로 의지하던 동기들이 여러 가지 이유로 하나씩 스스로 짐을 싸거나 퇴학 당했다. 나 역시 자주 흔들리고 때때로 고뇌했다. 노력만으로 되는 것도, 의지나 믿음만으로 되는 것도 아닌 것이 사제였다. 그중 '똘레'라고 부르는 낙제 제도는 신학생들에겐 공포였다. 스테파노는 성적이 좋은 신학생이 아니었다. 그가 코피를 쏟아가며 남들보다 배로 공부한다는 건 교정 위를 지나가는 새들조차 알았다. 그의 필사적인 노력에도 대부분 과목의 성적이 하위권이었고, 교수 신부님들조차 이 친구가 시험에서 떨어지지 않았으면 하는 마음에 동기들 알게 모르게 많은 도움을 주었다. 어떤 지도 신부님은 머리가 좋은 너희보다 스테파노처럼 사제성소(하느님이 사제직으로 부르심)가 분명한 자에게 사제직이 허락되어야 한다고 말씀하실 정도였다. 동기들도 모두 그를 응원했다.

　시련은 의외의 곳에서 나타났다. 사제가 되려면 꼭 거쳐야 하는 부제품(사제가 되기 전 사제를 보좌하는 직품) 심의에서 마형섭 시몬 학장님이 반대하고 나섰다. 동기들도 다른 신부님들도 모두가 놀랐다. 마 학장님의 반대 이유는 '성소 불확실'이라는 다섯 글자였다. 카톨릭 교회에서는 서품(천주교에서 성직聖職을 수여하는 의식)을 받기 전 교구 내의 주보에 대상자의 사진과 인적 사항을 공고하고, 기간 내에 이들의 서품에 반대하는 사람이나 이들의 흠결을 알고 있는 사람이 나타나면 서품을 받을 수 없다. 사건에 따라 다르지만 부적합자로 결정되면 다음 해까지 기다려야 서품을 받을 수 있는 것이다. 물론 다음 해에도 누군가가 반대한다면, 마찬가지다. 스테파노는 평신도도 아닌, 무려 학장님이 반대했으니 주보에 공고를 올리지도 못했다. 지도 신부님들이 나서서 학장님을 설득해 봤지만 소용없었다. 평소에 온화하셨던 학장님은 이상하리만치 그의 성소를 부정했다.

사람들은 대학원 1학년 때 학장님의 수업 시간에 있었던 일 때문이 아닌가 하고 수군거렸다. 스테파노는 평소엔 조용하고 절대 나서지 않는 성격이었지만, 그날은 이상하리만치 날을 세우고 학장님의 의견에 핏대를 세우며 대립했다. 그날의 수업 내용은 '신축교안'이었다. '이재수의 난'으로도 불리는 신축교안은 1901년 5월 제주에서 수많은 사상자를 낸 시건이다. 고종에게 여아대(如我待), 즉 "나(고종)처럼 대하라"라는 특권을 부여받은 프랑스 신부들이 천주교 신자들의 불법 행위를 묵인하고 두둔했다. 그러자 교인을 빙자한 자들이 각종 범법 행위와 악행을 일삼고, 포교를 핑계 삼아 민군을 체포하는 등 도를 넘어선 횡포를 부리자 일어난 민란으로, 천주교인 300여 명이 참수를 당하고 수많은 민간인이 희생된 사건이다. 프랑스 신부들의 사망으로 외교적 문제로까지 번

지자 이제수와 두 명의 주동자가 책임을 짊어지고 처형당하면서 마무리되었다. 이는 제주 지역의 부당한 징세 문제, 세금 징수관과 이들과 협력한 천주교인들의 횡포, 무엇보다 파리외방선교회 선교사들의 봉건적이고 폭력적 선교 방식이 빚은 비극의 역사였다.

천주교회는 오랫동안 신축교안의 실상을 외면하고 선교사들의 편향된 인식을 답습했으나 교회의 어두운 그림자조차 인정하고 사죄할 줄 알아야 한다는 학장님의 말씀에 스테파노는 벌떡 일어나 큰 소리로 '이제수의 난'은 무속인들과 비신자들의 시기심, 중상모략, 봉세관의 횡포로 일어난 사건이라고 대들었다. 동기들은 그의 돌발 행동에 의아했으나 학장님이 서둘러 수업을 마무리 짓고 나가시는 바람에 유야무야 되었던 일인데, 그가 서품 심사에서 떨어진 후에서야 다시금 회자되었다.

내가 부제가 되고 2년 후 사제품을 받을 때까지 그는 포기하지 않고 노력했지만 결국 부제 서품을 받지 못했고 돌연 자취를 감췄다고 들었다.

수단은 신부들에게만 허락된 옷이다. 신학생이었던 그가 서품도 받지 않은 채 수단을 입고 다닌다는 건 종교에 대한 모독이라는 걸 알 텐데, 이상한 일이었다. 그는 왜 인적 없는 도로에 서 있었을까? 이런저런 의아함에 보롬왓의 예쁜 꽃밭이 눈에 들어오지 않았다. 자매님들이 꽃을 배경으로 내 팔짱을 끼고 사진을 찍어댔다. 사진을 찍어주던 사목회장님이 슬며시 나에게로 와 담배를 내밀었다.

"아줌마들 등쌀에 기 빨리시죠?"

"아…. 아닙니다."

"아휴. 뭔 말인지 아시잖아요. 집에서 살림만 하다가 오랜만에 놀러 와서 그런지 정말 쉴 새 없이 떠드시더라고요. 저도 십 년은 늙은 기분입니다. 다음엔 남자 사목위원들하고 와야지 여자들이랑은 못 오겠어요. 하하하."

혼자 중년 여자 다섯을 수발하고 있는 사목회장님이 앓는 소리를 하다가 시야에서 멀어지는 자매님들을 향해 소리를 질렀다.

"아이고, 자매님들, 어디까지 가시게? 너무 멀리 가지 마시라니깐."

투덜대는 말과 다르게 그는 운전을 도맡고 사람들을 잘 챙겼다. 사진을 찍어대던 자매님들이 우리를 향해 손을 흔들며 꺄르르 웃는 모습이 보였다.

"사목회장님, 아까 길에 서 있는 신부님 혹시 보셨어요?"

"네? 아… 예. 아무도 없는 길가에 웬 신부님인가 이상하게 생각하긴 했죠."

"혹시 거기가 어디쯤인지 기억나세요?"

"흠… 글쎄요…. 예래생태체험관 쪽으로 가다가… 이왕이면 경치 좋은 곳으로 가자고 천백삼십구 번 국도로 돌아서고 그렇게 오래 안 돼서니까…. 그 도깨비 도로 한참 전이었고…. 아마 도레 오름 근방 정도 되었을 거예요."

사목회장님이 하늘을 바라보며 기억을 더듬었다. 목적지를 변경하면서 한라산을 오를 순 없지만 한라산 중턱을 가로질러 경치를 구경하자고 '1100도로'라고도 불리는 도로를 달렸다. 해발 1100미터까지 오를 수 있는 도로인 만큼 절경으로 유명한 도로였다. 오는 길에 벚꽃이 흐드러진 길을 지나며 자매님들이 어찌나 소리를 질러대는지 정신이 아득할 지경이었다. 나는 휴대폰으로 도레 오름의 위치를 검색했다. 꽤 외진 산속이었다. 민가도 없는 그곳에 스테파노는 왜 서 있었던 것인지 궁금증은 끝없이 꼬리를 물었다.

사람들과 저녁 식사까지 마치고 늦은 시간이 되어서야 사제관으로 돌아왔다. 사제관의 도어락을 누를 때 전화기가 진동했다. 낯선 번호였다.

"아직 번호가 그대로네. 잘 지냈어?"

누구인지 선뜻 떠오르지 않았다. 당황해서 대답을 할 수 없었다.

"나야. 이준민 스테파노."

"아…! 오랜만이야. 잘 지내지?"

이 이상 할 말을 찾지 못하고 입을 다물었다. 오늘 낮에 수단을 입은 너를 보았는데 어찌 된 일이냐고 묻고 싶었지만 입이 떨어지지 않았다. 내가 망설이는 사이 그가 먼저 이야기를 꺼냈다.

"오늘 강 신부를 봤어. 제주로 발령받은 모양이지? 어디 성당이야?"

"어. 나는 연동성당에 있어. 한 일 년 됐지. 언제 한 번 들러. 어떻게 지냈는지도 궁금하고."

"강 신부가 와."

"응?"

"아무에게도 말하지 말고 내가 있는 곳으로 와줄 수 있을까? 강 신부 도움이 꼭 필요해. 아주 중요한 일이니끼 거절하지 말았으면 해."

스테파노는 장소를 하나 알려주었다. 중문동이었다.

"절대, 절대 아무에게도 말하면 안 돼. 강 신부가 생각하는 것보다 훨씬 더 심각한 일이야. 그러니 아무에게도 말하지 말고 혼자 와. 알겠지?"

아홉 시가 조금 넘은 시간이었다. 다음 날 새벽 미사는 주임 신부님께서 집전하시는 날이었다. 큰일만 아니라면 새벽까지는 돌아올 수 있을 것 같아 사제관에 들어가려던 발길을 돌려 차에 시동을 걸었다. 그때 왜 갑자기 마형섭 시몬 학장님이 생각났는지 모른다. 스테파노가 사라지고 나서 가장 걱정한 사람도 마 학장님이셨다. 동기들에게 일일이 전화를 걸어 혹시 이상한 낌새는 없었는지, 연락하는 사람은 없는지를 물으셨다. 나에게도 혹시라도 연락이 닿으면 꼭 자신에게 연락 달라는 신신당부를 마지막으로 전화를 끊으셨다. 나는 잠시 망설이다 마형섭 시몬 학장님께 문자를 한 통 남기고 엑셀을 밟았다.

구형 소나타가 불빛 하나 없는 산길을 올랐다. 인구 밀도가 낮은 섬이라 외진 곳이 워낙 많긴 하지만 특히 더 외진 숲속이었다. 알려준 곳에 다다랐을 때 멀리 길옆에 서 있는 검은 그림자가 손을 들었다. 이 시간에 이런 길에 사람이 있다는 것에 놀라 브레이크를 밟았다. 스테파노였다. 그는 거침없이 조수석에 올라탔다.

"강 신부 오랜만이야. 내가 사는 곳이 네비로는 검색이 안 되는 곳이라 마중을 나왔어. 와줘서 정말 고마워. 여기서 조금만 더 올라가면 돼."

그는 울퉁불퉁한 비포장도로로 차를 안내했다. 그나마도 중간에 길이 끊겨 차를 세워두고 걸어갔다. 헉헉거리며 산비

탈을 10분쯤 오르니 희미하게 불빛을 밝힌 작은 집이 보였다. 사람이 사는 집이라기보단 시골의 작은 공소 같은 느낌이었다. 그의 안내로 들어간 작은 방에서 탁자를 가운데 두고 소파에 마주 앉았다. 집무실인 듯했다.

"이런 곳에 혼자 살아?"

"아니. 몇몇 신자들이 모여 사는 곳이야. 신학교를 나와 이곳에서 신앙 공동체를 이루고 살고 있지."

"신앙… 공동체?"

"사실 이 공동체의 전신이라고 볼 수 있는 마을에서 지원해 줘서 신학교에 갈 수 있었어. 그 마을의 간절한 염원이었지. 마을 출신 신부님을 배출하는 게."

"아…."

6년 내내 새벽까지 간절한 기도를 올리던 그를 떠올렸다. 하나의 사제가 서품을 받기까지 얼마나 많은 본당의 물적, 심리적 지원과 기도가 뒷받침되는지 익히 아는 바다. 밤마다 나에게 악몽을 선사했던 그였지만 한 마을의 기대를 온 어깨에 지고 있는 그의 간절함을 이해할 수 있을 것 같았다.

"내가 서품을 받지 못한 건 익히 알고 있겠지?"

스테파노에게 어쭙잖은 위로를 건넬 수도 없어 그저 고개를 끄덕였다. 스테파노는 내 쪽으로 허리를 굽혀 가까이 다가오며 속삭이듯 말했다.

"실은 우리 공동체에 속한 아이가 많이 아파. 자네가 구마 의식을 해줄 수 있을까 해서 어려운 걸음을 부탁했어."

그의 말을 듣고 적잖이 놀랐다. 탁자 너머 그의 눈이 이상할 정도로 번뜩였다. 나는 고개를 저었다.

"구마 의식? 교구의 허락 없이 구마를 할 수는 없다는 걸 잘 알고 있잖아. 난 구마 사제도 아니고. 병원은 가본 건가?"

"병원에서 해결해 줄 수 있다면 자네에게 부탁할 필요가 없지. 우리가 공동체를 만든 이유가 뭔지 알아?"

그는 괴로운 표정을 지었다.

"내가 태어난 마을에는 계속 사탄에 빙의된 여자아이들이 태어나. 그 아이가 죽으면 다음에 태어나는 여자아이가 그 사탄을 몸에 담고 나오지. 이건 아주 오래된 저주야. 마을 사람들은 이 마을 출신 사제가 나오길 간절히 원했어. 그건 이 지독한 저주를 풀 수 있을까 하는 마지막 기대였어."

그때 문을 두드리는 소리와 함께 초로의 한 남자가 소녀와 함께 방 안으로 들어왔다. 앞장세운 소녀는 남자에게 떠밀려 휘청거리며 겨우 서 있었다.

"아. 인사해. 여기 관리를 맡아주시는 부석출 베드로 형제님이셔."

"강 신부님 말씀 하영 들엇수다. 이 아이가 김하나우다. 잘 좀 봐줍서예."

제주 사투리를 쓰는 부석출 베드로 형제가 고개를 숙였다. 그리고 앞에 있는 깡마른 소녀의 머리를 손으로 눌러 억지로 고개를 숙이게 했다. 아이는 나이를 가늠할 수 없을 정도로 작고 가냘프지만 눈빛만큼은 형형하게 빛이 났다. 서 있기도 힘들어 보이는 소녀가 머리를 누르고 있는 손을 탁! 쳐서 치우고 부석출을 노려보자 부석출의 표정이 험악해졌다.

　"처음 뵙겠습니다, 형제님. 반갑다, 하나야."

　내가 머쓱한 인사를 건네자 하나는 갑자기 내 앞으로 뛰어와 무릎을 꿇고 내 손을 붙잡았다.

　"신부님, 신부님이시죠? 저 좀 구해주세요. 여기 이 사람들이 저를, 죽이려고 해요."

　"또 사탄이 나불대는구나!"

　부석출이 소녀의 목덜미를 채어 바닥에 내동댕이쳤고 하나가 비명을 지르며 쓰러졌다. 나는 놀라 하나를 부축해 일으켰다. 하나는 갑자기 나의 허리를 감싸 안고 울부짖었다.

　"신부님, 살려주세요! 제발 저를 구해주세요! 여기 있으면 저는 죽을 거예요!"

　부석출이 나에게 엉겨 붙은 하나를 거칠게 떼어내려고 했다. 나는 그의 손을 잡고 다급하게 소리쳤다.

　"왜 이러세요? 이 손 놓고 뒤로 물러나세요!"

　"베드로 형제님, 강 신부가 놀랐나 봐요. 하나를 데리고 나

라하밈　　　　　　　　　　　　　　　　　　　　　　　245

가세요. 하나야, 여기 이 신부님하고 할 얘기가 있으니 조용히 물러나 있어라."

스테파노가 문 쪽으로 턱을 까딱거리며 낮은 목소리로 말하자 부석출이 하나를 끌고 방에서 나갔다. 하나는 애처로운 표정으로 나를 바라보며 끌려 나갔다. 방 밖에서 하나와 부석출의 고성이 점점 멀어졌다. 나는 분노에 차 그에게 소리를 질렀다.

"너무한 거 아닌가? 어린애한테…!"

"잠깐 봐서는 모른다니까. 교구의 허가를 기다리다간 저 아인 죽고 말 거야! 오늘 너를 길에서 본 건 저 아이를 구하시려는 하느님의 뜻이라고 생각했어. 저 아이를 구해줘. 아니 우리를 구해줬으면 해."

"말도 안 되는 소리! 저 아이가 정말 마귀에 들렸대도, 나도 구마에 대해선 자세히 알지 못해. 너도 신학교 다녀봐서 알잖아? 겨우 구마경 외우는 정도로 구마를 할 수 있겠어? 정식으로 교회에 도움을 청해보자고."

"안 해봤겠나? 여러 신부님께 도움을 청해봤지만 다들 믿어주질 않았어. 오히려 아동 학대를 의심하고 아이를 데려가려고 했지. 하나 엄마가 겨우 저 아이를 데리고 도망쳐서 여기까지 들어온 거야. 자네, 신축교안 알고 있지? 그때 서양에서 여러 사탄이 제주에 흘러 들어왔지."

246

"갑자기 그건 무슨 소리야?"

나는 어이가 없어 그를 쳐다보았다. 그리고 마 학장님 수업을 떠올렸다. 그는 분명, 그것은 가톨릭교회의 잘못이 아니라 무속인들과 비신자들의 시기심과 봉세관들의 횡포라고 핏대를 올렸었다. 이제는 사탄까지 등장했다.

"심방(만신을 뜻하는 제주어) 하나가 신축교안 때 천주교인에게 죽어가면서 지독한 저주를 내렸어. 자기네를 해친 자들의 자손에게 그 사탄이 대대로 봉인되어 태어나도록."

영화 같은 이야기였다. 그의 눈빛은 무서울 정도로 광기가 가득했다. 어떻게든 흥분한 그를 잘 달래서 하나라는 아이를 이 비이성적인 상황에서 구해야 했다.

"미안하지만 내가 나설 일이 아니야. 지금 바로 가서 도움이 될 사람을 찾아볼게. 분명 도와줄 분이 계실 거야."

"아니. 강 신부가 도와줄 것이 아니라면 절대 아무에게도 말하지 마. 하나가 위험해지니까."

스테파노는 나를 위협하듯 바짝 다가서며 여태껏 보지 못한 무서운 표정을 지었다. 나는 그의 위세에 눌려 고개를 끄덕였다.

그는 조심해서 가라는 인사를 남기고 방문을 세게 닫고 나가버렸다. 잠시 멍하니 서 있다가 그 방을 나왔다.

들어올 때 본 이곳은 분명 작은 공소 같은 느낌의 아름다운 건물이었다. 입구에서 바로 보이는 커다란 문을 열어보니 제대가 보였다. 이곳에 교구가 인정한 공소가 있다는 이야기는 들은 적이 없다. 문득 이곳이 어떤 곳인지 궁금해졌다.

나는 발소리를 죽여 제대가 있는 문 앞을 지나 복도 안쪽으로 들어갔다. 두리번거리며 안으로 들어가는데 갑자기 와장창 무너지는 소리와 함께 비명이 들렸다. 맨 끝방에서 흘러나오는 소리였다. 잠시 망설였지만 재차 이어진 여자아이의 비명에 지체할 수 없었다. 소란스러운 소리가 들리는 문을 열자 믿을 수 없는 광경이 펼쳐졌다. 부석출이 의자에 묶여 있는 하나를 뒤에서 단단히 붙잡고 스테파노가 그 목을 조르고 있었다. 아이의 얼굴이 터질 듯 붉게 부풀어 올랐다. 사슬에 양발마저 결박당한 아이는 도와달라는 듯 곁눈질로 나를 보며 눈물을 흘렸다. 황급히 뛰어 들어가 스테파노의 얼굴에 주먹을 날리자 그가 속절없이 떨어져 나갔다. 난생처음으로 휘두른 주먹이 욱신거렸다.

나는 바닥에 쓰러져 기침을 해대는 하나를 향해 달려갔다. 하나는 손이 뒤로 묶인 채 혼신의 힘을 다해 내 쪽으로 기었다.

"살려주세요. 저를 여기서 구해주세요!"

"그래. 여기서 나가자. 일어날 수 있겠니?"

하나가 겨우 고개를 끄덕였다. 그러나 곧 스테파노가 비척거리고 일어나 하나를 부축하는 나에게 달려들어 멱살을 그러쥐었다. 나 역시 왼손으로 그의 옷을 잡아 쥐고 오른손은 주먹을 단단히 말아 치켜들었다. 여차하면 다시 그를 향해 주저 없이 주먹을 휘두를 생각이었다. 그는 얼굴을 나에게 바짝 들이댔다.

"도와주지 않을 거면 모르는 척이라도 하라고!"

"지금 이걸 모르는 척하라는 거야? 소문대로 너 정말 미쳤어? 이 공소 같은 건물은 또 뭐고?"

"말했잖아. 신앙 공동체라고. 이 공동체에서 사제 하나 양성하려고 얼마나 애를 썼는지 알아? 빌어먹을 학장이 다 망쳐 놨어. 학장만 아니었음 내가 저 아이를 구마할 수 있었는데!"

벌겋게 충혈된 스테파노의 눈에는 광기가 가득했다. 스테파노가 마지막 부제품에서도 마 학장님의 반대로 서품을 받지 못하고 사라질 무렵, 종일 'Maleficio tibi impono(당신에게 저주를 내린다)'라고 중얼거리며 돌아다녔다는 이야기가 괴담처럼 돌았다. 그가 미친 것이 학장 신부님 때문이라는 비난의 여론도 꽤 높았으나 한쪽에선 신부가 되지 못해 미치는 사람이라면 신부가 될 재목이 아닌 게 확실하다는 옹호파도 생겼다. 그는 미친 것이 확실했다. 아이를 구하려면 스테파노를 제압하는 수밖에 없었다. 다행히 180센티미터가 넘는 덩치의 나에게 왜소한 그가 힘으로 밀리는 것이 느껴졌다. 그를 넘어뜨리려고 힘을 주었으나 하나를 붙잡고 있던 부석출이 합세해 나에게 달려들었다. 다시금 불리한 상황이었다.

"Mas… culum… cor… pus."

엉켜 뒹굴던 셋이 일시에 동작을 멈췄다. 바닥에 누워 있던 하나의 입에서 나온 말이었다. masculum corpus. 라틴어로 '수컷의 몸'이라는 단어였다. 하나가 벌떡 일어나 앉더니 괴성을 질렀다.

"Masculum corpus!"

소녀의 혈색은 잿빛이 되어 있었다. 소름 끼치고 섬뜩한 목소리는 하나의 목소리라고 생각할 수 없었다. 방 안은 동물의 사체가 썩어가는 듯, 불쾌하고 역겨운 냄새가 가득했다. 나는 영화에서나 나올 것 같은 광경에 얼어붙어서 꼼짝도 할 수 없었다. 스테파노가 내 멱살을 잡았던 손을 풀고 하나 앞으로 뛰어가 무릎을 꿇고 성호를 그은 후 라틴어 기도문을 읊기 시작했다.

"In nomine Patris, et Filii, et Spritus Sancti, Amen. Pater noster, qui es in caelis, sanctificetur nomen tuum…."

나를 붙잡고 있던 부석출도 황급히 그의 곁으로 달려가 함께 기도문을 외우기 시작하자 하나가 온몸을 뒤틀며 비명을 질렀다.

"살려주세요! 그만, 그만둬요. 너무 괴로워요. 아파요!"

소녀의 몸이 사람이라면 불가능할 정도로 꺾이고 비틀렸

다. 스테파노와 부석출 형제의 기도 소리는 점점 방 안을 꽉 채웠다. 주님의 기도와 성모송, 영광송을 지나 구마경에 들어가자 괴로움을 호소하던 하나가 돌연 움직임을 멈추더니 천천히 고개를 돌려 스테파노를 노려보았다.

"Imi… ta… tio."

비웃듯이 말을 뱉더니 갑자기 발작하듯 웃어댔다. Imitatio. 그것은 스테파노가 가짜라는 조롱이었다. 스테파노는 하나의 말을 무시한 채 계속해서 기도문을 읊었지만 하나의 웃음은 점점 더 드높아졌다. 성 미카엘의 구마경이 끝나자 스테파노가 큰 소리로 외쳤다.

"Impero tibi in nomine Domini, quid est nomen tuum?"

스테파노의 호통에 하나가 돌연 웃음을 멈추더니 천진한 표정으로 답했다.

"무슨 말인지 모르겠어요. 하나도 못 알아듣겠어요. 저한 테 뭐라고 하신 거예요?"

"주님의 이름으로 명한다. 너의 이름이 무엇이냐?"

하나는 갑자기 표정을 바꾸더니 깔깔거리며 웃어댔다. 귀를 찌를 것 같은 웃음소리가 귀를 타고 들어와 뇌를 정지시키는 것 같았다. 일순간 웃음을 그친 하나가 스테파노를 조롱했다.

"네까짓 게 뭔데 그 이름을 들먹이느냐? 신부도 아닌 놈이. 키키키키키킥."

악마의 웃음소리가 끔찍하게 고막을 긁어댔다. '신부도 아닌 놈'이라는 말과 함께 코피를 흘려가며 공부하던 스테파노의 신학교 시절이 저절로 떠올랐다. 밤마다 들리던 간절한 그의 기도가 지금 당장이라도 다시 들리는 것 같았다. 벽 너머로 웅얼거리며 들려오던 기도 대신 쩌렁쩌렁한 그의 호통이 들렸다.

"이름을 말해라!"

"내 이름은 스테파노 형제님도 아시잖아요? 신부 놀이는 재밌으신가요?"

아까 보았던 소녀의 모습은 어디에도 보이지 않았다. 하나의 얼굴은 이미 악마 그 자체였다. 스테파노가 얼어붙은 사람처럼 몸을 떨고 있는 나를 향해 외쳤다.

"강 신부! 제발!"

스테파노의 간절한 목소리에 겨우 정신을 차렸다. 그 무엇도 확신할 수는 없지만, 사제로서 모르는 척할 수만은 없었다. 서둘러 안주머니에 들어 있던 묵주를 꺼내 성호를 그으며 계속 웃어대는 하나에게 다가갔다. 하나의 이마에 엄지로 성호를 긋고 영광송과 주님의 기도를 시작하자 스테파노와 부석출까지 합세해 기도문을 외우기 시작했다. 세 명의 기도가 이 방 안을 다른 차원으로 바꾸는 듯했다.

"신부님, 신부님, 그만. 그만. 저를 구해주세요! 이 사슬을 풀어주세요. 제발요! 저는 아무것도 몰라요. 아무런 죄가 없어요!"

하나가 온몸을 뒤틀며 울부짖었다. 그 모습은 영락없는 철부지 어린아이의 모습이어서 나는 내가 과연 옳은 일을 하는 것인지 자꾸만 흔들렸다.

"분심을 버려! 아까 똑똑히 보았잖아. 저 사탄의 계략에 속지 마. 절대 마귀를 피하면 안 돼!"

나의 망설임을 꿰뚫어 보듯 스테파노가 결연하게 소리쳤다. 나는 조금 전에 보았던 하나의 끔찍한 웃음소리를 떠올렸다. 자꾸만 생기는 의심을 멀리 쫓고 더 큰 목소리로 간절하게 구마경을 외우며 주님께 사탄으로부터 소녀를 구해낼 힘을 달라고 간구했다. 큰 소리로 기도문을 외우는 내 이마에서 땀이 뚝뚝 떨어졌고 귀를 찢을 것 같던 하나의 비명과 울부짖음이 일순간 멈추었다. 나는 기운이 빠진 소녀를 향해 외쳤다.

"Quid est nomen tuum?"

나의 호통에 몸을 뒤틀던 하나가 숨을 토해내며 힘없이 답했다.

"Bel… zebul…."

바알세불. 성서에서 귀신의 왕이라고 일컫는 사탄의 이름이었다. 사탄의 이름을 말하게 하는 것이 구마 의식에서 가장 중요하다. 그 이름을 안다면 그에게 부마자의 몸에서 떠날 것을 명령할 수 있다.

"예수님의 이름으로 너에게 명하니, 바알세불, 너는 당장 그 소녀의 몸에서 나와라! Abscede, daemonium!"

하나의 몸이 거칠게 들썩였다. 스테파노와 부석출의 기도는 점점 더 커졌다. 나는 단전에 힘을 모으고 주님께 의탁하는 마음으로 손을 들어 하나의 머리에 묵주의 십자가를 쥔 손을 얹었다.

"바알세불! 주님의 의로운 손으로 너를 내려치니, 당장 사라져라!"

그러자 하나의 몸이 갑자기 축 늘어졌다. 나는 놀라 눈을 꿈뻑일 뿐 무엇을 해야 할지 알 수 없었다. 옆에서 열심히 기도하던 스테파노가 기도를 멈추고 하나에게 다가가 얼굴을 어루만졌다.

"하나야. 하나야. 내 말이 들리니?"

스테파노의 간절한 목소리에 화답하듯 하나는 아주 작은 목소리로 대답했다.

"네…. 들려요. 이제 악마는 저를 떠났나요?"

"그래…. 이제 너의 몸 안에는 아무것도 없다."

스테파노가 감격의 눈물을 흘리며 하나를 안았다. 나는 기진맥진한 상태로 그들의 모습을 보며 미소 지었다. 기적 같은 일이었다. 이 밤에 벌어진 모든 일들이 꿈을 꾸는 것 같았지만, 하나의 평온한 얼굴을 보며 절로 주님께 드리는 감사의 기도가 나왔다. 이 모든 것이 주님께서 행하신 일이니 나를 온전한 도구로 써주소서. 눈을 지그시 감고 간구했다. 그리고 둔탁한 소리와 함께 정신을 잃었다.

눈을 떴을 때 나는 쇠사슬에 묶여 의자에 결박당한 상태였다. 머리가 깨질 듯이 아팠다. 겨우 고개를 들어 주위를 둘러보니 하나의 모습이 보였다.

"괜찮… 니?"

말이 잘 나오지 않았다. 아까와 달리 검은 원피스로 갈아입은 하나는 내 목소리를 듣고 조용히 일어나 나에게 다가왔다. 이제 막 씻었는지 하나의 머리카락은 축축하게 젖어 있었다.

"신부님, 깨어나셨네요?"

"그래. 이게 어떻게 된 건지… 왜 나를 묶어놓은 거지?"

"제사장님께 알려드려야겠네요. 깨어나셨다고."

내 질문은 못 들었다는 듯 하나가 문밖으로 달려 나갔다.

주위를 둘러보았다. 나는 제대를 마주 보는 곳에 앉아 있었다. 여기저기 잔뜩 놓인 촛불이며 내가 앉은 의자 아래에 보이는 기묘한 문양과 육각형 헥사그램, 히브리어로 보이는 문자들까지 도무지 상황을 이해할 수 없었다. 저쪽에 놓인 작은 테이블에 휴대폰과 자동차 키, 묵주 등 내 소지품이 놓여 있었다. 어떻게든 외부와 연락을 취하려면 휴대폰이 필요했다. 나는 의자에 묶인 몸을 조금씩 들썩여 그쪽으로 움직이려 애썼다. 다리에 묶인 쇠사슬에는 커다란 쇠공까지 달려 있어 움직이기가 여간 힘든 것이 아니었다. 설상가상, 움직이려고 용을 쓰다가 중심을 잃고 의자가 넘어갔다. 요란한 소리와 함께 통증이 느껴졌다. 이제 정말 하늘에 계신 주님께 기도하는 것밖에는 아무것도 할 수 없었다.

"이런, 무슨 일인가 강 신부? 귀한 몸인데 다치기라도 하면 어쩌려고. 형제님들 얼른 강 신부를 일으켜주세요."

스테파노의 목소리였다. 억센 팔들이 나를 붙들어 일으키더니 번쩍 들어 원래의 자리에 내려놓았다. 내 앞에는 흰 장백의(미사 때 제의 안에 입는, 발끝까지 내려오는 희고 긴 옷)를 입고 허리에 띠를 두른 스테파노와 부석출, 하나 외에 처음 보는 사람 다섯이 서 있었다. 검은 옷을 입고 무표정하게 나를 바라보는 자들 중 둘은 남자, 셋은 여자였다.

"이게 무슨 짓이야? 왜 날 묶어놓은 거지?"

256

"조금만 참아. 대업을 이루고 나면 풀어줄 거야. 강 신부가 여자의 몸에 봉인된 사탄을 구마해 주었으니 우리 모두 감사한 마음을 갖고 있어. 하나 엄마도 기뻐서 춤을 추었을 정도야. 정말 우리 공동체에 오늘은 최고로 기쁜 날이야."

나는 할 말을 찾지 못했다. 너무 많은 궁금증이 머릿속을 헤집어 어떤 질문을 해야 하는지도 알 수 없었다. 갑자기 나에게 구마를 해달라고 애걸한 이유도, 이렇게 묶어 놓고 무엇을 하려는 건지도 감히 상상할 수 없었다. 그가 내 앞으로 한 걸음 다가오며 말을 이었다.

"신학교에 있을 때부터 분명 자네에게 뭔가 큰 사명이 있을 거라고 생각했지. 내 옆방인 것도 그렇고 강 신부의 전화번호부터 예사롭지 않았으니까."

"전화… 번호라니?"

"강 신부 전화번호 말야. 그때부터 지금까지 쭉 쓰고 있는 그 번호. 스트롱 코드(원어 성경에 쓰인 단어를 알파벳 순서대로 번호를 붙인 것)로 앞 번호는 제물을, 뒤 네 자리는 현존을 뜻하지. 자네는 내 옆에 있는 제물이라는 계시였어. 어제 길에서 우연히 강 신부를 보고 확신에 확신을 굳혔지. 그 번호를 계속 사용하고 있어서 내가 얼마나 기뻤는지 모를걸? 역시 내 예상은 적중한 거야. 네가 말한 대로 사제 서품을 받았다고 해서 누구나 구마를 할 수 있는 건 아닌데 말이야."

"뭐… 뭐?"

황당해서 말이 나오지 않았다. 그깟 전화번호 때문에 이곳에서 이런 일을 당하는 것이라니, 헛웃음이 나올 지경이었으나 결코 웃을 상황은 아니었다. 어떻게든 스테파노를 설득해야 했다.

"서품은 받지 못했지만 너도 신학을 공부한 사람이잖아. 현상 말고 본질을 생각해 봐. 눈에 보이는 기적에 몰두하면 그릇된 길로 빠지기 쉽다는 걸 잘 알고 있지 않아? 그로 인해 얼마나 많은 잘못이 저질러졌는지도."

"그래. 나도 신학을 공부했지. 아주 오래, 아주 간절히. 그건 모두 여자의 몸에 봉인된 우리 주인을 꺼내기 위한 노력이었어. 평등? 사랑? 희생? 그런 구린내 나는 교리를 들으며 토악질이 나오는 걸 참기 위해 얼마나 애를 썼는지 강 신부가 알 턱이 없지. 잘 들어. 세상은 절대 평등하지 않아. 강한 자가 권력을 잡고 세상을 뒤흔드는 게 순리 아닌가. 우리는 강해질 거야. 우리 공동체는 제주 땅에 천주교가 뿌리를 내리던 시절에 우리가 가졌던 무소불위 권력을 되찾을 거고, 모두 우리 아래에서 무릎을 꿇고 머리를 조아리게 될 거라고. 그게 바알세불 님의 뜻이야. 그 원대한 뜻에 따라 이제 자네에게 그분을 깃들게 할 걸세."

스테파노가 하는 말을 이해하는 데 오랜 시간이 걸렸다.

하나의 몸에서 힘들게 구마한 바알세불의 뜻을 따라서 뭘 어쩐다는 것인지 쉽사리 이해할 수 없는 일이었다.

"무슨… 사탄의 뜻에 따른다니…. 제정신으로 하는 말이야?"

"우리는 신축교안 이전 프랑스 신부의 몸에 깃들어 제주 땅에 들어온 바알세불 님과 다른 사탄을 섬기는 공동체지."

"그렇다면 넌 오로지 봉인을 풀려고 신부가 되려 한 거야?"

"아니, 아니. 그건 위대한 역사의 시작일 뿐이고. 너는 신자 하나의 힘과 사제의 힘이 같다고 생각해? 아니지. 절대 아니야. 사제의 입에서 나오는 말은 신도들에게 엄청난 힘을 가져. 우리의 교세를 펼치려면 사내의 몸과 사제의 직분이 필요해."

말을 마친 스테파노는 다른 테이블에 펼쳐져 있던 검은색 제의를 천천히 입고 붉은색 영대(사제가 예식을 거행할 때 목에 걸쳐 가슴 앞까지 흘러내리게 하는 긴 천)를 목에 두른 뒤 제대 위로 올라가 사람들을 둘러보았다.

"자, 이제 시작할까요."

그의 말의 끝나자 하나가 내 바로 앞에 서고 부석출과 남은 다섯 명이 내 주위를 둘러싸더니, 바닥에 그려진 헥사그램의 꼭짓점마다 남녀가 번갈아가며 허리를 꼿꼿이 세우고 꿇어앉았다.

"뭐…? 너 미쳤어. 제정신이 아니라고! 얼른 이걸 풀어!"

손을 풀기 위해 결사적으로 몸을 뒤틀어 보았지만 단단히 묶인 결박은 풀릴 기미조차 보이지 않았다. 손목은 매듭에 쓸려 까졌는지 미지근하고 축축했다. 내 외침은 아무 상관이 없다는 듯 제대에선 스테파노가 하늘을 향해 두 팔을 번쩍 들어 올리고 웅얼거리기 시작했다.

　귀에 들리지만 무슨 말인지 알아들을 수 없는 낮고 축축한 기도. 신학교 시절 방음이 약한 벽을 타고 밤마다 내 방을 침범하던 그 소리를 기억에서 *끄집어냈다*. 6년간 나를 괴롭히던, 꿈속에서 온 방을 넘실거리다 내 숨통을 끊을 듯 차오르던 검은 액체도, 저쪽 구석에 등을 돌리고 앉아 있던 검은 수단을 입은 사내도, 모든 악몽이 현실처럼 되살아났다. 기도문이 벽 너머로 들려서 알아들을 수 없었던 것이 아니었다. 그건 한국어도 영어도 라틴어도 히브리어도 아닌 알아들을 수 없는 말이었다.

　스테파노가 선창하면 나를 둘러싼 여섯 사람이 후렴구를 불렀는데 타령조의 운율을 붙여 마치 가톨릭 상장례에 쓰이는 연도(위령 기도)같이 들렸다. 그들의 소리는 울림을 만들어 공간을 꽉 채우고 내 심연의 공포를 끄집어 올렸다. 그들이 나를 해칠지도 모른다는 무서움에 이성을 잃었고 아무도 듣지 않는 비명을 질렀다. 끈적한 검은 액체가 몸을 감싸고 숨통을 조여오듯이 공포심이 나를 먹어치우고 있었다. 정신이 아득해져 갔다.

'하….'

누군가 내 귓가에 숨을 불어 넣었다. 그가 내 무릎에 앉아 목에 있는 로만칼라를 벗겨내고 단추를 하나씩 풀자 비로소 숨을 쉴 수 있었다. 당장 죽을 것 같던 공포에서 벗어나 안도감이 들었다. 무릎 위에 앉은 형체가 나의 옷자락 속으로 차가운 손을 밀어 넣고 부드럽게 가슴을 어루만졌다. 작고 부드러운 손길이 지나갈 때마다 나른한 감각이 몸을 지배했다. 포근하고 달큰한 향이 풍겨와 구름 위로 두둥실 떠오르는 듯 기분이 좋았다.

"나를 취해요."

귓가에 낮은 목소리가 들렸다. 축축하고 음습한, 어디선가 들어본 것 같으나 낯선 목소리였다. 육신은 끝없이 캄캄한 우주를 부유하는 것처럼 현실 감각이 사라져 가고 나도 모르게 숨이 거칠어졌다. 끈적한 목소리에 내 모든 것을 던져버리고 싶었다. 달콤한 제안에 고개를 끄덕이려고 할 때였다.

우우웅.

묘하게 신경을 긁는 소리에 정신이 번쩍 들었다. 탁자 위에 놓인 내 전화기에서 울리는 진동이었다. 주위를 둘러싸고 주문을 읊는 사람들의 목소리가 진동음 위를 덮었다. 정신을 차리고 나자 눈앞에서 내 바지 단추를 풀고 있는 하나의 모습이 비로소 보였다. 소름이 끼쳤다.

"그만둬!"

나의 외침에 움찔 놀란 하나가 나를 올려다보더니 무표정하게 하던 행동을 다시 시작했다. 거대한 무언가가 나를 향해 밀려 들어오는, 강렬한 느낌이 몸을 지배했다. 손과 발이 다 묶여 의자에 결박된 상태로는 그것을 저지할 방법이 없었다. 나는 그들의 주문에 맞서 큰 소리로 구마경을 외웠다. 지푸라기라도 잡는 절박한 심정이었다. 주님께 매달리는 것 말고는 할 수 있는 게 없다는 사실에 좌절하면서도 내가 할 수 있는 그 하나에 집중할 수밖에 없었다. 아까 구마할 때와는 비교할 수도 없는 간절함이었다. 오. 주님. 제발 저의 영혼을 나락에서 구원하소서. 아무리 발버둥 쳐도 상상할 수도 없이 거대한 힘이 점점 내 육신을 좀먹어 들어가고 있었다. 이제 마지막인가 싶은 그 순간을 깬 건 커다란 목소리였다.

"In nomine Patris, et Filii, et Spritus Sancti!"

열린 문 사이로 랜턴 빛이 어지럽게 흔들리고 사람들이 몰려오는 모습을 보며 정신을 잃었다.

●

따듯하고 밝은 햇살이 느껴졌다. 겨우 눈을 뜨니 사람의 형상이 흐릿하게 보였다.

"정신이 들어?"

마형섭 시몬 학장님의 목소리에 안도의 한숨이 나왔다.

"다행이야. 크게 다친 곳도 없는데 꼬박 하루를 혼수상태여서 걱정을 많이 했어. 좀 괜찮은가?"

"스테… 스테파노…."

겨우 입을 열었는데 목소리가 잘 나오지 않았다. 목구멍의 통증도 끔찍할 정도였다.

"그래. 지금 경찰에서 거기 있던 사람들을 조사 중이야. 아주 오래 유지된 이단 집단이더라고. 악마 숭배니 뭐니 해서 전 세계 가톨릭교회가 발칵 뒤집혔지. 신축교안 때부터 존재했다는데 그동안 외부에 알려질 만한 활동을 하지 않아서 몰랐던 거야. 한국 가톨릭교회 측에서도 당황하고 있어. 그래도 강 신부가 옳은 판단으로 나에게 연락해서 큰 재앙은 막았어. 정말 고생했네."

스테파노의 전화를 받고 그가 말한 장소로 출발하기 전, 고민을 거듭한 나는 학장님께 문자로 상황을 알렸다. 그러자 학장님은 광주에서 제주로 당장 출발하신다며 내 휴대전화에 위치 추적 앱을 연동시켜 놓을 것을 지시하셨더랬다.

"문자를 받고 바로 공항으로 내달려서 마지막 비행기를 간신히 잡아 제주에 도착했지. 가면서 계속 위치 확인을 했는데 새벽 세 시 넘어서 자네 전화기 전원이 꺼지는 바람에 얼마나 당황했는지 몰라. 경찰과 함께 인근을 수색하다 보면 어떻게든 찾겠지 싶어 무작정 근처로 가서 계속 전화를 걸었는데, 어느 순간 갑자기 신호가 가더라고. 그 덕에 늦지 않았어."

나는 위험한 순간 정신을 차리게 한 낮은 진동음을 떠올렸다. 마 학장님의 전화 덕에 악마의 유혹에서 겨우 빠져나왔던 것이다.

"하나… 는…."

"아동복지센터에서 임시 보호 중이야. 어린아이가 얼마나 세뇌당했는지 사탄의 나라를 세워야 한다면서 식사도 거부하고 퍽 난감한 상황이라고 해. 조만간 정신과 치료를 받게 할 거라더군."

학장님이 한숨을 길게 쉬었다. 나는 눈을 감고 믿을 수 없는 구마의 기억을 떠올렸다. 실타래처럼 내 몸에 바알세불을 부마시키려던 기억이 따라붙자 몸이 뻣뻣하게 굳고 구토가 밀려왔다.

"자네가 그 소녀를 구마했나?"

겨우 고개만 끄덕였다. 마 학장님이 차갑게 식은 내 손을 따뜻한 손길로 붙잡았다.

"쉬운 일이 아니었을 텐데, 잘 해냈어. 구마 사제로 십여

264

년을 지낸 나였어도 그런 큰 사탄은 혼자서는 쉽지 않았을 거야."

나는 놀라서 눈을 뜨고 학장님을 바라보았다. 학장님의 표정은 평온했다.

"놀랐나? 드러낼 수는 없지만 나는 공식 구마 사제야. 이준민 스테파노의 행적이 이상한 걸 알아본 것도 그 때문이지. 그의 그림자에서 마몬의 표식을 본 적이 있어. 그의 언어에서 가끔 이상한 말을 듣기도 했는데, 그것만으로는 내가 할 수 있는게 없으니까 자네한테 그를 감시해 줄 것을 부탁했던 거야. 계속 주시하고 있었는데 갑자기 행적을 감추는 바람에 난감했지. 이준민에게 전화가 왔단 이야기를 듣고 만사 제쳐놓고 달려온 이유도 분명 심상치 않은 사건이 일어났단 걸 직감했기 때문이고."

마 학장님이 이준민의 사제 서품을 결사반대한 이유가 성소 불확실이었던 것이 생각났다. 학장님은 신학교 시절부터 알고 계셨던 것이다. 과연 구마 사제다운 안목이구나 고개가 절로 끄덕여졌다.

"이준민도… 잡혔나요?"

목구멍이 아픈 것을 참고 겨우 말을 이었다. 학장님의 표정이 어두웠다.

"꽤 많은 경찰이 그 건물에 진입했지만 사람들의 저항이

심했어. 이준민과 부석출은 끝까지 몸싸움하다 제대 위에 있던 촛불이 넘어지면서 화재가 나는 바람에 놓쳐버렸지. 외진 곳이라 소방차 진입이 힘들어 건물이 전소되었고, 이후에 그 안에서 다 타버린 시신 일곱 구가 발견되었는데 그 사체 중에 이준민과 부석출이 있는지 확인할 길은 없다고 해. 결국 이준민은 사망 처리될 모양이야."

궁금한 것도 알고 싶은 것도 많았지만 피곤해서 잠이 쏟아졌다.

"일단 지금은 좀 쉬어. 조만간 또 올 테니."

학장님이 담요를 끌어 올려 덮어주고는 자리에서 일어나 문을 향하다가 문득 뒤돌아 나를 바라보았다.

"아무리 생각해도 그들이 꺼놓았던 핸드폰이 어떻게 갑자기 켜졌는지 이해할 수가 없어. 나는 그야말로 주님께서 보여주신 기적 아닐까, 그리 생각한다네."

봄이 지나고 덥고 습한 여름이 올 즈음에야 몸을 추스르고 본당으로 복귀했다. 그 이후로도 조사를 받으러 자주 경찰서에 불려 갔다. 이준민이 몸담았던 공동체의 실체가 드러나며 각종 보도 프로그램이나 다큐 프로그램에서 앞다퉈 다루기도 했다. 큰 악행은 저지른 바 없으나 폐쇄적인 공동체 생활을 하며 태어난 아이들을 감금하고 교리를 강요하는 등의 행

위로 지탄받았으며, 악마를 불러내 여아대 특권에 버금가는 권력을 잡고 각종 악행을 마음껏 저지르겠다는 계획서가 공개되어 사람들을 경악시켰다.

그 과정에서 있었던 나의 구마는 대외비로 부쳐졌으나 바람을 타고 실제 악령 들린 여자아이에게 구마가 행해졌다는 이야기가 돌았다. 그러나 교구와 학장님의 당부대로 나는 영원히 함구하기로 했다. 떠들썩한 사건은 언제나처럼 시간이 지나면 세간의 관심에서 사라지고 기록으로만 남을 터였다.

이듬해 나는 표선성당으로 발령받았다. 정들었던 곳을 떠나려니 느끼는 시원섭섭함은 사제직으로 사는 동안 내내 겪을 일이었다. 익숙해져야 했다. 본당 신도 중 용달차를 가진 형제님이 나서서 이사를 도와주셨다. 조촐한 짐을 다 싣고 나서 본당 주임 신부님과 인사하러 모인 형제자매님들과 작별 인사를 나눴다. 자매님 몇 분이 내 손을 잡고 눈물을 보이셔서 덩달아 코끝이 찡해지는 통에 서둘러 인사를 마치고 차에 올랐다.

"신부님 항상 건강하시고 은총 많이 받으세요!"

사이드 미러로 보이는 사람들이 큰 소리로 나를 축복하며 손을 흔들었다. 나는 주책없이 흐르는 눈물을 닦아내다 사람들 뒤 사제관 입구에 서 있는 검은 수단을 입은 익숙한 형체를 보고 멈칫했다. 놀란 나머지 전신주를 박을 뻔했으나 아슬아슬하게 피했다. 급 브레이크를 밟고 뒤를 돌아보았을 때 사제관 입구에는 아무도 없었다. 나는 도망치듯 그곳을 빠져 나왔다. 이후 한동안 1100도로의 도레 오름 근처는 가볼 엄 두도 내지 못했다. 그 트라우마에서 빠져나오기까진 상당히 오랜 시간이 걸렸다.

지금도 간혹 스테파노의 환영을 본다. 중요한 순간, 중요 한 장소에서 문득문득, 언제든 방심한 틈을 타 내 영혼을 가 져가겠다는 듯한 표정을 짓고 있는 그가 나타나곤 한다.

신학생 시절 그는 이렇게 말하며 웃은 적이 있었다.

'마귀가 가장 많은 곳이 어딘지 알아? 바로 성전이랑 사제 관 문이야. 사제의 영혼을 노리는 마귀들이 제단이랑 사제관 문설주에 바글바글하게 붙어 있지. 유혹은 언제나 생각지도 못한 곳에서 시작하는 법이거든.'

가끔 뉴스를 볼 때, 사람들은 저런 이해할 수 없는 사건을 억지로라도 이해하기 위해 마귀 들린 자의 짓이라고 하는 건가 보다… 하는 생각을 할 때가 있다. 정말 악귀에게 홀리지 않고서야 저럴 수 있나 싶은 일들이 도처에 널려 있기에, 그렇게라도 갖다 붙이지 않으면 끔찍해서 견딜 수 없는 게 아닐까.

제주도를 배경으로 하는 이번 앤솔러지에 참여하면서 여러 가지 설화나 사건들을 검색하다가 내 눈에 들어온 사건이 바로 이재수의 난이었다. 어쩌면 이것도 마귀의 짓일지도 모른다는 상상을 했다. 신을 섬기는 사람들이 어떻게 그런 악행을 저질렀는지 이해할 수 없어서 이유를 만들고 싶었던 것일지도 모른다.

이야기를 어떻게 풀어낼지 고민하다가 예전에 전주에 있는 전동성당에서 미사를 드렸던 일이 떠올랐다. 그날의 강론 주제는 분심이었던 것으로 기억한다. 언제든 마음 한구석에 파고들기 위해 주위를 서성이는 주변의 마귀를 조심하라는 내용이었는데, 신부님께서 말씀을 굉장히 재미있게 잘하셨지만 분심이 절로 들 정도로 매우 길었다. 그래도 강론 말미에 마귀가 드글드글하게 제일 많이 모여 있는 곳이 바로 성전과 사제관 문설주라며 목청 높이시던 신부님의 말씀이 떠오른 순간 이야기가 풀렸다. 기적은 바로 이런 사소한 것 아닐까.

무늬만 천주교 신자이지만 언젠가 구마 소재의 작품을 쓰고 싶었는데 이 기회에 세상에 선보이게 되어 기쁘다. 부디 읽는 분들에게 잠시라도 즐거운 시간을 선사해 드렸기를.

—사마란

곳

전건우

보고서

〈 보 고 서 〉

보고번호 제 ＊＊－＊호   1969.08. ＊＊

건설부 장관

                           보고인 민   차   훈

제 목 : 제주~서귀포 간 도로 공사 현장 조사 결과 보고

이 보고서를 작성하기에 앞서 두 가지 말씀을 드립니다.

이후 기술할 내용은, 그것이 비록 상식선에서 다소 믿기

힘든 면이 존재하더라도 모두 본 연구원이 직접 경험한 사

건입니다.

즉, 다시 말해 실제 경험한 사실을 최대한 가감 없이 기록하고 보고한다는 점을 염두에 둔 채 읽어주시기를 바랍니다. 또한 위와 같은 이유로 보고서이되 회고적인 성격을 띤 편지글로 적는 점 역시 양해해 주시기를 바랍니다. 이처럼 적어야 저를 포함한 조사단이 경험한 기이하고 끔찍한 경험의 만분의 일이라도 전달할 것 같습니다.

결론부터 말씀드리자면, 현재 진행 중인 제주와 서귀포를 잇는 도로 공사는 당장 중단되어야 합니다. 이것이 장장 9년간 이어지고 있는 대공사요, 제주도의 발전을 앞당기기 위한 각하와 장관님의 굳은 의지에서 나온 결정임을 잘 알지만, 그럼에도 제가 공사 중단이라는 결론을 내린 이유는 다음과 같습니다.

그 도로는 안전하지 않습니다. 이는 말 그대로의 '안전'을 의미합니다. 좁고 구불구불한 구간이 연속적으로 길게 이어지는 도로의 특성상 야간 주행 시 자칫 사고로 이어질 확률이 높습니다. 애초에 구간 설계가 잘못되었기에 이런 문제가 발생했습니다. 따라서 도로의 안전을 확보하기 위해서는 공사를 중단한 후 다시 설계해 구간을 바꾸어야 합니다.

또 하나, 이것이야말로 본론입니다만, 그 도로 공사 현장은 괴이한 존재에 의해 저주받아 더 이상의 공사 진행이 불가능한 상황입니다.

이 같은 보고를 얼마나 황당하게 받아들이실지 저 역시 잘 알고 있으며, 연구원으로서도 절대 입에 담지 말아야 할 발언이라는 것도 확실히 주지하고 있습니다. 그럼에도 저는 말씀드릴 수밖에 없습니다.

제주도에는 절대 건드리지 말아야 할 어떤 것이 분명히 존재합니다.

그것은 곳에 살고 있으며, 공사 현장에서 벌어진 인부의 대규모 실종과 수색대의 죽음에 그 존재가 연관되었다는 건 명명백백한 사실입니다. 그것의 정체가 무엇인지는 밝혀내지 못했습니다. 귀신일 수도, 요괴일 수도, 아니면 도깨비일 수도 있습니다. 다만 제주도 사람이 그것을 이렇게 부르는 건 들었습니다.

'그슨새'라고.

그러면 지금부터 제가 어떤 일을 겪었는지 상세하게 적어 보겠습니다.

때는 한 달 전인 1969년 7월로 거슬러 올라갑니다.

조사단

섬의 공기는 덥고 습했다. 배에서 내리자마자 숨이 턱 하고 막혔다. 안 그래도 멀미를 한 터라 끈적끈적 달라붙는 그 공기가 달갑게 여겨질 리 없었다. 나는 넥타이를 느슨하게 풀고 한숨을 쉬었다. 그러고는 재킷을 벗어 팔에 걸쳤다. 조금은 살 것 같았다.

"민 군은 제주도가 처음이지?"

김규천 교수가 특유의 우렁우렁한 목소리로 물었다. 살집이 있는 그는 손수건으로 연신 땀을 닦으면서도 꽤 여유로운 표정이었다. 하긴 김 교수는 인천에서 출발해 제주도까지 오는 머나먼 뱃길 내내 멀미 한 번 안 하고 이것저것 챙겨 먹기 바빴다.

"네. 배를 탄 것도 처음입니다."

내 대답에 김 교수는 고개를 끄덕이며 말했다.

"나는 섬이 체질에 맞는 모양이야. 올 때마다 좋은 일이 많았거든."

하긴, 그렇게 생각할 만도 하다. 한국도로공사의 자문 위원이 된 것도 지난번 제주도 방문 이후였으니까. 서울대 교수인 그는 우리나라에서 몇 안 되는 도로 건설 쪽 전문가였다. 김 교수는 술만 마셨다 하면 전국 도로의 절반은 자기 덕분에 뚫린 거라고 입버릇처럼 말했다.

"저도 그러면 좋겠습니다. 그나저나 이제 어디로 가면 됩니까?"

나는 짙푸른 하늘과 그 아래 펼쳐진 황량한 풍경을 보며 물었다. 여객 부두라는 이름만 붙었을 뿐 주위에는 그야말로 아무것도 없었다.

"가이드가 곧 도착할 텐데….'"

김 교수의 말이 떨어지기 무섭게 미군 트럭을 개조한 자동차 한 대가 흙먼지를 일으키며 우리 쪽으로 달려왔다.

"저 차인가 봅니다."

"그러네."

우리 앞에 멈춰 선 자동차에서 운전석 문이 열리더니 곧 한 사람이 내렸다. 까무잡잡한 피부에 강인해 보이는 인상의 남자였다. 체격도 건장했다. 남자는 김 교수를 향해 고개를 숙였다.

"교수님. 오랜만에 뵙습니다."

"오! 가이드가 누군가 했는데 범성 씨가 직접 올 줄은 몰랐습니다. 그려. 허허."

"안녕하십니까? 한국도로공사 연구원 민차훈이라고 합니다."

나는 범성이라는 인물에게 인사를 건네며 손을 내밀었다.

"반갑습니다. 현장에서 십장 역할을 하는 홍범성입니다."

276

우리는 악수를 했다. 홍범성의 악력과 손 마디마디마다 박인 굳은살이 그대로 느껴졌다.

"더우니까 어서 출발하지."

김 교수가 말했다.

"그런데 조사단은 두 분이 전부입니까?"

홍범성이 물었다.

"알지 않나? 예산은 빠듯하고 시간은 촉박하다는 거. 각하의 불호령이 떨어졌다는 소문이야. 정식으로 조사단을 꾸릴 시간도 없었어. 그나마 여기 민 군이 따라와 줘서 다행이지."

김 교수의 제자라는 이유로 거의 반강제로 끌려오긴 했지만 어쨌든 나는 입을 다물고 있었다.

"알겠습니다. 타시죠. 바로 현장으로 모시겠습니다."

우리는 자동차에 올랐다. 차는 다시 흙먼지를 일으키며 울퉁불퉁한 도로를 달리기 시작했다. 열어놓은 창문으로 시원한 바람이 불어 들어왔다. 습한 건 여전했지만 그래도 한결 기분이 나아졌다.

"현장 상황이 정확히 어떤가?"

김 교수가 운전 중인 홍범성에게 물었다. 나도 그게 궁금했다. 제주도와 서귀포를 잇는 대규모 도로 공사는 개통 3개월을 앞둔 이 시점에도 여전히 마무리를 못 하고 있었다. 간략하게 올라온 보고서에는 알 수 없는 이유로 인부가 자꾸 사라져 일정에 차질을 빚고 있다고만 되어 있었다. 공사 현장에서 뜨내기 인부가 사라지는 건 드문 일은 아니었다. 다만 그렇다고 해서 완공에 차질이 생긴다면 그건 간과할 수 없는 문제였다. 그 문제를 파악하고 해결하려고 나와 김 교수가 조사단이라는 거창한 이름을 달고 제주도로 오게 된 것이다.

"아주 엉망입니다. 인부가 자꾸 실종되니까 공사는 진척이 안 되고, 현장에선 흉흉한 소문만 돌고….”

"실종이라니, 그냥 도망친 게 아니란 말입니까?"

나는 홍범성의 말을 끊고 끼어들었다. 그러자 뒷자리에 앉은 김 교수가 혀를 차며 말했다.

"아니, 실종이나 도망이나 그게 그거지."

뭘 그런 걸 따지느냐는 투였는데 내 생각은 달랐다. 도로나 댐 공사처럼 오랜 기간 힘들고 위험한 일을 해야 하는 현장에 부랑자와 범죄자를 동원하는 건 비밀 아닌 비밀이었다. 그런 이들은 쉬운 말로 말썽 생길 일이 없었다. 다치면 돈 몇 푼에 해결하고, 죽으면 야산 어딘가에 묻어버리는 걸로 퉁칠 수 있으니까. 그런 상황이기에 현장에서 인부가 야반도주하는 일은 흔했다. 하지만 김 교수가 간과하고 있는 건 이곳이 섬이라는 사실이었다. 도망쳐 봐야 결국 제주도를 벗어나지 못하고 잡힐 게 뻔했다. 그럼에도 홍범성은 실종이라는 단어를 썼다. 그 말은 결국 사라진 인부를 찾지 못했다는 뜻이다.

"사실 실종이라는 것도 이상한 게, 같은 날에 수십 명이 동시에 사라졌는데 아직 찾질 못하고 있습니다."

홍범성이 말했다. 조수석에 앉은 나는 그의 옆얼굴을 힐끔 쳐다봤다. 내내 딱딱했던 얼굴에 난감해하는 표정이 살짝 스치고 지나갔다.

"수십 명? 그것도 한꺼번에? 그런 일이 벌어졌는데 현장 감독은 도대체 뭘 한 거야?"

김 교수는 목소리를 높였다.

"사라진 건 현장 감독도 마찬가지입니다."

"뭐?"

김 교수는 더 이상 말을 잇지 못했다. 내 머릿속도 멍했다. 보고서에 구체적 내용이 적혀 있었다면 어떻게 해서든 더 많은 인원과 함께 왔을 것이다.

"지금 가는 곳이 실종이 계속 일어나는 현장입니다. 서귀포시 남원읍이라고."

홍범성의 말을 끝으로 차 안에는 오래 침묵이 맴돌았다.

바닷길을 따라 계속 달리던 차는 어느 순간 숲으로 접어들었다. 폭이 좁은 비포장도로 양옆으로 활엽수가 아치 모양을 이룬 채 자라 있었다. 그 길에는 바람이 넉넉했다. 소금기 가득했던 바람과는 분명히 달랐다. 그렇게 숲 한가운데를 가로지르던 차가 이내 나무를 베어낸 도로로 진입했다. 한눈에 봐도 공사 구간이라는 걸 알 수 있었다.

"저 멀리 보이는 게 한라산입니다."

홍범성은 우뚝 솟은 산을 가리키며 말했다. 이름만 숱하게 들었을 뿐 한라산을 멀리서나마 보는 건 처음이었다. 한라산의 위용은 인상적이었다. 마치 제주도 전체를 내려다보는 것만 같았다.

"민 군은 운이 좋아. 정상까지 똑똑히 보이는 건 드물거든. 날이 쨍하게 맑아야 가능한 일이야."

김 교수가 말했다.

"맞습니다. 보통은 늘 구름에 가려 있죠."

홍범성도 거들었다. 뭔가 감탄사를 내뱉어야 할 것 같아 나도 한 마디를 꺼냈다.

"실제로 보니 정말 웅장하네요."

"올라가 보면 또 감상이 다를 겁니다. 육지의 산과는 분명 차이가 있거든요. 이게 잘 설명은 못 하겠는데, 더 억세고 강인한 면이 있다고나 할까요?"

"십장님은 제주도 토박이십니까?"

내 질문에 홍범성은 고개를 끄덕였다.

"네. 섬에서 나고 자랐습니다."

"그런데 사투리를 쓰지 않으시네요?"

"하하하. 여기 사람과 이야기할 땐 당연히 씁니다. 제가 육지 곳곳의 공사 현장을 떠돌면서 서울말을 조금 배운 것뿐입니다."

"이 친구 덕분에 현지인과 의사소통이 되는 거네. 제주 방언은 좀처럼 알아듣기 어렵거든."

김 교수가 말했다.

"일종의 통역사 역할도 하시는 거군요."

"그런 셈이죠."

우리가 그런 이야기를 나누는 사이 차는 어느새 목적지에 도착했다. 간이 막사가 보였다. 막사 앞에 차를 세우고 내렸다. 길가 양옆으로 인부로 보이는 사람들이 앉아 있었다. 모두 주눅 들고 어딘가 겁먹은 표정이었다. 지친 기색도 역력했다. 아직 포장되지 않은 구간은 바람이 불 때마다 흙먼지가 날렸다. 롤러며 포크레인 같은 것들도 시간이 멈춘 듯 그 자리에 가만히 서 있었다. 마치 개점휴업 상태의 망해가는 가게를 보는 것 같았다.

"지금은 한창 작업할 시간 아닌가?"

김 교수가 대번에 물었다.

"맞습니다. 하지만 간밤에도 실종자가 발생해 현재 작업 중단을 지시한 상황입니다. 아무도 들어가지 않으려 해서요."

홍범성이 대답했다.

"들어가다니, 어디로?"

"곶 말입니다."

홍범성은 그 말과 함께 나무가 무성하게 자란 한 지점을 가리켰다. 공교롭게도 공사는 딱 그 구간에서 멈춰 있었다.

"저기가 왜 곶입니까?"

이번에는 내가 물었다. 곶은 바다로 툭 튀어나온 해안 지형을 말한다. 그런데 숲을 가리키며 곶이라고 하다니….

"제주에서는 숲을 곶이라고 부릅니다. 물론 육지의 숲과 곶은 좀 다르긴 하죠."

나는 도로 공사를 막아선 숲, 아니 곶을 바라봤다. 겉으로는 육지의 숲과 달라 보이지 않았다. 다만 해가 높이 떠 강렬한 존재감을 내뿜는데도 곶은 어딘지 모르게 어두운 분위기를 풍겼다. 울창한 나무 때문만은 아닌 것 같았다. 그곳에는 빛이 비집고 들어갈 틈이 없는 게 아닌가 싶었다.

"아이고, 오셨습니까?"

막사에서 누군가가 달려 나왔다. 명태처럼 비쩍 마른 남자였다. 나는 처음 보는 얼굴이었지만 한국도로공사 마크가 달린 작업복을 입고 있었다.

"한 소장. 도대체 어떻게 된 일인가?"

김 교수의 말을 듣고서야 나는 그가 현장 소장인 한득수라는 걸 깨달았다. 그리고… 내가 익히 알던 인물이었다는 것 역시 알아챘다. 다만 못 본 사이 몰라보게 달라졌을 뿐.

한득수 소장은 김 교수만큼이나 살집이 많았다. 얼굴도 펑퍼짐했다. 그랬던 이가 이곳 현장에 부임한 지 반년 만에 그야말로 반쪽이 되었다. 내가 얼빠진 표정으로 보고만 있는데 한 소장이 먼저 다가왔다.

"민 연구원. 오랜만이야."

"아… 네. 모, 몰라뵐 뻔했습니다. 하하."

"많이 상했지? 허허."

나는 아무 말도 못 했다. 현장은 힘들다. 더군다나 계속 안 좋은 일이 생겨 공기(工期)가 미뤄지는 상황이니 마음고생도 심할 것이다. 그 모든 걸 감안하더라도 한 소장의 변화는 놀랍고 충격적이었다. 뭐라고 할까, 생기가 다 빠져나가 껍데기만 남은 것 같았다.

"일단 들어가서 얘기하시죠."

한 소장의 말에 우리는 막사 안으로 향했다. 쿰쿰한 냄새와 함께 오래 달궈진 열기가 훅 날아들었다. 그때부터였다. 마음속 깊은 곳에서부터 불안감이 싹트기 시작한 건.

실종자

"그러니까, 공정률이 육십 퍼센트라는 거지?"

김 교수는 굳이 불쾌한 표정을 숨기지 않고 물었다.

"네."

한 소장은 보는 내가 다 민망할 정도로 주눅 들어 있었다. 원래는 호탕하고 밝은 성격이었는데 그런 것들마저 살과 함께 쫙 빠진 게 아닌가 싶었다.

"이것 봐, 한 소장. 각하께서 이 사실을 알면 자넨 물론이고 나까지 싹 다 모가지야, 모가지. 시월까지 석 달밖에 안 남았는데 이 일을 어쩔 거야?"

김 교수의 목소리가 점점 커졌다. 덩달아 그의 얼굴도 붉은색으로 달아올랐다.

"저 아래 버티고 선 숲만 밀어버리면 어떻게든 공기를 맞출 수가 있을 것도 같은데…."

한 소장은 말끝을 흐렸다.

"그럼 밀어버리면 되지 여태 뭐 하고 있었어?"

"그게…. 저길, 그러니까 곳을 건드리려 할 때부터 사고가 생기기 시작했거든요."

"사고라면 실종 사건 말입니까?"

내가 물었다. 한 소장은 고개를 끄덕인 후 말했다.

"밤사이 서너 명씩 도망치는 건 이런 현장에선 드문 일이 아니죠. 그건 교수님께서도 잘 아실 겁니다."

"알다마다."

"그런데 문제는 이게 서너 명이 아니고 많게는 수십 명씩 한 번에 사라진다는 겁니다. 오면서 보셔서 알겠지만, 여긴 어디 숨을 데도 없어요. 인가까지 가려면 걸어서도 서너 시간은 족히 걸리고. 상황이 이러니 실종이라 할 수밖에 없죠. 게다가 현장 감독까지 사라지니까 인부들도 겁을 먹고 작업할 엄두를 못 내는 실정입니다."

"에이, 이 사람아. 현장에서 이런 일 어디 한두 번 겪나? 어디든 뭐 좀 하려면 당산나무네, 무슨 신성한 바위네 해서 건드리지도 못하게 하는 경우 허다하잖아. 그런데 각하께서 뭐라고 하셨어? 나라가 발전하려면 그런 것들도 싹 다 밀어버릴 뚝심이 있어야 한다셨잖아."

맞는 말이었다. 도로를 낸다는 건 결국 여러 미신과 편견, 그리고 현대화의 발목을 잡는 어리석기 짝이 없는 옛것에 맞서 싸우는 일이었다. 항상 그 최전선에 있던 한 소장이 그걸 모를 리는 없었다. 다만 지금 내 앞에 선 그는 어딘지 얼이 빠져 보였다.

"압니다. 잘 알지요, 교수님. 하지만…."

한 소장은 말끝을 흐렸다. 막사 안에 침묵이 흘렀다. 그 어색함을 참지 못하고 내가 입을 열었다.

꽃

"인부 사이에 도는 소문 같은 건 없습니까? 사라진 이들이 무슨 이야기를 했다든가, 아니면 도망친 이유가 있다든가."

"뭔 이유가 있겠어? 힘들다 싶으니 줄행랑 놓은 거지. 그러니까 감시를 잘했어야 하는 건데!"

내 말이 끝나기 무섭게 김 교수가 한 소리를 했다. 이런 대규모 공사 현장에서는 인부들이 단체 생활을 한다. 그 안에서 수많은 사건이 생겨난다. 대부분 거칠게 살아온 이들이기에 언제 다툼이 생겨도 이상할 게 없다. 그걸 못 견뎌 도망치는 인부도 많다. 김 교수 말처럼 그런 이탈을 막으려고 감시하는 인원을 따로 둔다. 대규모 실종은 그 감시가 소홀했다는 뜻이기도 하다. 하지만 내가 궁금한 건 그런 원론적인 이야기가 아니었다.

"물론 철저하게 감시했죠. 관리 감독도 했고. 그런데 이게, 작업 중에도 불쑥 사라져 버리니⋯."

한 소장은 그야말로 곤혹스러운 표정을 지었다. 그의 얼굴과 반응만 봐도 현장의 혼란이 어느 정도인지 짐작할 수 있었다.

"뭍에서 건너온 이들 말고 제주 토박이 인부는 이렇게 말합디다."

내내 침묵을 지키고 있던 홍범성이 입을 열었다.

"뭐라고요?"

내가 물었다.

"곳이 끌고 들어갔다고."

"네?"

홍범성의 대답은 어딘가 이상했다. 아니, 어색했다. '곳에 끌려 들어갔다'가 아니라 '곳이 끌고 들어갔다'니…. 마치 곳을 하나의 거대한 생명체처럼 여기는 꼴이었다. 나는 홍범성을 봤다. 그의 얼굴에는 표정 변화가 없었다. 자기 말이 틀리지 않았다고 확신하는 듯했다.

"그건 또 무슨 소리야? 인부들이 곳으로 도망이라도 쳤단 건가?"

이번에는 김 교수가 물었다. 대답한 쪽은 홍범성이 아니라 한 소장이었다.

"그럴 가능성도 있다고 판단해서 수색대를 꾸리려 했는데 하나같이 곳으로 들어가는 걸 무서워해서 잘 안됐습니다."

"아니, 이 친구가 왜 이리 답답하게 굴어! 그러면 지역 경찰이라도 동원했어야지. 넋 놓고 지켜만 보면 어쩌자는 거야? 저딴 숲이 뭐라고. 쯧."

김 교수의 잔소리와 한 소장의 변명은 한동안 계속 이어질 듯 보였다. 나는 조용히 막사에서 나와 기지개를 켰다. 힐끔 힐끔 쳐다보는 인부들의 시선이 느껴졌다. 내가 누군지는 몰라도 귀찮은 일을 몰고 올 사람이라는 건 눈치챈 듯했다. 나도 슬쩍 그들을 살폈다. 대부분 덩치가 크고 우락부락한 인상에 소위 말해 왕년에는 한가락 했을 듯한 모습이었다. 그런 이들이 지친 표정을 한 채 뙤약볕 아래 앉아 있었다. 나무 그늘도 많은데 왜 저러지? 그런 의문을 품은 것도 잠시, 곧 그 이유를 알아챘다.

인부들은 곳과 최대한 멀리 떨어져 있었다. 그 결과 그늘이라곤 하나 없고 먼지만 풀풀 날리는 맨땅에 앉을 수밖에 없는데도….

나는 곳으로 다가갔다. 숲은, 바로 앞까지 진입한 포장도로를 절대 허용하지 않겠다는 듯 더없이 촘촘하고 울창했다. 그 안에서 농익은 어둠이 굼실굼실 흘러나왔다. 서늘한 바람도 불어왔다. 바람이 부는데도, 이상할 정도로 고요했다. 나뭇잎 스치는 소리 하나 들리지 않았다. 조금 더 가까이 가 안을 들여다봤다. 나무와 양치식물이 뒤엉켜 기묘한 분위기를 자아냈다. 분명 육지의 숲과는 달랐다. 소리가 들린 건 그때였다. 슬슬 막사로 가봐야겠다고 생각하며 발길을 돌리려 했을 때.

"…차훈 씨, 여기 좀 봐."

그건 윤하 목소리가 틀림없었다. 서윤하. 한때 내가 열렬히 사랑했던 여인. 하지만 지금은 땅속 깊은 곳에서 조용히 잠들어 있어야 할 망자(亡者). 나와 결혼까지 약속했던 윤하가 폐병으로 죽은 건 이미 2년 전 일이었다.

"윤하?"

나도 모르게 그런 소리가 튀어나왔다. 머릿속 어딘가에서 경보가 울어댔지만, 인간이란 언제나 알량한 이성보다 본능에 먼저 반응하는 법. 곳 안으로 성큼 한 발을 옮겼다.

그 순간이었다.

"연구원님."

누군가가 내 어깨를 붙잡았다. 흠칫 놀라 뒤를 돌아본 것과 동시에 한기가 등허리를 훑고 내려갔다.

"괜찮습니까?"

나를 붙잡은 이는 홍범성이었다.

"아! 네네."

나는 눈만 끔벅이고 있다가 반박자쯤 늦게 대답했다. 먹먹했던 귀가 뚫리는 느낌이 든다 싶더니 그악스레 울어대는 매미 소리가 그제야 들렸다. 곳을 통과한 세찬 바람이 등 뒤로 불어와 온몸을 흔들고 지나갔다. 재킷과 바지가 속절없이 펄럭였다. 바람 끝에 비릿한 냄새가 묻어 있었다.

"교수님께서 찾으십니다."

홍범성이 말했다.

"무, 무슨 일로?"

다소 얼빠진 목소리로 그렇게 물었다.

"직접 가보자고 하십니다. 곳 안으로."

나는 홍범성의 대답에 고개를 끄덕였다. 마른침을 삼키면서. 입안이 꺼끌꺼끌했다.

수색대

김 교수는 추진력이 남다른 양반이다. 비상한 머리와 함께 그 추진력이 그를 지금의 자리에 올려놓았다 해도 과언이 아니다. 다만 김 교수가 뿜어내는 그 추동하는 힘의 동력이 조교나 연구원, 혹은 학부생에게서 나온다는 걸 아는 이는 많지 않다. 힘을 더하지 못하게 된 동력원은 과감히 버린다는 것도 대부분은 모르는 사실이었다.

"지체할 거 없잖아! 쉬고 자시고 할 시간에 움직이자고. 나랑 민 군, 그리고 여기 범성 씨 이렇게 셋에다가 인부들 몇 명 더해서 곳인지 숲인지 들어가 보지."

김 교수는 이미 결론을 내렸다는 듯 의자에서 일어났다. 내게 선택권 같은 건 없었다. 한 소장이 곤혹스러운 표정으로 말했다.

"교수님. 그렇지만 거기 들어가려는 인부가 없을 겁니다."

"일당 세 배! 따라가는 사람은 세 배로 준다고 해. 그러면 다들 없던 용기도 낼 거니까. 내 말이 틀렸는지 한 번 봐."

물론 그 말은 틀리지 않았다. 홍범성은 밖으로 나간 지 10분도 채 되지 않아 인부 다섯을 데리고 들어왔다. 모두 체격 좋고 험상궂은 이들이었다.

"여덟 명으로 괜찮겠습니까?"

한 소장이 물었다. 김 교수는 피식 웃으며 대답했다.

"충분하지. 훤한 대낮에 장정 여덟에다가 각자 무기로 쓸 것도 하나씩 들고 들어갈 텐데 뭘 그리 걱정하나?"

한 소장은 아무 말도 하지 않았다. 그사이 홍범성이 곡괭이며 도끼, 삽 같은 공구를 챙겨 왔다.

"정말 세 배 주시는 겁니까?"

인부 중 한 명이 물었다. 부리부리한 눈매가 인상적인 남자였다.

"그럼! 결정적인 증거나 단서라도 찾는 사람은 내가 책임지고 보너스도 챙겨주지!"

김 교수의 말에 다섯 명의 인부 모두 표정이 밝아졌다. 나는 공구 중 어떤 걸 가지고 갈까를 고민하며 하나씩 들어봤다. 그러자 홍범성이 옆으로 다가와 슬쩍 낫을 건넸다.

"무거운 것보다 이게 훨씬 나을 겁니다."

들어보니 무슨 말인지 바로 알 수 있었다. 기껏해야 펜이나 자를 들고 책상 앞에 앉아 있던 내게 다른 공구는 너무 무거웠다.

"고맙습니다."

나는 홍범성에게 꾸벅 고개를 숙였다. 홍범성은 어느새 도끼를 들고 있었다. 떡 벌어진 어깨와 쇠로 된 도끼는 썩 잘 어울렸다.

"한 소장. 나는 그걸 줘."

김 교수는 손으로 총 쏘는 흉내를 냈다. 미국에서 유학하던 시절에 부유한 친구와 어울리며 종종 사냥을 즐겼다고 자랑하던 김 교수였다. 그 말이 허세가 아니었던 듯 그는 한 소장이 캐비닛에서 꺼내 온 엽총을 능숙하게 다루며 장전까지 마쳤다.

"조심하십시오, 교수님."

우리, 그러니까 급조된 수색대는 한 소장의 염려 어린 배웅을 받으며 막사 밖으로 나갔다. 김 교수는 엽총을 옆구리에 대고 비스듬히 들고서는 위풍당당하게 앞장섰다. 그 뒤로 인부 다섯 명과 나, 그리고 홍범성이 순서대로 줄줄이 따라 붙었다. 어딘지 약간 우스꽝스러운 모양새이긴 했지만 김 교수 말처럼 이 정도면 걱정할 필요는 없을 듯했다. 그럼에도 찜찜함을 떨쳐버릴 수 없었다. 다른 인부들의 뜨거운 시선을 받으며 곳으로 향하는 그 짧은 시간 동안 애써 태연함을 가장하긴 했지만 내 심장은 불규칙하게 뛰고 있었다. 30여 분 전의 경험이 머릿속을 떠나지 않았다.

왜 갑자기, 그것도 곶 안에서 환청이 들렸던 걸까?

홍범성이 나를 붙잡지 않았다면 어떻게 됐을까?

저 안에 뭔가가 도사리고 있는 건 아닐까?

연달아 떠오르는 의문에 논리적인 답을 찾기도 전에 우리는 곶 앞에 도착했다. 김 교수가 특유의 과장된 몸짓으로 다른 사람을 돌아보며 말했다.

"들어가 보지. 이 정도면 호랑이도 때려잡을 수 있을 것 같으니."

그렇게 우리는 곶으로 들어갔다.

곶은 아름다움과 신비로움이 공존하는 공간이었다. 빽빽하게 늘어선 이름 모를 나무는 그리 크지는 않았지만 우람하고 굵은 밑동만으로도 오랜 수령을 짐작하게 했다. 그런 나무와 어우러진 건 초록 이끼 그리고 양치류였다. 이끼는 습하고 그늘진 이 천혜의 환경을 숭배하듯 나무줄기는 물론이고 그 아래 울퉁불퉁 솟은 바위까지 뒤덮고 있었다. 흡사 고급 양탄자처럼 푹신했고, 곱게 짠 비단처럼 매끄러웠다. 곶에서 진정 감탄을 쏟아내게 만드는 건 양치식물이었다. 나무를 칭칭 감고 올라간 여러 종류의 양치식물은 서로의 영역을 침범하지 않는 선에서 기묘한 무늬를 만들어내고 있었다. 마치 정교하고 화려하게 새겨넣은 기호 내지는 문양처럼 보이기도 했다. 양치식물 역시 짙은 초록색이었고, 그랬기에 곳을 지배하는 색상은 단연 초록이었다. 어디에 시선을 둬도 눈이 시릴 정도의 선명하고 강렬한 초록빛이 존재감을 드러냈다.

"여긴 말로만 듣던 정글 같군."

김 교수가 바위 위에 올라가 주위를 살피며 말했다.

"신기하네요. 온통 돌과 바위뿐인데 그 위로 식물이 자라다니."

내 말에 김 교수는 고개를 끄덕였다.

"민 군 자네 말이 맞아. 흙이 없어. 그래서 저것 좀 봐. 나무뿌리가 다 드러나 보이잖아."

굳이 김 교수가 엽총으로 가리킨 곳을 보지 않더라도 나무 대부분은 옹골찬 뿌리를 겉으로 드러내고 있었다. 그걸 보자 의문이 떠올랐다.

여기 나무는 도대체 어디서 양분을 얻는 걸까?

"여기가 다 화산 지대입니다. 이 섬이 탄생할 때부터 형성된 땅에 영겁의 시간 동안 조금씩 자라난 식물이 마침내 숲을 이루게 된 거죠."

홍범성은 꽤 시적으로 말했다. 그는 확실히 공사판의 흔한 인부와는 달랐다. 어딘지 기품이 흘렀고, 쉽게 대할 수 없는 분위기를 풍기기도 했다. 나머지 흔한 인부 다섯은 주눅 든 표정을 감추지 못한 채로 이곳저곳을 둘러보기 바빴다.

"바위투성이라 밀어버리는 작업도 만만찮겠어. 에이. 그러게 서둘렀어야지."

김 교수는 그 말을 하며 혀를 찼다. 도로 연결을 위해서는 곶을 미는 게 가장 빠른 방법이었다. 그렇게 하지 않고 곶을 우회한다면 공기는 물론이고 비용도 대폭 늘어날 게 틀림없었다. 내게는 김 교수의 노림수가 보였다. 그는 사라진 인부를 찾는다는 명목 아래 곶으로 들어와 여기가 보통의 숲과 다르지 않다는 걸 증명하려는 것 같았다. 제주 토박이는 물론이고 뭍에서 온 인부까지도 곶을 두려워하고 있다. 현대화의 가장 큰 걸림돌이 그런 미신과 토속 신앙이라고 김 교수는 입버릇처럼 말하곤 했다. 그러니 그는 곶의 신비와 환상, 그리고 기묘함을 전부 깨부수려 할 것이다. 인부 다섯이 증인이 될 테고, 나쁘지 않은 방법이었다,

수색대는 곶 안으로 계속 들어갔다. 김 교수는 채근해 댔지만 전진 속도는 느릴 수밖에 없었다. 바위를 넘나들어야 하는 건 둘째 치고 이끼가 너무 미끄러워 과감하게 움직이는 게 불가능했다. 거기다가 튀어나온 나무뿌리 때문에 몇 걸음 못 가 멈춰 서야 했다. 그런 상황이 반복되자 다들 지쳐갔다. 김 교수도 마찬가지였다.

"잠시 쉬었다 가면 어떻겠습니까?"

그랬기에 그 누구도 홍범성의 제안에 토를 달지 않았다. 우리는 바위를 하나씩 차지하고 거기에 걸터앉았다. 한동안 아무도 입을 열지 않고 거친 숨만 골랐다. 얼마 안 가 인부 중 한 명이 주뼛주뼛 손을 들더니 질문을 던졌다.

"아무도 못 찾으면 어떻게 합니까?"

"뭐?"

되묻는 김 교수의 목소리에 짜증이 섞여 있었다. 인부는 그걸 알아차리지 못했다.

"이만큼 왔는데 흔적 같은 게 하나도 안 보이잖습니까. 못 해도 서른 명 넘게 사라졌는데 그중 한 명도 흔적을 남기지 않았다는 게 이상하기도 하고….

"하고 싶은 말이 뭔가?"

김 교수가 인부 말을 자르며 목소리를 높였다.

"예?"

인부는 당황한 표정을 숨기지 못한 채 멍하니 김 교수를 쳐다봤다.

"그래서 이따위 숲이 뭐라도 된다는 거야? 아니면 그 도망친 놈들이 다른 데로 갔다는 거야? 혹시 뭐 알고 있는 거 아냐?"

"아, 아니… 그게 아니라….

"이것 봐, 조 씨. 어서 잘못했다고 사과드려."

홍범성이 알맞은 순간에 끼어들었다. 조 씨라는 인부는 잠시 억울한 눈빛으로 동료를 보다가 이내 김 교수를 향해 고개를 숙였다.

"죄송합니다. 제가 배운 게 없어 말이 함부로 튀어나왔습니다."

어디로 보나 떨떠름한 사과였지만, 김 교수는 모른 척 넘어갔다. 그도 아는 것이다. 지금 상황에서 들개 같은 사내들을 더 자극해 봐야 좋을 게 없다는 것을.

"물이나 빼고 오겠소."

다른 인부 한 명이 누구에게 말하는 건지 알 수 없는 한마디를 남기고는 일어나 저만치 떨어진 나무 뒤로 향했다.

"소변볼 사람은 서둘러 보고 와. 이제 또 이동할 거니까."

홍범성의 말에 몇 명이 느릿느릿 일어났다. 나도 적당한 곳에 가서 오줌 눌 생각으로 주위를 두리번거렸다.

그때였다.

누군가의 비명이 울려 퍼진 것은.

주젱이

비명은 계속 이어졌다. 내장을 다 쏟아내는 게 아닌가 싶을 정도로 참혹하고 처절하며 길고 긴 비명이었다. 우리는 일제히 비명이 들리는 지점으로 향했다. 다들 얼굴에 긴장한 표정이 역력했다. 한 인부는 바지도 채 추스르지 못하고 한 손엔 곡괭이를 든 채 달렸다. 나는 뒤를 돌아봤다. 김 교수가 뒤뚱거리며 바위와 바위 사이를 지나고 있었다. 저러다가 이 끼에 미끄러지기라도 하면 앞선 비명보다 더 참혹한 외침이 들리리라는 걸 알기에 나는 김 교수에게로 다가갔다.

"교수님. 제가 잡아드리겠습니다."

김 교수는 마다하지 않고 내 손을 잡았다.

"도대체 뭔 난리야? 미끄러져서 다치기라도 한 거 아냐? 그러니까 조심 좀 하지!"

헉헉 숨을 몰아쉬면서도 김 교수는 투덜대는 걸 멈추지 않았다. 그사이에도 계속 울리던 처절한 비명은 우리가 가까이 갈 때쯤 뚝 끊겼다. 그곳은 지형이 신기했다. 수십 그루의 나무가 방벽처럼 둘러싸고 있어 곳 안의 또 다른 공간처럼 느껴졌다.

"무슨 일입니까?"

나는 모여 선 인부와 홍범성을 향해 물었다. 그들은 나와 김 교수에게서 등을 돌린 자세 그대로 꼼짝도 하지 않았다. 나무가 방벽이라면, 그 다섯은 흡사 석상처럼 보였다. 저 멀리 유럽의 고성에 놓여 있을 법한 장식물.

"아니, 무슨 일이냐고 묻잖아!"

아무도 대답하지 않자 결국 김 교수가 폭발했다. 하지만 그 화력은 오래가지 못했다. 우뚝 선 채 굳은 사람들 사이를 비집고 들어간 나와 김 교수는 그들과 똑같은 상태가 되고 말았다. 입은 벌어졌지만 성대가 꽉 막혀 소리는 나오지 않았고, 눈으로 확인했으나 도무지 무슨 상황인지 머리가 이해하지 못했다.

나뭇가지에 사람이 주렁주렁 매달려 있었다.

매달린 이들은 대략 십여 명 정도였고, 모두 죽은 상태였다. 죽었다는 건 확실했다. 다들 덩굴에 목을 맨 채로 혀를 길게 빼고 있었으니까.

"이, 이게 무슨…."

겨우겨우 말문이 트였지만 제대로 된 언어가 나오지는 않았다. 내가 뱉은 말은 차라리 신음에 가까웠다. 아니면 비명이거나.

"모두 사라진 인부들입니다."

마침내 제대로 된 말을 뱉은 이는 홍범성이었다. 홍범성의 말이 떨어지기 무섭게 기다렸다는 듯 다들 한 마디씩 쏟아냈다.

"전부 자살한 거야?"

"굳이 저 높은 나무까지 올라가서 덩굴에 목을 맸다고?"

"미치겠네! 동티난 거야, 동티!"

그 말을 한 이가 자기 머리를 벅벅 긁어댈 때야 김 교수가 입을 열었다.

"다들 입 닫고 시체부터 내려."

그건 가당치 않은 명령이었다. 우리에게는 그럴 도구도, 의지도 없었다. 내가 쓰러지지 않고 용케 버티고 선 것도 너무나도 참혹한 상황이 주는 강렬함에 압도된 탓이었다. 내게는 선택 권한이 없었다. 그저 눈을 크게 뜬 채로 전시하듯 매달린 시체를 바라볼 뿐. 부패가 진행된 시체에서는 악취가 풍겼지만, 그 썩어가는 몸뚱이를 이끼가 뒤덮고 있어 싱싱한 초록의 생동감을 뿜어냈다. 그야말로 끔찍하게 아이러니한 모습이었다.

"뭣들 해! 그, 그냥 이러고 있을 건가, 응?"

조금 커지긴 했지만 김 교수의 평소 목소리보다 훨씬 작았다. 게다가 그 역시 움직일 생각을 전혀 못 하는 모습이었다. 그때, 누군가가 외쳤다.

"이봐! 뭐 해?"

나는 그 외침을 따라 간신히 고개를 돌렸다. 인부 가운데 한 명, 분명 조 씨라 불리던 그 남자가 자기 목에 덩굴을 감고 있었다.

"어어!"

"그만해!"

다들 말리는 데도 조 씨는 목에 덩굴을 칭칭 감고서는 나무를 기어오르려 했다. 멍하니 풀린 눈으로. 헤벌어진 입에서는 침이 뚝뚝 흘러내렸다. 막아야 한다. 저러지 못하게 막아야 한다. 머릿속에서는 이성적인 생각이 소용돌이쳤지만… 정작 나는 조금씩 뒷걸음질 치고 있었다. 다음에 벌어질 끔찍한 일을 상상하며.

그때 홍범성이 움직였다. 그는 날랜 표범처럼 몸을 날려서는 조 씨의 다리를 잡았다. 그러고는 거의 넘어지다시피 하며 조 씨를 끌어내렸다. 조 씨는 바위에 세게 부딪혔는데도 아픈 기색 하나 없이 또 나무를 오르려 했다.

"와서 좀 잡아!"

홍범성이 외쳤다. 그제야 인부 두 명이 달려가 조 씨의 어깨를 내리눌렀다. 줄 끊어진 인형처럼 축 늘어진 조 씨가 알아들을 수 없는 말을 중얼거렸다.

"그것이… 불러. 안 보이요? …부르잖아, 자꾸…."

"저게 지금 무슨 소리야?"

김 교수가 홍범성을 향해 물었다. 나는 그때 봤다. 늘 침착함을 유지하던 홍범성이 놀란 표정을 한 채 눈을 크게 뜨고 있는 모습을. 그 눈에 떠오른 건 분명 두려움이었다.

"조 씨. 이것 봐, 조 씨!"

홍범성은 조 씨의 턱을 잡고 억지로 고개를 돌려 자기를 보게 했다. 그러고는 물었다.

"뭘 봤지? 본 거지? 말해! 혹시 주젱이를 쓰고 있던가?"

얼핏 보면 홍범성이 미친 게 아닌가 할 정도로 그는 거칠게 쏘아붙였다. 조 씨가 제때 대답하지 않으면 뺨이라도 때릴 기세였다.

"그, 그게….”

조 씨는 어눌하게나마 말을 이었다.

"빨리 말하라고! 주젱이, 주젱이를 쓰고 있었어?"

홍범성은 쫓기는 사람 같았다. 주젱이가 뭔지는 몰라도 그게 강철 같던 저 사내를 공포에 떨게 만든다는 건 알 수 있었다. 김 교수가 다가간 건 그때였다.

"범성 씨! 뭐 하자는 거야? 왜 갑자기 그래? 주젱이는 또 뭐고."

어느 정도 정신을 차렸는지 김 교수 목소리에는 제법 날이 서 있었다. 게다가 여태 어깨에 메고만 있던 엽총을 두 손으로 든 상태였다. 총구는 땅으로 향했지만 위협적인 건 사실이었다. 그럼에도 홍범성은 김 교수가 원하는 대답을 하지 않았다.

"나가야 합니다! 곳을 벗어나야 해요."

"잠깐! 그건 내가 결정해."

김 교수가 홍범성 앞을 막아섰다. 홍범성은 그런 김 교수를 힐끔 보더니 초조한 표정으로 입을 열었다.

"곳에서 주젱이를 쓴 것과….“

"그러니까 그 우라질 주젱이가 뭐냐니까?"

결국 김 교수가 버럭 소리를 질렀다.

"삿갓처럼 생겨서 비 올 때 덮어쓰는 거…. 육지 말로 우장인데, 아무튼 그걸 여기선 주젱이라 부릅니다."

홍범성은 휘휘 고개를 저으며 주위를 둘러봤다. 방금까지 표범 같던 그가 이제는 겁먹은 초식 동물처럼 보였다.

"날씨가 이렇게 맑은데 우장 쓴 사람이 왜 여길….“

"사람이 아닙니다!"

김 교수의 말을 자르며 홍범성이 외쳤다. 눈동자에 핏발이 서 있었다.

"뭐?"

"그건… 요괴… 사람을 홀리는….“

홍범성은 미처 말을 끝맺지 못했다. 짙은 안개가 순식간에 우리를 에워쌌기 때문이었다. 저 멀리서 조금씩 포위망을 좁혀오다가 갑자기 덮치기라도 한 것처럼.

안개

안개는 의지를 가진 생명체 같았다. 아무리 털어내려 해

곳   303

도 끈덕지게 달라붙었고, 조금의 빈틈도 허용치 않겠다는 듯 하늘과 땅 사이를 메워나갔다. 초록이 사라지고 희뿌연 안개 가 시야를 가리기까지는 그리 긴 시간이 걸리지 않았다. 낫을 쥔 오른손에 나도 모르게 힘이 들어갔다. 아무것도 보이지 않았다. 그래서 더 정신이 없었다. 홍범성이 내뱉은 단어 하나가 낚싯바늘처럼 내 무의식에 걸려 빠지지 않았다.

요괴.

그것도 사람을 홀리는⋯.

"갑자기 웬 안개야?"

김 교수의 외침이 들렸다. 당혹감이 짙게 밴 그 소리는 아득히 먼 곳에서 울리는 것만 같았다.

"뭐지? 누구야?"

"누가 날 건드렸어!"

"여기 뭐가 있어! 있다고!"

각자 내지르는 소리가 파편처럼 날아들었다. 소리만으로는 도무지 방향을 가늠할 수 없었다. 심지어 사람이 내는 소리인지도 확실하지 않았다. 설령 사람 소리가 아니라 해도 나는 대처할 방법이 없었다. 자욱한 안개 탓에 방향 감각을 잃은 건 물론이고 당장에라도 주저앉고 싶을 정도로 겁이 났기 때문이었다. 안개는 내 얼굴의 모든 구멍으로 파고들어 서서히 나를 잠식했다.

"으악!"

"도망쳐!"

"지금 봤어! 봤다고!"

"다들 움직이지 마! 자리 지켜!"

모든 비명과 고함과 외침과 신음이 멀어졌다가 가까워졌다가 또 멀어졌다. 누군가, 아니 무언가가 내 어깨를 치고 지나갔다. 비틀거리다가 본능적으로 낫을 휘둘렀다. 낫은 안개를 베지 못했다. 오히려 안개가 내 팔을 뭉텅 잘라 먹었다.

그때였다.

탕!

총성이 울렸다. 동시에 누군가의 신음이 들렸다. 나는 그제야 정신을 조금 차렸다. 엽총을 든 사람은 다름 아닌 김 교수였다.

"교수님! 교수님 어디 계세요?"

아무리 불러도 김 교수는 대답하지 않았다. 다른 이들도 이상할 정도로 조용했다. 나는 안개 속을 더듬다가 퍼뜩 라이터를 떠올렸다. 재킷 안주머니를 뒤져 라이터를 꺼낸 후 뚜껑을 열었다. 노란 불꽃이 피어올랐다. 안개를 물리치기에는 턱없이 약했지만, 그래도 한 줌의 빛이 손에 들어오자 조금은 마음이 놓였다. 게다가 희미하게나마 주위가 보였다. 그 불빛에 의지해 사방을 둘러봤다. 몇 개의 형체가 각기 다른 방향을 보고 서 있었다. 제일 가까이 있는 사람을 향해 다가갔다.

"저, 저기….”

퍽!

둔탁하게 울려 퍼진 그 소리에 나는 말을 잇지 못했다.

퍽!

소리는 또 들렸다. 조금 더 다가갔다. 라이터 불빛 아래 곡괭이질을 하는 남자가 드러났다. 그는… 곡괭이를 들어 자기 머리를 찍었다.

퍽!

마지막 그 한 방으로 결국 남자의 머리가 쪼개졌다. 피가 내 얼굴에까지 튀었다. 남자는 곡괭이가 머리에 박힌 채로 고목처럼 쓰러졌다. 꼼짝도 못 하고 그 광경을 지켜봤다. 온몸이 덜덜 떨렸다. 남자의 피가 내 얼굴을 훑으면서 턱을 타고 떨어졌다. 비명도 나오지 않았다. 하지만 예리하게 곤두선 감각은 주위에서 들리는 비슷한 소리를 감지해 냈다. 간신히 몸을 돌려 다른 쪽으로 라이터 불빛을 들이댔다. 보였다. 자기가 든 공구에 맞는 각기 다른 방식으로 자해하는, 아니 자살하는 이들의 모습이.

삽을 든 인부는 그걸 자기 배에 찔러 넣었고, 망치를 든 이는 그 쇳덩이로 얼굴을 뭉갰다. 아무도 신음조차 내지 않았다. 묵묵히 찌르고, 때리고, 박아 넣을 뿐이었다.

"으으."

신음은 내 입에서 흘러나왔다. 김 교수 목소리가 들려온 건 바로 그때였다.

"민 군! 민 군 어디 있나?"

나는 소리가 들린 쪽을 향해 외쳤다.

"교수님! 저 여기 있습니다. 제가 가겠습니다!"

라이터 불빛을 앞세워 더듬더듬 움직였다.

"민 군! 빨리 와줘. 빨리!"

김 교수 목소리에는 고통이 서려 있었다.

"계속 말씀하세요! 어디 계신 건지 안 보입니다."

주위를 두리번거렸지만 김 교수의 실루엣은 보이지 않았다. 그사이에도 안개는 점점 더 옥죄어왔다. 손을 허공에 대고 꽉 오므리면 안개 덩어리를 쥘 수도 있을 것 같았다. 발에 무언가가 차였다. 본능적으로 아래를 내려다봤다. 한때는 누군가의 몸에 달려 있었을 팔이 바닥에 나뒹굴었다. 그걸 보고 멈칫한 순간, 눈앞으로 시커먼 덩어리가 날아들었다.

"으악!"

나는 놀라서 뒤로 물러났다. 그러다가 이끼에 미끄러져 비틀거렸다. 굳센 손이 내 팔을 잡아주지 않았다면 그대로 넘어졌을 것이다.

"나요. 괜찮습니까?"

홍범성이었다. 그를 보자 안도감이 밀려왔다. 그것도 잠시, 나는 홍범성의 상태가 좋지 않다는 걸 알아챘다. 그는 옆구리에 손을 대고 있었는데 거기서 피가 흘러내렸다.

"어떻게 된 겁니까?"

그건 중의적인 질문이었다. 홍범성은 용케 두 의미 모두 알아들었다.

"김 교수가 쏜 총에 맞았소. 우린 지금 그슨새한테 홀린 거고."

"그슨새가 뭡니까? 아니, 그 전에 김 교수님은….."

"남 신경 쓸 때가 아니오. 여길 벗어나야 합니다. 빨리!"

홍범성은 그 말을 하고서는 주저앉았다. 나는 그를 부축해 일으켜 세웠다. 남을 신경 쓸 때가 아니라고는 했지만 다친 사람을 눈앞에 두고 혼자만 갈 수는 없었다.

"제가 도와드릴 테니 갑시다. 움직여요!"

나는 홍범성의 팔을 내 목에 두르고 한 손은 그의 겨드랑이에 꼈다. 그 상태로 미끄러지지 않게 조심하며 한 발씩 움직였다. 양손에 각각 라이터와 낫을 든 채 나보다 큰 사내를 부축하는 건 쉬운 일이 아니었다. 게다가 홍범성은 갈수록 축 늘어졌다. 그러면서 띄엄띄엄 혼잣말을 중얼거렸다.

"이럴 것 같았어… 진즉 발을 뺐어야… 곳에는 그슨새가…

그슨새가… 돌아다니는데….”

“이봐요! 그슨새가 그 요괴 이름입니까? 네?”

내가 물었지만 홍범성은 알아듣지 못할 소리를 했다.

“뭐랜 고란? 잘 안 들련. 아! 기여. 고치 글라.”

“뭐라는 겁니까? 정신 차리세요!”

홍범성의 숨소리가 거칠어졌다. 그는 더 이상 움직이지 않았다. 버티고 섰다. 나는 홍범성을 잡아끌었다. 소용없었다. 홍범성은 나를 뿌리치더니 땅에 질질 끌고 다니던 도끼를 치켜들었다. 어쩐 일인지 그는 웃고 있었다. 그러면서 말했다.

“그슨새가 아무리 불러도 돌아보면 안 되오. 자, 어서 가시오.”

“자, 잠깐….”

내가 제대로 말하기도 전에 홍범성은 도끼로 자기 목을 쳤다. 몇 번이나 거듭해서. 미소를 잃지 않은 채.

나는 돌아섰다. 어느새 라이터는 꺼져 있었다. 부싯돌을 몇 번 당겨도 불꽃은 살아나지 않았다. 쓸모없어진 라이터를 던져버리고 무작정 걸었다. 낫을 허공에 휘두르면서. 그때였다. 바로 옆 귓가에서 목소리가 들려왔다.

“차훈 씨.”

윤하였다.

"차훈 씨. 나랑 같이 가자."

하마터면 '어디로?'라고 물을 뻔했다. 나는 귀를 막은 채 걷기만 했다. 홍범성의 마지막 한 마디가 떠올랐다.

'그슨새가 아무리 불러도 돌아보면 안 되오. 어서 가시오.'

"아니야… 아니야… 아니야…."

목소리를 쥐어 짜내 중얼거리면서 계속 걸었다. 수없이 넘 어졌다. 그때마다 윤하, 아니 그슨새가 속삭였다.

"같이 가면 좋잖아. 응?"

"낫 들어! 낫 들어! 낫 들어!"

"살아봐야 좋을 거 없어. 여기가 더 좋아, 차훈 씨."

"빨리 낫 들어! 들고 그냥 그어!"

도저히 견딜 수 없었다. 윤하 말을 듣는 편이 나을 것 같았 다, 그래서 낫을 들었고, 내 목에 가져다 댔다. 그 순간이었 다. 포장된 도로가 불쑥 튀어나온 건. 어리둥절했다. 상황 파 악이 안 됐다. 뙤약볕이 쏟아져 내려 이글거리는 도로 위에 한참을 멍하니 서 있었다. 그러다가 천천히 고개를 돌렸다. 그제야 알아챘다.

내가 곳을 빠져나왔다는 것을.

편지

존경하는 장관님,

지난 보고서에 대한 답신을 받지 못해 이렇게 편지를 드립니다.

이미 아시겠지만, 김규천 교수는 사망했습니다. 수색대 중 살아남은 사람은 제가 유일합니다. 물론 저 역시 심한 부상을 여러 군데 입고 지금도 병원 신세를 지고 있습니다. 그럼에도 거듭 보고서를 보내는 것은 다른 희생자가 더는 발생하지 않기를 바라기 때문입니다.

2차 조사단을 보내기로 하셨다는 이야기를 들었습니다. 그들 역시 위험합니다. 그 결정은 철회하셔야 합니다.

곳은 인간의 하찮은 힘으로 어떻게 해볼 수 있는 공간이 아닙니다. 그곳엔 태곳적부터 존재한 무언가가 도사리고 있습니다.

제가 말씀드린 그슨새가 바로 그것입니다.

저는 미치지도 않았고, 홀린 것도 아니며, 소문처럼 이 사업에 악의를 가지고 허튼소리를 퍼트리는 것도 아닙니다.

보고 경험한 그대로를 장관님께 보고하는 것뿐입니다.

저는 문명과 현대화를 철저히 신봉하고 따르며 그 외의 것들, 그러니까 신비주의 및 그와 비슷한 믿음을 배격했던 인물입니다.

하지만 이 세상에는 이성과 논리만으로는 설명하거나 규정할 수 없는 괴이가 존재하고, 그것의 힘은 아주 긴 시간 이어져 왔고 또 이어질 거라는 걸 알게 되었습니다.

다시 한번 말씀드립니다.

도로 공사는 중지하거나 아니면 곳을 멀찌감치 피해서 이어져야 합니다. 만약 강제로 곳을 밀어버린다면 그슨새가 어디에나 돌아다닐지도 모릅니다. 그것만은 막아야 합니다.

제가 여전히 제정신을 유지하고 있으며 그 어느 때보다 냉철한 상태로 이 편지를 쓴다는 점을 다시 강조하며 이만 줄이겠습니다.

추신.

—병원에서 나갈 수 있도록 허락해 주십시오. 여기 계속 갇혀 있을 순 없습니다.

명령서

〈명 령 서〉

명령번호 제 **-*호   1969.08. **

건설부 산하 기관

명령인 대 통 령

제 목 : 제주~서귀포 간 도로 공사 재개

근래 발생한 사고에도 불구하고 제주~서귀포 간 도로 공사가 중지되어서는 안 된다는 점을 다시 한번 강조한다.

이 공사는 제주도의 발전을 위해 꼭 필요하니 다소의 희생을 감수하더라도 반드시 완공해야 한다.

하여, 명령을 전달한다

1) 도로 공사를 계속 진행하라.

2) 개통식은 1969년 10월 1일로 이는 변동할 수 없다.

3) 이 도로는 '5·16도로'로 명명한다.

　제주에 갈 때마다 한 번씩은 꼭 곶자왈 탐방을 합니다. 짙푸른 바다나 완만한 오름도 제주를 대표하는 자연환경이지만, 저는 제주의 특성을 가장 잘 보여주는 곳이 곶자왈이라 생각합니다. 곶자왈은 육지의 숲에서는 결코 느낄 수 없는 특유의 분위기를 풍기죠.

　제주와 고딕, 언뜻 어울리지 않는 두 단어를 연결하면서 어떻게 하면 제주만의 특성을 살린 이야기를 쓸 수 있을까 고민하다가 '곶'을 떠올렸습니다. 육지의 숲과 달리 나무와 양치식물 그리고 가시덩굴이 함께 자라는 제주의 곶은 그 자체로 기이하고 음산한, 그러면서도 양식적 미를 뽐내는 고딕 장르와 닮아 있죠.

　그러한 공간적 특성을 품은 곳에 제주의 전통 요괴인 '그슨새'를 접목해 '호러' 본연의 맛도 살리고 싶었습니다. 그리하여 지금의 이야기 〈곶〉이 탄생했습니다.

　여러 매체를 통해 이른바 '5·16도로 괴담'이나 '5·16도로 미스터리' 같은 걸 많이 들어보셨을 겁니다. 유독 사고가 잦다는 이 도로는 도대체 어떤 사연을 품고 있는지 궁금했는데, 이번 작품을 구상하며 도로 건설이 한창이던 1960년대 당시의 실제 상황과 제 상상력을 더해 새로운 이야기를 만들어냈습니다. 〈곶〉의 지리적 배경은 현재의 제주도 5·16도로, 그중에서도 '숲 터널'이라 불리는 구간(서귀포시 남원읍 신례리 일대)입니다.

　이 작품은 좋은 기획이 없었다면 탄생하지 못했을 겁니다. 멋진 기획으로 영감을 준 박소해 작가님께 감사함을 전합니다.

　또한 이 기획이 세상에 나올 수 있도록 힘써준 출판사와 편집진에도 고맙다는 말을 하고 싶습니다.

—전건우

《고딕×호러×제주》 예스펀딩에 참여해 주신 분들

가혜숙	김시현	박산호	이갑동	정의수
강군호	김여진	박상민	이강욱	정진옥
강길진	김영주	박소해	이경	조민욱
강보람	김은경	박정훈	이민종	조영주
강인선	김은화	박하익	이상미	조윤서
강진철	김자영	배명은	이성민	조은지
고만규	김재희	백인순	이수미	조해성
고승혁	김정곤	보배책방	이숙진	진수지
고영종	김정윤	부지영	이영률	차무진
고이영	김종길	서미애	이영미	채경진
공민철	김지민	서세현	이정화	최경진
곽철민	김철원	서은희	이정훈	최금옥
권상진	김태균	서주원	이지연	최동혁, 김정민, 최재서
기윤정	김태화	손기주	이지유	최영진
김강연	김해주	송성철	이진형	최우선
김경욱	김현호	송연숙	이혜영	최재호
김구슬	김형지	송인재	인희애	최지혜
김나영	김혜융	신현지	임수민	최혁중
김다아	김화연	신혜선	임신영	하창희
김미희	나해니	연세마음편한치과	임지연	한수옥
김민선	남재연	예영임	임지형	한승훈
김민주	남혁우	오니임	장강명	헨리
김보연	두근오	오성희	장선화	홍정기
김선미	류지연	오승주	장영순	홍주미
김선민	문세연	유민정	전병철	황세연
김선우	문수연	유자윤	전은효	황영아
김성립	문은아	유진우	정범서	효주
김성은	미스터마플	윤성희	정성욱	회정
김세화	박경목	윤은진	정성욱	
김수지	박동진	윤희경	정수진	

이 외에 이름을 밝히지 않은 분들까지 총 203분께서 출간을 함께해 주셨습니다.
진심으로 감사드립니다.